Juan José Arreola

Confabulario
Personal

Narradores de Hoy
BRUGUERA

1.ª EDICION: FEBRERO, 1980

LA PRESENTE EDICION
ES PROPIEDAD DE
EDITORIAL BRUGUERA, S. A.
MORA LA NUEVA, 2
BARCELONA (ESPAÑA)

© JUAN JOSE ARREOLA - 1971, 1980
VARIA INVENCION: © 1971 EDITORIAL
JOAQUIN MORTIZ, S. A.
PRIMERA EDICION EN *OBRAS DE
JUAN JOSE ARREOLA*: NOVIEMBRE - 1971
CUBIERTA: © NESLE SOULE
Y VICTOR VIANO - 1979

❧

PRINTED IN SPAIN
ISBN 84-02-06745-X
DEPOSITO LEGAL: B. 35.278 - 1979
IMPRESO EN LOS
TALLERES GRAFICOS
DE EDITORIAL BRUGUERA, S. A.
CARRETERA NACIONAL 152,
KM 21,650
PARETS DEL VALLES
(BARCELONA) - 1980

Juan José Arreola
Confabulario Personal

Uno de los rasgos esenciales de la obra de Juan José Arreola es su carácter fragmentario y abierto, cualidades que el propio autor ha tomado como punto de partida, en diversas ocasiones, para la realización de ediciones antológicas que ha gustado titular, una y otra vez, *Confabulario*.

Este nuevo *Confabulario Personal* es fruto de una rigurosa selección efectuada por Arreola en 1972, y a ese corpus original se suman y se restan hoy textos con la intención de aprehender más íntimamente si fuese posible, el misterioso y poético esplendor de una obra singular de la narrativa contemporánea.

Se ha seguido para la presente edición no el orden cronológico de los libros de Arreola, sino el establecido por el autor en 1971 para la publicación de sus obras completas.

Una de las raras c" spanolas de la obra de Juan José Arreola es su autodeterminación migra y abierto, merild de que el propio autor ha tomado como punto de partida, en diversas ocasiones, para la realización de ediciones ampliadas que hay quedado titular, una y otra vez, Confabulario.

Esta nueva Confabulario Personal es fruto de una rigurosa selección efectuada por Arreola en 1977. En este corpus original se reúnen y se rescatan hoy todos, con la intención de aprehender más íntimamente, si fuese posible, el interés y poético entender un narrador singular de la narrativa contemporánea.

Se ha seguido para la presente edición no el orden cronológico de los libros de Arreola, sino el establecido por el editor en 1971 para la publicación de sus obras completas.

DE MEMORIA Y OLVIDO

Yo, señores, soy de Zapotlán el Grande. Un pueblo que de tan grande nos lo hicieron Ciudad Guzmán hace cien años. Pero nosotros seguimos siendo tan pueblo que todavía le decimos Zapotlán. Es un valle redondo de maíz, un circo de montañas sin más adorno que su buen temperamento, un cielo azul y una laguna que viene y se va como un delgado sueño. Desde mayo hasta diciembre, se ve la estatura pareja y creciente de las milpas. A veces le decimos Zapotlán de Orozco porque allí nació José Clemente, el de los pinceles violentos. Como paisano suyo, siento que nací al pie de un volcán. A propósito de volcanes, la orografía de mi pueblo incluye otras dos cumbres, además del pintor: el Nevado que se llama de Colina, aunque todo él está en tierra de Jalisco. Apagado, el hielo en el invierno lo decora. Pero el otro está vivo. En 1912 nos cubrió de cenizas y los viejos recuerdan con pavor esta leve experiencia pompeyana: se hizo la noche en pleno día y todos creyeron en el Juicio Final. Para no ir más lejos, el año pasado estuvimos asustados con brotes de lava, rugidos y fumarolas. Atraídos por el fenómeno, los geólogos vinieron a saludarnos, nos tomaron la temperatura y el pulso, les invitamos una copa de ponche de granada y nos tranquilizaron en plan cientí-

fico: esta bomba que tenemos bajo la almohada puede estallar tal vez hoy en la noche o un día cualquiera dentro de los próximos diez mil años.

Yo soy el cuarto hijo de unos padres que tuvieron catorce y que viven todavía para contarlo, gracias a Dios. Como ustedes ven, no soy un niño consentido. Arreolas y Zúñigas disputan en mi alma como perros su antigua querella doméstica de incrédulos y devotos. Unos y otros parecen unirse allá muy lejos en común origen vascongado. Pero mestizos a buena hora, en sus venas circulan sin discordia las sangres que hicieron a México, junto con la de una monja francesa que les entró quién sabe por dónde. Hay historias de familia que más valía no contar porque mi apellido se pierde o se gana bíblicamente entre los sefarditas de España. Nadie sabe si don Juan Abad, mi bisabuelo, se puso el Arreola para borrar una última fama de converso (Abad, de abba, que es padre en arameo). No se preocupen, no voy a plantar aquí un árbol genealógico ni a tender la arteria que me traiga la sangre plebeya desde el copista del Cid, o el nombre de la espuria Torre de Quevedo. Pero hay nobleza en mi palabra. Palabra de honor. Procedo en línea recta de dos antiquísimos linajes: soy herrero por parte de madre y carpintero a título paterno. De allí mi pasión artesanal por el lenguaje.

Nací en el año 1918, en el estrago de la gripe española, día de San Mateo Evangelista y Santa Ifigenia Virgen, entre pollos, puercos, chivos, guajolotes, vacas, burros y caballos. Di los primeros pasos seguido precisamente por un borrego negro que se salió del corral. Tal es el antecedente de la angustia duradera que da color a mi vida, que concreta en mí el aura neurótica que envuelve a toda la familia y que por fortuna o desgracia no ha llegado a resolverse nunca en la epilepsia o la locura. Todavía este mal borrego negro me persigue y siento que mis pasos tiemblan como los del troglodita perseguido por una bestia mitológica.

Como casi todos los niños, yo también fui a la escuela. No pude seguir en ella por razones que sí vienen al caso, pero que no puedo contar: mi infancia transcurrió en medio del caos provinciano de la Revolución Cristera. Cerradas las iglesias y los cole-

gios religiosos, yo, sobrino de señores curas y de monjas escondidas, no debía ingresar a las aulas oficiales so pena de herejía. Mi padre, un hombre que siempre sabe hallarle salida a los callejones que no la tienen, en vez de enviarme a un seminario clandestino o a una escuela del gobierno, me puso sencillamente a trabajar. Y así, a los doce años de edad entré como aprendiz al taller de don José María Silva, maestro encuadernador, y luego a la imprenta del Chepo Gutiérrez. De allí nace el gran amor que tengo a los libros en cuanto objetos manuales. El otro, el amor a los textos, había nacido antes por obra de un maestro de primaria a quien rindo homenaje: gracias a José Ernesto Aceves supe que había poetas en el mundo, además de comerciantes, pequeños industriales y agricultores. Aquí debo una aclaración: mi padre, que sabe de todo, le ha hecho al comercio, a la industria y a la agricultura (siempre en pequeño), pero ha fracasado en todo: tiene alma de poeta.

Soy autodidacto, es cierto. Pero a los doce años y en Zapotlán el Grande leí a Baudelaire, a Walt Whitman y a los principales fundadores de mi estilo: Papini y Marcel Schwob, junto con medio centenar de otros nombres más y menos ilustres... Y oía canciones y los dichos populares y me gustaba mucho la conversación de la gente de campo.

Desde 1930 hasta la fecha he desempeñado más de veinte oficios y empleos diferentes... He sido vendedor ambulante y periodista; mozo de cuerda y cobrador de banco. Impresor, comediante y panadero. Lo que ustedes quieran.

Sería injusto si no mencionara aquí al hombre que me cambió la vida. Louis Jouvet, a quien conocí a su paso por Guadalajara, me llevó a París hace veinticinco años. Ese viaje es un sueño que en vano trataría de revivir; vi las tablas de la Comedia Francesa: esclavo desnudo en las galeras de Antonio y Cleopatra, bajo las órdenes de Jean Louis Barrault y a los pies de Marie Bell.

A mi vuelta de Francia, el Fondo de Cultura Económica me acogió en su departamento técnico gracias a los buenos oficios de Antonio Alatorre, que me hizo pasar por filólogo y gramático. Después de tres años de corregir pruebas de imprenta, traduc-

ciones y originales, pasé a figurar en el catálogo de autores (Varia invención *apareció en Tezontle, 1949*).

Una última confesión melancólica. No he tenido tiempo de ejercer la literatura. Pero he dedicado todas las horas posibles para amarla. Amo el lenguaje por sobre todas las cosas y venero a los que mediante la palabra han manifestado el espíritu, desde Isaías a Franz Kafka. Desconfío de casi toda la literatura contemporánea. Vivo rodeado por sombras clásicas y benévolas que protegen mi sueño de escritor. Pero también por los jóvenes que harán la nueva literatura mexicana: en ellos delego la tarea que no he podido realizar. Para facilitarla, les cuento todos los días lo que aprendí en las pocas horas en que mi boca estuvo gobernada por el otro. Lo que oí, un solo instante, a través de la zarza ardiente.

Al emprender esta edición definitiva, Joaquín Díez-Canedo y yo nos hemos puesto de acuerdo para devolverle a cada uno de mis libros su más clara individualidad. Por azares diversos, Varia invención, Confabulario *y* Bestiario *se contaminaron entre sí, a partir de 1949. (*La feria *es un caso aparte.) Ahora cada uno de esos libros devuelve a los otros lo que no es suyo y recobra simultáneamente lo propio.*

Este Confabulario *se queda con los cuentos maduros y aquello que más se les parece. A* Varia invención *irán los textos primitivos, ya para siempre verdes. El* Bestiario *tendrá* Prosodia *de complemento, porque se trata de textos breves en ambos casos: prosa poética y poesía prosaica. (No me asustan los términos.)*

¿Y a quién finalmente le importa si a partir del quinto volumen de estas obras completas o no, todo va a llamarse confabulario total o memoria y olvido? Sólo me gustaría apuntar que confabulados o no, el autor y sus lectores probables sean la misma cosa. Suma y resta entre recuerdos y olvidos, multiplicados por cada uno.

J. J. A.

CONFABULARIO

(1952)

*...mudo espío
mientras alguien voraz a mí me observa.*
Carlos Pellicer

PARTURIENT MONTES

...nascetur ridiculus mus.

Horacio, *Ad Pisones, 139.*

Entre amigos y enemigos se difundió la noticia de que yo sabía una nueva versión del parto de los montes. En todas partes me han pedido que la refiera, dando muestras de una expectación que rebasa con mucho el interés de semejante historia. Con toda honestidad, una y otra vez remití la curiosidad del público a los textos clásicos y a las ediciones de moda. Pero nadie se quedó contento: todos querían oírla de mis labios. De la insistencia cordial pasaban, según su temperamento, a la amenaza, a la coacción y el soborno. Algunos flemáticos sólo fingieron indiferencia para herir mi amor propio en lo más vivo. La acción directa tendría que llegar tarde o temprano.

Ayer fui asaltado en plena calle por un grupo de resentidos. Cerrándome el paso en todas direcciones, me pidieron a gritos el principio del cuento. Muchas gentes que pasaban distraídas también se detuvieron, sin saber que iban a tomar parte en un crimen. Conquistadas sin duda por mi aspecto de charlatán comprometido, prestaron de buena gana su concurso. Pronto me hallé rodeado por la masa compacta.

Abrumado y sin salida, haciendo un total acopio de energía, me propuse acabar con mi prestigio de narrador. Y he aquí el resultado. Con una voz fal-

seada por la emoción, trepado en un banquillo de agente de tránsito que alguien me puso debajo de los pies, comienzo a declamar las palabras de siempre, con los ademanes de costumbre: «En medio de terremotos y explosiones, con grandiosas señales de dolor, desarraigando los árboles y desgajando las rocas, se aproxima un gigante advenimiento. ¿Va a nacer un volcán? ¿Un río de fuego? ¿Se alzará en el horizonte una nueva y sumergida estrella? Señoras y señores: ¡Las montañas están de parto!»

El estupor y la vergüenza ahogan mis palabras. Durante varios segundos prosigo el discurso a base de pura pantomima, como un director frente a la orquesta enmudecida. El fracaso es tan real y evidente, que algunas personas se conmueven. «¡Bravo!», oigo que gritan por allí, animándome a llenar la laguna. Instintivamente me llevo las manos a la cabeza y la aprieto con todas mis fuerzas, queriendo apresurar el fin del relato. Los espectadores han adivinado que se trata del ratón legendario, pero simulan una ansiedad enfermiza. En torno a mí siento palpitar un solo corazón.

Yo conozco las reglas del juego, y en el fondo no me gusta defraudar a nadie con una salida de prestidigitador. Bruscamente me olvido de todo. De lo que aprendí en la escuela y de lo que he leído en los libros. Mi mente está en blanco. De buena fe y a mano limpia, me pongo a perseguir al ratón. Por primera vez se produce un silencio respetuoso. Apenas si algunos asistentes participan en voz baja a los recién llegados, ciertos antecedentes del drama. Yo estoy realmente en trance y me busco por todas partes el desenlace, como un hombre que ha perdido la razón.

Recorro mis bolsillos uno por uno y los dejo volteados, a la vista del público. Me quito el sombrero y lo arrojo inmediatamente, desechando la idea de sacar un conejo. Deshago el nudo de mi corbata y sigo adelante, profundizando en la camisa, hasta que mis manos se detienen con horror en los primeros botones del pantalón.

A punto de caer desmayado, me salva el rostro de una mujer que de pronto se enciende con esperanzado rubor. Afirmado en el pedestal, pongo en ella todas mis ilusiones y la elevo a la categoría de

musa, olvidando que las mujeres tienen especial debilidad por los temas escabrosos. La tensión llega en este momento a su máximo. ¿Quién fue el alma caritativa que al darse cuenta de mi estado avisó por teléfono? La sirena de la ambulancia preludía en el horizonte una amenaza definitiva.

En el último instante, mi sonrisa de alivio detiene a los que sin duda pensaban en lincharme. Aquí, bajo el brazo izquierdo, en el hueco de la axila, hay un leve calor de nido... Algo aquí se anima y se remueve... Suavemente, dejo caer el brazo a lo largo del cuerpo, con la mano encogida como una cuchara. Y el milagro se produce. Por el túnel de la manga desciende una tierna migaja de vida. Levanto el brazo y extiendo la palma triunfal.

Suspiro, y la multitud suspira conmigo. Sin darme cuenta, yo mismo doy la señal del aplauso y la ovación no se hace esperar. Rápidamente se organiza un desfile asombroso ante el ratón recién nacido. Los entendidos se acercan y lo miran por todos lados, se cercioran de que respira y se mueve, nunca han visto nada igual y me felicitan de todo corazón. Apenas se alejan unos pasos y ya comienzan las objeciones. Dudan, se alzan de hombros y menean la cabeza. ¿Hubo trampa? ¿Es un ratón de verdad? Para tranquilizarme, algunos entusiastas proyectan un paseo en hombros, pero no pasan de allí. El público en general va dispersándose poco a poco. Extenuado por el esfuerzo y a punto de quedarme solo, estoy dispuesto a ceder la criatura al primero que me la pida.

Las mujeres temen casi siempre a esta clase de roedores. Pero aquella cuyo rostro resplandeció entre todos, se aproxima y reclama con timidez el entrañable fruto de fantasía. Halagado a más no poder, yo se lo dedico inmediatamente, y mi confusión no tiene límites cuando se lo guarda amorosa en el seno.

Al despedirse y darme las gracias, explica como puede su actitud, para que no haya malas interpretaciones. Viéndola tan turbada, la escucho con embeleso. Tiene un gato, me dice, y vive con su marido en un departamento de lujo. Sencillamente, se propone darles una pequeña sorpresa. Nadie sabe allí lo que significa un ratón.

EN VERDAD OS DIGO

Todas las personas interesadas en que el camello pase por el ojo de la aguja, deben inscribir su nombre en la lista de patrocinadores del experimento Niklaus.

Desprendido de un grupo de sabios mortíferos, de esos que manipulan el uranio, el cobalto y el hidrógeno, Arpad Niklaus deriva sus investigaciones actuales a un fin caritativo y radicalmente humanitario: la salvación del alma de los ricos.

Propone un plan científico para desintegrar un camello y hacerlo que pase en chorro de electrones por el ojo de una aguja. Un aparato receptor (muy semejante en principio a la pantalla de televisión) organizará los electrones en átomos, los átomos en moléculas y las moléculas en células, reconstruyendo inmediatamente el camello según su esquema primitivo. Niklaus ya logró cambiar el sitio, sin tocarla, una gota de agua pesada. También ha podido evaluar, hasta donde lo permite la discreción de la materia, la energía cuántica que dispara una pezuña de camello. Nos parece inútil abrumar aquí al lector con esa cifra astronómica.

La única dificultad seria en que tropieza el profesor Niklaus es la carencia de una planta atómica propia. Tales instalaciones, extensas como ciudades,

son increíblemente caras. Pero un comité especial se ocupa ya de solventar el problema económico mediante una colecta universal. Las primeras aportaciones, todavía un poco tímidas, sirven para costear la edición de millares de folletos, bonos y prospectos explicativos, así como para asegurar al profesor Niklaus el modesto salario que le permite proseguir sus cálculos e investigaciones teóricas, en tanto se edifican los inmensos laboratorios.

En la hora presente, el comité sólo cuenta con el camello y la aguja. Como las sociedades protectoras de animales aprueban el proyecto, que es inonsivo y hasta saludable para cualquier camello (Niklaus habla de una probable regeneración de todas las células), los parques zoológicos del país han ofrecido una verdadera caravana. Nueva York no ha vacilado en exponer su famosísimo dromedario blanco.

Por lo que toca a la aguja, Arpad Niklaus se muestra muy orgulloso, y la considera piedra angular de la experiencia. No es una aguja cualquiera, sino un maravilloso objeto dado a luz por su laborioso talento. A primera vista podría ser confundida con una aguja común y corriente. La señora Niklaus, dando muestra de fino humor, se complace en zurcir con ella la ropa de su marido. Pero su valor es infinito. Está hecha de un portentoso metal todavía no clasificado, cuyo símbolo químico, apenas insinuado por Niklaus, parece dar a entender que se trata de un cuerpo compuesto exclusivamente de isótopos de níquel. Esta sustancia misteriosa ha dado mucho que pensar a los hombres de ciencia. No ha faltado quien sostenga la hipótesis risible de un osmio sintético o de un molibdeno aberrante, o quien se atreva a proclamar públicamente las palabras de un profesor envidioso que aseguró haber reconocido el metal de Niklaus bajo la forma de pequeñísimos grumos cristalinos enquistados en densas masas de siderita. Lo que se sabe a ciencia cierta es que la aguja de Niklaus puede resistir la fricción de un chorro de electrones a velocidad ultracósmica.

En una de esas explicaciones tan gratas a los abstrusos matemáticos, el profesor Niklaus compara el camello en su tránsito con un hilo de araña. Nos dice que si aprovechamos ese hilo para tejer una tela, nos haría falta todo el espacio sideral para

extenderla, y que las estrellas visibles e invisibles quedarían allí prendidas como briznas de rocío. La madeja en cuestión mide millones de años luz, y Niklaus ofrece devanarla en unos tres quintos de segundo.

Como puede verse, el proyecto es del todo viable y hasta diríamos que peca de científico. Cuenta ya con la simpatía y el apoyo moral (todavía no confirmado oficialmente) de la Liga Interplanetaria que preside en Londres el eminente Olaf Stapledon.

En vista de la natural expectación y ansiedad que ha provocado en todas partes la oferta de Niklaus, el comité manifiesta un especial interés llamando la atención de todos los poderosos de la tierra, a fin de que no se dejen sorprender por los charlatanes que están pasando camellos muertos a través de sutiles orificios. Estos individuos, que no titubean al llamarse hombres de ciencia, son simples estafadores a caza de esperanzados incautos. Proceden de un modo sumamente vulgar, disolviendo el camello en soluciones cada vez más ligeras de ácido sulfúrico. Luego destilan el líquido por el ojo de la aguja, mediante una clepsidra de vapor, y creen haber realizado el milagro. Como puede verse, el experimento es inútil y de nada sirve financiarlo. El camello debe estar vivo antes y después del imposible traslado.

En vez de derretir toneladas de cirios y de gastar el dinero en indescifrables obras de caridad, las personas interesadas en la vida eterna que posean un capital estorboso, deben patrocinar la desintegración del camello, que es científica, vistosa y en último término lucrativa. Hablar de generosidad en un caso semejante resulta del todo innecesario. Hay que cerrar los ojos y abrir la bolsa con amplitud, a sabiendas de que todos los gastos serán cubiertos a prorrata. El premio será igual para todos los contribuyentes: lo que urge es aproximar lo más que sea posible la fecha de entrega.

El monto del capital necesario no podrá ser conocido hasta el imprevisible final, y el profesor Niklaus, con toda honestidad, se niega a trabajar con un presupuesto que no sea fundamentalmente elástico. Los suscriptores deben cubrir con paciencia y durante años sus cuotas de inversión. Hay necesidad de contratar millares de técnicos, gerentes y obre-

ros. Deben fundarse subcomités regionales y nacionales. Y el estatuto de un colegio de sucesores del profesor Niklaus, no tan sólo debe ser previsto, sino presupuesto en detalles, ya que la tentativa puede extenderse razonablemente durante varias generaciones. A este respecto no está por demás señalar la edad provecta del sabio Niklaus.

Como todos los propósitos humanos, el experimento Niklaus ofrece dos probables resultados: el fracaso y el éxito. Además de simplificar el problema de la salvación personal, el éxito de Niklaus convertirá a los empresarios de tan mística experiencia en accionistas de una fabulosa compañía de transportes. Será muy fácil desarrollar la desintegración de los seres humanos de un modo práctico y económico. Los hombres del mañana viajarán a través de grandes distancias, en un instante y sin peligro, disueltos en ráfagas electrónicas.

Pero la posibilidad de un fracaso es todavía más halagadora. Si Arpad Niklaus es un fabricante de quimeras y a su muerte le sigue toda una estirpe de impostores, su obra humanitaria no hará sino aumentar en grandeza, como una progresión geométrica, o como el tejido de pollo cultivado por Carrel. Nada impedirá que pase a la historia como el glorioso fundador de la desintegración universal de capitales. Y los ricos, empobrecidos en serie por las agotadoras inversiones, entrarán fácilmente al reino de los cielos por la puerta estrecha (el ojo de la aguja), aunque el camello no pase.

EL RINOCERONTE

Durante diez años luché con un rinoceronte; soy la esposa divorciada del juez McBride.

Joshua McBride me poseyó durante diez años con imperioso egoísmo. Conocí sus arrebatos de furor, su ternura momentánea, y en las altas horas de la noche, su lujuria insistente y ceremoniosa.

Renuncié al amor antes de saber lo que era, porque Joshua me demostró con alegatos judiciales que el amor sólo es un cuento que sirve para entretener a las criadas. Me ofreció en cambio su protección de hombre respetable. La protección de un hombre respetable es, según Joshua, la máxima ambición de toda mujer.

Diez años luché cuerpo a cuerpo con el rinoceronte, y mi único triunfo consistió en arrastrarlo al divorcio.

Joshua McBride se ha casado de nuevo, pero esta vez se equivocó en la elección. Buscando otra Elinor, fue a dar con la horma de su zapato. Pamela es romántica y dulce, pero sabe el secreto que ayuda a vencer a los rinocerontes. Joshua McBride ataca de frente, pero no puede volverse con rapidez. Cuando alguien se coloca de pronto a su espalda, tiene que girar en redondo para volver a atacar. Pamela lo ha cogido de la cola, y no lo suelta, y lo zarandea.

De tanto girar en redondo, el juez comienza a dar muestras de fatiga, cede y se ablanda. Se ha vuelto más lento y opaco en sus furores; sus prédicas pierden veracidad, como en labios de un actor desconcertado. Su cólera no sale ya a la superficie. Es como un volcán subterráneo, con Pamela sentada encima, sonriente. Con Joshua, yo naufragaba en el mar; Pamela flota como un barquito de papel en una palangana. Es hija de un Pastor prudente y vegetariano que le enseñó la manera de lograr que los tigres se vuelvan también vegetarianos y prudentes.

Hace poco vi a Joshua en la iglesia, oyendo devotamente los oficios dominicales. Está como enjuto y comprimido. Tal parece que Pamela, con sus dos manos frágiles, ha estado reduciendo su volumen y le ha ido doblando el espinazo. Su palidez de vegetariano le da un suave aspecto de enfermo.

Las personas que visitan a los McBride me cuentan cosas sorprendentes. Hablan de unas comidas incomprensibles, de almuerzos y cenas sin rosbif; me describen a Joshua devorando enormes fuentes de ensalada. Naturalmente, de tales alimentos no puede extraer las calorías que daban auge a sus antiguas cóleras. Sus platos favoritos han sido metódicamente alterados o suprimidos por implacables y adustas cocineras. El patagrás y el gorgonzola no envuelven ya el roble ahumado del comedor en su untuosa pestilencia. Han sido reemplazados por insípidas cremas y quesos inodoros que Joshua come en silencio, como un niño castigado. Pamela, siempre amable y sonriente, apaga el habano de Joshua a la mitad, raciona el tabaco de su pipa y restringe su whisky.

Esto es lo que me cuentan. Me place imaginarlos a los dos solos, cenando en la mesa angosta y larga, bajo la luz fría de los candelabros. Vigilado por la sabia Pamela, Joshua el glotón absorbe colérico sus livianos manjares. Pero sobre todo, me gusta imaginar al rinoceronte en pantuflas, con el gran cuerpo informe bajo la bata, llamando en las altas horas de la noche, tímido y persistente, ante una puerta obstinada.

LA MIGALA

La migala discurre libremente por la casa, pero mi capacidad de horror no disminuye.

El día en que Beatriz y yo entramos en aquella barraca inmunda de la feria callejera, me di cuenta de que la repulsiva alimaña era lo más atroz que podía depararme el destino. Peor que el desprecio y la conmiseración brillando de pronto en una clara mirada.

Unos días más tarde volví para comprar la migala, y el sorprendido saltimbanqui me dio algunos informes acerca de sus costumbres y su alimentación extraña. Entonces comprendí que tenía en las manos, de una vez por todas, la amenaza total, la máxima dosis de terror que mi espíritu podía soportar. Recuerdo mi paso tembloroso, vacilante, cuando de regreso a la casa sentía el peso leve y denso de la araña, ese peso del cual podía descontar, con seguridad, el de la caja de madera en que la llevaba, como si fueran dos pesos totalmente diferentes; el de la madera inocente y el del impuro y ponzoñoso animal que tiraba de mí como un lastre definitivo. Dentro de aquella caja iba el infierno personal que instalaría en mi casa para destruir, para anular al otro, al descomunal infierno de los hombres.

La noche memorable en que solté a la migala en mi departamento y la vi correr como un cangrejo y ocultarse bajo un mueble, ha sido el principio de una vida indescriptible. Desde entonces, cada uno de los instantes de que dispongo ha sido recorrido por los pasos de la araña, que llena la casa con su presencia invisible.

Todas las noches tiemblo en espera de la picadura mortal. Muchas veces despierto con el cuerpo helado, tenso, inmóvil, porque el sueño ha creado para mí, con precisión, el paso cosquilleante de la araña sobre mi piel, su peso indefinible, su consistencia de entraña. Sin embargo, siempre amanece. Estoy vivo y mi alma inútilmente se apresta y se perfecciona.

Hay días en que pienso que la migala ha desaparecido, que se ha extraviado o que ha muerto. Pero no hago nada para comprobarlo. Dejo siempre que el azar me vuelva a poner frente a ella, al salir del baño, o mientras me desvisto para echarme en la cama. A veces el silencio de la noche me trae el eco de sus pasos, que he aprendido a oír, aunque sé que son imperceptibles.

Muchos días encuentro intacto el alimento que he dejado la víspera. Cuando desaparece, no sé si lo ha devorado la migala o algún otro inocente huésped de la casa. He llegado a pensar también que acaso estoy siendo víctima de una superchería y que me hallo a merced de una falsa migala. Tal vez el saltimbanqui me ha engañado, haciéndome pagar un alto precio por un inofensivo y repugnante escarabajo.

Pero en realidad esto no tiene importancia, porque yo he consagrado a la migala con la certeza de mi muerte aplazada. En las horas más agudas del insomnio, cuando me pierdo en conjeturas y nada me tranquiliza, suele visitarme la migala. Se pasea embrolladamente por el cuarto y trata de subir con torpeza a las paredes. Se detiene, levanta su cabeza y mueve los palpos. Parece husmear, agitada, un invisible compañero.

Entonces, estremecido en mi soledad, acorralado por el pequeño monstruo, recuerdo que en otro tiempo yo soñaba en Beatriz y en su compañía imposible.

EL GUARDAGUJAS

El forastero llegó sin aliento a la estación desierta. Su gran valija, que nadie quiso cargar, le había fatigado en extremo. Se enjugó el rostro con un pañuelo, y con la mano en visera miró los rieles que se perdían en el horizonte. Desalentado y pensativo consultó su reloj: la hora justa en que el tren debía partir.

Alguien, salido de quién sabe dónde, le dio una palmada muy suave. Al volverse, el forastero se halló ante un viejecillo de vago aspecto ferrocarrilero. Llevaba en la mano una linterna roja, pero tan pequeña, que parecía de juguete. Miró sonriendo al viajero, que le preguntó con ansiedad:

—Usted perdone, ¿ha salido ya el tren?

—¿Lleva usted poco tiempo en este país?

—Necesito salir inmediatamente. Debo hallarme en T. mañana mismo.

—Se ve que usted ignora las cosas por completo. Lo que debe hacer ahora mismo es buscar alojamiento en la fonda para viajeros —y señaló un extraño edificio ceniciento que más bien parecía un presidio.

—Pero yo no quiero alojarme, sino salir en el tren.

—Alquile usted un cuarto inmediatamente, si es

que lo hay. En caso de que pueda conseguirlo, contrátelo por mes, le resultará más barato y recibirá mejor atención.

—¿Está usted loco? Yo debo llegar a T. mañana mismo.

—Francamente, debería abandonarlo a su suerte. Sin embargo, le daré unos informes.

—Por favor...

—Este país es famoso por sus ferrocarriles, como usted sabe. Hasta ahora no ha sido posible organizarlos debidamente, pero se han hecho ya grandes cosas en lo que se refiere a la publicación de itinerarios y a la expedición de boletos. Las guías ferroviarias abarcan y enlazan todas las poblaciones de la nación; se expenden boletos hasta para las aldeas más pequeñas y remotas. Falta solamente que los convoyes cumplan las indicaciones contenidas en las guías y que pasen efectivamente por las estaciones. Los habitantes del país así lo esperan; mientras tanto, aceptan las irregularidades del servicio y su patriotismo les impide cualquier manifestación de desagrado.

—Pero ¿hay un tren que pasa por esta ciudad?

—Afirmarlo equivaldría a cometer una inexactitud. Como usted puede darse cuenta, los rieles existen, aunque un tanto averiados. En algunas poblaciones están sencillamente indicados en el suelo, mediante dos rayas de gis. Dadas las condiciones actuales, ningún tren tiene la obligación de pasar por aquí, pero nada impide que eso pueda suceder. Yo he visto pasar muchos trenes en mi vida y conocí algunos viajeros que pudieron abordarlos. Si usted espera convenientemente, tal vez yo mismo tenga el honor de ayudarle a subir a un hermoso y confortable vagón.

—¿Me llevará ese tren a T.?

—¿Y por qué se empeña usted en que ha de ser precisamente a T.? Debería darse por satisfecho si pudiera abordarlo. Una vez en el tren, su vida tomará efectivamente algún rumbo. ¿Qué importa si ese rumbo no es el de T.?

—Es que yo tengo un boleto en regla para ir a T. Lógicamente, debo ser conducido a ese lugar, ¿no es así?

—Cualquiera diría que tiene usted razón. En la

fonda para viajeros podrá usted hablar con personas que han tomado sus precauciones, adquiriendo grandes cantidades de boletos. Por regla general, las gentes previsoras compran pasajes para todos los puntos del país. Hay quien ha gastado en boletos una verdadera fortuna...

—Yo creí que para ir a T. me bastaba un boleto. Mírelo usted...

—El próximo tramo de los ferrocarriles nacionales va a ser construido con el dinero de una sola persona que acaba de gastar su inmenso capital en pasajes de ida y vuelta para un trayecto ferroviario cuyos planos, que incluyen extensos túneles y puentes, ni siquiera han sido aprobados por los ingenieros de la empresa.

—Pero el tren que pasa por T., ¿ya se encuentra en servicio?

—Y no sólo ése. En realidad, hay muchísimos trenes en la nación, y los viajeros pueden utilizarlos con relativa frecuencia, pero tomando en cuenta que no se trata de un servicio formal y definitivo. En otras palabras, al subir a un tren, nadie espera ser conducido al sitio que desea.

—¿Cómo es eso?

—En su afán de servir a los ciudadanos, la empresa debe recurrir a ciertas medidas desesperadas. Hace circular trenes por lugares intransitables. Esos convoyes expedicionarios emplean a veces varios años en su trayecto, y la vida de los viajeros sufre algunas transformaciones importantes. Los fallecimientos no son raros en tales casos, pero la empresa, que todo lo ha previsto, añade a esos trenes un vagón capilla ardiente y un vagón cementerio. Es motivo de orgullo para los conductores depositar el cadáver de un viajero —lujosamente embalsamado— en los andenes de la estación que prescribe su boleto. En ocasiones, esos trenes forzados recorren trayectos en que falta uno de los rieles. Todo un lado de los vagones se estremece lamentablemente con los golpes que dan las ruedas sobre los durmientes. Los viajeros de primera —es otra de las previsiones de la empresa— se colocan del lado en que hay riel. Los de segunda padecen los golpes con resignación. Pero hay otros tramos en que faltan ambos rieles;

allí los viajeros sufren por igual, hasta que el tren queda totalmente destruido.

—¡Santo Dios!

—Mire usted: la aldea de F. surgió a causa de uno de esos accidentes. El tren fue a dar en un terreno impracticable. Lijadas por la arena, las ruedas se gastaron hasta los ejes. Los viajeros pasaron tanto tiempo juntos, que de las obligadas conversaciones triviales surgieron amistades estrechas. Algunas de esas amistades se transformaron pronto en idilio, y el resultado ha sido F., una aldea progresista llena de niños traviesos que juegan con los vestigios enmohecidos del tren.

—¡Dios mío, yo no estoy hecho para tales aventuras!

—Necesita usted ir templando su ánimo; tal vez llegue usted a convertirse en héroe. No crea que faltan ocasiones para que los viajeros demuestren su valor y sus capacidades de sacrificio. Recientemente, doscientos pasajeros anónimos escribieron una de las páginas más gloriosas en nuestros anales ferroviarios. Sucede que en un viaje de prueba, el maquinista advirtió a tiempo una grave omisión de los constructores de la línea. En la ruta faltaba el puente que debía salvar un abismo. Pues bien, el maquinista, en vez de poner marcha hacia atrás, arengó a los pasajeros y obtuvo de ellos el esfuerzo necesario para seguir adelante. Bajo su enérgica dirección, el tren fue desarmado pieza por pieza y conducido en hombros al otro lado del abismo, que todavía reservaba la sorpresa de contener en su fondo un río caudaloso. El resultado de la hazaña fue tan satisfactorio que la empresa renunció definitivamente a la construcción del puente, conformándose con hacer un atractivo descuento en las tarifas de los pasajeros que se atreven a afrontar esa molestia suplementaria.

—¡Pero yo debo llegar a T. mañana mismo!

—¡Muy bien! Me gusta que no abandone usted su proyecto. Se ve que es usted un hombre de convicciones. Alójese por lo pronto en la fonda y tome el primer tren que pase. Trate de hacerlo cuando menos; mil personas estarán para impedírselo. Al llegar un convoy, los viajeros, irritados por una espera demasiado larga, salen de la fonda en tumulto

para invadir ruidosamente la estación. Muchas veces provocan accidentes con su increíble falta de cortesía y de prudencia. En vez de subir ordenadamente se dedican a aplastarse unos a otros; por lo menos, se impiden para siempre el abordaje, y el tren se va dejándolos amotinados en los andenes de la estación. Los viajeros, agotados y furiosos, maldicen su falta de educación, y pasan mucho tiempo insultándose y dándose de golpes.

—¿Y la policía no interviene?

—Se ha intentado organizar un cuerpo de policía en cada estación, pero la imprevisible llegada de los trenes hacía tal servicio inútil y sumamente costoso. Además, los miembros de ese cuerpo demostraron muy pronto su venalidad, dedicándose a proteger la salida exclusiva de pasajeros adinerados que les daban a cambio de esa ayuda todo lo que llevaban encima. Se resolvió entonces el establecimiento de un tipo especial de escuelas, donde los futuros viajeros reciben lecciones de urbanidad y un entrenamiento adecuado. Allí se les enseña la manera correcta de abordar un convoy, aunque esté en movimiento y a gran velocidad. También se les proporciona una especie de armadura para evitar que los demás pasajeros les rompan las costillas.

—Pero una vez en el tren, ¿está uno a cubierto de nuevas contingencias?

—Relativamente. Sólo le recomiendo que se fije muy bien en las estaciones. Podría darse el caso de que usted creyera haber llegado a T., y sólo fuese una ilusión. Para regular la vida a bordo de los vagones demasiado repletos, la empresa se ve obligada a echar mano de ciertos expedientes. Hay estaciones que son pura apariencia: han sido construidas en plena selva y llevan el nombre de alguna ciudad importante. Pero basta poner un poco de atención para descubrir el engaño. Son como las decoraciones del teatro, y las personas que figuran en ellas están llenas de aserrín. Esos muñecos revelan fácilmente los estragos de la intemperie, pero son a veces una perfecta imagen de la realidad: llevan en el rostro las señales de un cansancio infinito.

—Por fortuna, T. no se halla muy lejos de aquí.

—Pero carecemos por el momento de trenes directos. Sin embargo, no debe excluirse la posibilidad

de que usted llegue mañana mismo, tal como desea. La organización de los ferrocarriles, aunque deficiente, no excluye la posibilidad de un viaje sin escalas. Vea usted, hay personas que ni siquiera se han dado cuenta de lo que pasa. Compran un boleto para ir a T. Viene un tren, suben, y al día siguiente oyen que el conductor anuncia: «Hemos llegado a T.» Sin tomar precaución alguna, los viajeros descienden y se hallan efectivamente en T.

—¿Podría yo hacer alguna cosa para facilitar ese resultado?

—Claro que puede usted. Lo que no se sabe es si le servirá de algo. Inténtelo de todas maneras. Suba usted al tren con la idea fija de que va a llegar a T. No trate a ninguno de los pasajeros. Podrán desilusionarlo con sus historias de viaje, y hasta denunciarlo a las autoridades.

—¿Qué está usted diciendo?

—En virtud del estado actual de las cosas los trenes viajan llenos de espías. Estos espías, voluntarios en su mayor parte, dedican su vida a fomentar el espíritu constructivo de la empresa. A veces uno no sabe lo que dice y habla sólo por hablar. Pero ellos se dan cuenta en seguida de todos los sentidos que puede tener una frase, por sencilla que sea. Del comentario más inocente saben sacar una opinión culpable. Si usted llegara a cometer la menor imprudencia, sería aprehendido sin más; pasaría el resto de su vida en un vagón cárcel o le obligarían a descender en una falsa estación, perdida en la selva. Viaje usted lleno de fe, consuma la menor cantidad posible de alimentos y no ponga los pies en el andén antes de que vea en T. alguna cara conocida.

—Pero yo no conozco en T. a ninguna persona.

—En ese caso redoble usted sus precauciones. Tendrá, se lo aseguro, muchas tentaciones en el camino. Si mira usted por las ventanillas, está expuesto a caer en la trampa de un espejismo. Las ventanillas están provistas de ingeniosos dispositivos que crean toda clase de ilusiones en el ánimo de los pasajeros. No hace falta ser débil para caer en ellas. Ciertos aparatos, operados desde la locomotora, hacen creer, por el ruido y los movimientos, que el tren está en marcha. Sin embargo, el tren

permanece detenido semanas enteras, mientras los viajeros ven pasar cautivadores paisajes a través de los cristales.

—¿Y eso qué objeto tiene?

—Todo esto lo hace la empresa con el sano propósito de disminuir la ansiedad de los viajeros y de anular en todo lo posible las sensaciones de traslado. Se aspira a que un día se entreguen plenamente al azar, en manos de una empresa omnipotente, y que ya no les importe saber a dónde van ni de dónde vienen.

—Y usted, ¿ha viajado mucho en los trenes?

—Yo, señor, sólo soy guardagujas. A decir verdad, soy un guardagujas jubilado, y sólo aparezco aquí de vez en cuando para recordar los buenos tiempos. No he viajado nunca, ni tengo ganas de hacerlo. Pero los viajeros me cuentan historias. Sé que los trenes han creado muchas poblaciones además de la aldea de F. cuyo origen le he referido. Ocurre a veces que los tripulantes de un tren reciben órdenes misteriosas. Invitan a los pasajeros a que desciendan de los vagones, generalmente con el pretexto de que admiren las bellezas de un determinado lugar. Se les habla de grutas, de cataratas o de ruinas célebres: «Quince minutos para que admiren ustedes la gruta tal o cual», dice amablemente el conductor. Una vez que los viajeros se hallan a cierta distancia, el tren escapa a todo vapor.

—¿Y los viajeros?

—Vagan desconcertados de un sitio a otro durante algún tiempo, pero acaban por congregarse y se establecen en colonia. Estas paradas intempestivas se hacen en lugares adecuados, muy lejos de toda civilización y con riquezas naturales suficientes. Allí se abandonan lotes selectos, de gente joven, y sobre todo con mujeres abundantes. ¿No le gustaría a usted pasar sus últimos días en un pintoresco lugar desconocido, en compañía de una muchachita?

El viejecillo sonriente hizo un guiño y se quedó mirando al viajero, lleno de bondad y de picardía. En ese momento se oyó un silbido lejano. El guardagujas dio un brinco, y se puso a hacer señales ridículas y desordenadas con su linterna.

—¿Es el tren? —preguntó el forastero.

El anciano echó a correr por la vía, desaforada-

mente. Cuando estuvo a cierta distancia, se volvió para gritar:

—¡Tiene usted suerte! Mañana llegará a su famosa estación. ¿Cómo dice usted que se llama?

—¡X! —contestó el viajero.

En ese momento el viejecillo se disolvió en la clara mañana. Pero el punto rojo de la linterna siguió corriendo y saltando entre los rieles, imprudentemente, al encuentro del tren.

Al fondo del paisaje, la locomotora se acercaba como un ruidoso advenimiento.

EL DISCIPULO

De raso negro, bordeada de armiño y con grue-
sos alamares de plata y de ébano, la gorra de Andrés
Salaino es la más hermosa que he visto. El maestro
la compró a un mercader veneciano y es realmente
digna de un príncipe. Para no ofenderme, se detuvo
al pasar por el Mercado Viejo y eligió este bonete
de fieltro gris. Luego, queriendo celebrar el estreno,
nos puso de modelo el uno al otro.

Dominado mi resentimiento, dibujé una cabeza
de Salaino, lo mejor que ha salido de mi mano. Andrés aparece tocado con su hermosa gorra, y con el
gesto altanero que pasea por las calles de Florencia,
creyéndose a los dieciocho años un maestro de la
pintura. A su vez, Salaino me retrató con el ridículo
bonete y con el aire de un campesino recién llegado
de San Sepolcro. El maestro celebró alegremente
nuestra labor, y él mismo sintió ganas de dibujar.
Decía: «Salaino sabe reírse y no ha caído en la trampa.» Y luego, dirigiéndose a mí: «Tú sigues creyendo en la belleza. Muy caro lo pagarás. No falta en
tu dibujo una línea, pero sobran muchas. Traedme
un cartón. Os enseñaré cómo se destruye la belleza.»

Con un lápiz de carbón trazó el bosquejo de una
bella figura: el rostro de un ángel, tal vez el de

una hermosa mujer. Nos dijo: «Mirad, aquí está naciendo la belleza. Estos dos huecos sombríos son sus ojos; estas líneas imperceptibles, la boca. El rostro entero carece de contorno. Esta es la belleza.» Y luego, con un guiño: «Acabemos con ella.» Y en poco tiempo, dejando caer unas líneas sobre otras, creando espacios de luz y de sombras, hizo de memoria ante mis ojos maravillados el retrato de Gioia. Los mismos ojos oscuros, el mismo óvalo del rostro, la misma imperceptible sonrisa.

Cuando yo estaba más embelesado, el maestro interrumpió su trabajo y comenzó a reír de manera extraña. «Hemos acabado con la belleza —dijo—. Ya no queda sino esta infame caricatura.» Sin comprender, yo seguía contemplando aquel rostro espléndido y sin secretos. De pronto, el maestro rompió en dos el dibujo y arrojó los pedazos al fuego de la chimenea. Quedé inmóvil de estupor. Y entonces él hizo algo que nunca podré olvidar ni perdonar. De ordinario tan silencioso, echó a reír con una risa odiosa, frenética. «¡Anda, pronto, salva a tu señora del fuego!» Y me tomó la mano derecha y revolvió con ella las frágiles cenizas de la hoja de cartón. Vi por última vez sonreír el rostro de Gioia entre las llamas.

Con mi mano escaldada lloré silencioso, mientras Salaino celebraba ruidosamente la pesada broma del maestro.

Pero sigo creyendo en la belleza. No seré un gran pintor, y en vano olvidé en San Sepolcro las herramientas de mi padre. No seré un gran pintor, y Gioia casará con el hijo de un mercader. Pero sigo creyendo en la belleza.

Trastornado, salgo del taller y vago al azar por las calles. La belleza está en torno de mí, y llueve oro y azul sobre Florencia. La veo en los ojos oscuros de Gioia, y en el porte arrogante de Salaino, tocado con su gorra de abalorios. Y en las orillas del río me detengo a contemplar mis dos manos ineptas.

La luz cede poco a poco y el Campanile recorta en el cielo su perfil sombrío. El panorama de Florencia se oscurece lentamente, como un dibujo so-

bre el cual se acumulan demasiadas líneas. Una campana deja caer el comienzo de la noche.

Asustado, palpo mi cuerpo y echo a correr temeroso de disolverme en el crepúsculo. En las últimas nubes creo distinguir la sonrisa fría y desencantada del maestro, que hiela mi corazón. Y vuelvo a caminar lentamente, cabizbajo, por calles cada vez más sombrías, seguro de que voy a perderme en el olvido de los hombres.

EVA

El la perseguía a través de la biblioteca entre
mesas, sillas y facistoles. Ella se escapaba hablando
de los derechos de la mujer, infinitamente violados.
Cinco mil años absurdos los separaban. Durante
cinco mil años ella había sido inexorablemente ve-
jada, postergada, reducida a la esclavitud. El trataba
de justificarse por medio de una rápida y fragmen-
taria alabanza personal, dicha con frases entrecor-
tadas y trémulos ademanes.

En vano buscaba él los textos que podían dar
apoyo a sus teorías. La biblioteca, especializada en
literatura española de los siglos XVI y XVII, era un
dilatado arsenal enemigo, que glosaba el concepto
del honor y algunas atrocidades de ese mismo jaez.

El joven citaba infatigablemente a J. J. Bachofen,
el sabio que todas las mujeres debían leer, porque
les ha devuelto la grandeza de su papel en la pre-
historia. Si sus libros estuvieran a mano, él habría
puesto a la muchacha ante el cuadro de aquella civilización oscura, regida por la mujer, cuando la tierra
tenía en todas partes una recóndita humedad de
entraña y el hombre trataba de alzarse de ella en
palafitos.

Pero a la muchacha todas estas cosas la dejaban
fría. Aquel período matriarcal, por desgracia no his-

tórico y apenas comprobable, parecía aumentar su resentimiento. Se escapaba siempre de anaquel en anaquel, subía a veces a las escalerillas y abrumaba al joven bajo una lluvia de denuestos. Afortunadamente, en la derrota, algo acudió en auxilio del joven. Se acordó de pronto de Heinz Wölpe. Su voz adquirió citando a este autor un nuevo y poderoso acento.

«En el principio sólo había un sexo, evidentemente femenino, que se reproducía automáticamente. Un ser mediocre comenzó a surgir en forma esporádica, llevando una vida precaria y estéril frente a la maternidad formidable. Sin embargo, poco a poco fue apropiándose ciertos órganos esenciales. Hubo un momento en que se hizo imprescindible. La mujer se dio cuenta, demasiado tarde, de que le faltaban ya la mitad de sus elementos y tuvo necesidad de buscarlos en el hombre, que fue hombre en virtud de esa separación progresiva y de ese regreso accidental a su punto de origen.»

La tesis de Wölpe sedujo a la muchacha. Miró al joven con ternura. «El hombre es un hijo que se ha portado mal con su madre a través de toda la historia», dijo casi con lágrimas en los ojos.

Lo perdonó a él, perdonando a todos los hombres. Su mirada perdió resplandores, bajó los ojos como una madona. Su boca, endurecida antes por el desprecio. se hizo blanda y dulce como un fruto. El sentía brotar de sus manos y de sus labios caricias mitológicas. Se acercó a Eva temblando y Eva no huyó.

Y allí en la biblioteca, en aquel escenario complicado y negativo, al pie de los volúmenes de conceptuosa literatura, se inició el episodio milenario, a semejanza de la vida en los palafitos.

PUEBLERINA

Al volver la cabeza sobre el lado derecho para dormir el último, breve y delgado sueño de la mañana, don Fulgencio tuvo que hacer un gran esfuerzo y empitonó la almohada. Abrió los ojos. Lo que hasta entonces fue una blanda sospecha, se volvió certeza puntiaguda.

Con un poderoso movimiento del cuello don Fulgencio levantó la cabeza, y la almohada voló por los aires. Frente al espejo, no pudo ocultarse su admiración, convertido en un soberbio ejemplar de rizado testuz y espléndidas agujas. Profundamente insertados en la frente, los cuernos eran blanquecinos en su base, jaspeados a la mitad, y de un negro aguzado en los extremos.

Lo primero que se le ocurrió a don Fulgencio fue ensayarse el sombrero. Contrariado, tuvo que echarlo hacia atrás: eso le daba un aire de cierta fanfarronería.

Como tener cuernos no es una razón suficiente para que un hombre metódico interrumpa el curso de sus acciones, don Fulgencio emprendió la tarea de su ornato personal, con minucioso esmero, de pies a cabeza. Después de lustrarse los zapatos, don Fulgencio cepilló ligeramente sus cuernos, ya de por sí resplandecientes.

Su mujer le sirvió el desayuno con tacto exquisito. Ni un solo gesto de sorpresa, ni la más mínima alusión que pudiera herir al marido noble y pastueño. Apenas si una suave y temerosa mirada revoloteó un instante, como sin atreverse a posar en las puntas.

El beso en la puerta fue como el dardo de la divisa. Y don Fulgencio salió a la calle respingando, dispuesto a arremeter contra su nueva vida. Las gentes lo saludaban como de costumbre, pero al cederle la acera un jovenzuelo, don Fulgencio adivinó un esguince lleno de torería. Y una vieja que volvía de misa le echó una de esas miradas estupendas, insidiosa y desplegada como una larga serpentina. Cuando quiso ir contra ella el ofendido, la lechuza entró en su casa como el diestro detrás de un burladero. Don Fulgencio se dio un golpe contra la puerta, cerrada inmediatamente, que le hizo ver las estrellas. Lejos de ser una apariencia, los cuernos tenían que ver con la última derivación de su esqueleto. Sintió el choque y la humillación hasta en la punta de los pies.

Afortunadamente, la profesión de don Fulgencio no sufrió ningún desdoro ni decadencia. Los clientes acudían a él entusiasmados, porque su agresividad se hacía cada vez más patente en el ataque y la defensa. De lejanas tierras venían los litigantes a buscar el patrocinio de un abogado con cuernos.

Pero la vida tranquila del pueblo tomó a su alrededor un ritmo agobiante de fiesta brava, llena de broncas y herraderos. Y don Fulgencio embestía a diestro y siniestro, contra todos, por quítame allá esas pajas. A decir verdad, nadie le echaba sus cuernos en cara, nadie se los veía siquiera. Pero todos aprovechaban la menor distracción para ponerle un buen par de banderillas; cuando menos, los más tímidos se conformaban con hacerle unos burlescos y floridos galleos. Algunos caballeros de estirpe medieval no desdeñaban la ocasión de colocar a don Fulgencio un buen puyazo, desde sus engreídas y honorables alturas. Las serenatas del domingo y las fiestas nacionales daban motivo para improvisar ruidosas capeas populares a base de don Fulgencio, que achuchaba, ciego de ira, a los más atrevidos lidiadores.

Mareado de verónicas, faroles y revoleras, abrumado con desplantes, muletazos y pases de castigo, don Fulgencio llegó a la hora de la verdad lleno de resabios y peligrosos derrotes, convertido en una bestia feroz. Ya no lo invitaban a ninguna fiesta ni ceremonia pública, y su mujer se quejaba amargamente del aislamiento en que la hacía vivir el mal carácter de su marido.

A fuerza de pinchazos, varas y garapullos, don Fulgencio disfrutaba sangrías cotidianas y pomposas hemorragias dominicales. Pero todos los derrames se le iban hacia dentro, hasta el corazón hinchado de rencor.

Su grueso cuello de Miura hacía presentir el instantáneo fin de los pletóricos. Rechoncho y sanguíneo, seguía embistiendo en todas direcciones, incapaz de reposo y de dieta. Y un día que cruzaba la Plaza de Armas, trotando a la querencia, don Fulgencio se detuvo y levantó la cabeza azorado, al toque de un lejano clarín. El sonido se acercaba, entrando en sus orejas como una tromba ensordecedora. Con los ojos nublados, vio abrirse a su alrededor un coso gigantesco; algo así como un Valle de Josafat lleno de prójimos con trajes de luces. La congestión se hundió luego en su espina dorsal, como una estocada hasta la cruz. Y don Fulgencio rodó patas arriba sin puntilla.

A pesar de su profesión, el notorio abogado dejó su testamento en borrador. Allí expresaba, en un sorprendente tono de súplica, la voluntad postrera de que al morir le quitaran los cuernos, ya fuera a serrucho, ya a cincel y martillo. Pero su conmovedora petición se vio traicionada por la diligencia de un carpintero oficioso, que le hizo el regalo de un ataúd especial, provisto de dos vistosos añadidos laterales.

Todo el pueblo acompañó a don Fulgencio en el arrastre, conmovido por el recuerdo de su bravura. Y a pesar del apogeo luctuoso de las ofrendas, las exequias y las tocas de la viuda, el entierro tuvo un no sé qué de jocunda y risueña mascarada.

SINESIO DE RODAS

Las páginas abrumadoras de la *Patrología griega* de Paul Migne han sepultado la memoria frágil de Sinesio de Rodas, que proclamó el imperio terrestre de los ángeles del azar.

Con su habitual exageración, Orígenes dio a los ángeles una importancia excesiva dentro de la economía celestial. Por su parte, el piadoso Clemente de Alejandría reconoció por primera vez un ángel guardián a nuestra espalda. Y entre los primeros cristianos del Asia Menor se propagó un afecto desordenado por las multiplicidades jerárquicas.

Entre la masa oscura de los herejes angelólogos, Valentino el Gnóstico y Basílides, su eufórico discípulo, emergen con brillo luciferino. Ellos dieron alas al culto maniático de los ángeles. En pleno siglo II quisieron alzar del suelo pesadísimas criaturas positivas, que llevan hermosos nombres científicos, como Dínamo y Sofía, a cuya progenie bestial debe el género humano sus desdichas.

Menos ambicioso que sus predecesores, Sinesio de Rodas aceptó el Paraíso tal y como fue concebido por los Padres de la Iglesia, y se limitó a vaciarlo de sus ángeles. Dijo que los ángeles viven entre nosotros y que a ellos debemos entregar directamente todas nuestras plegarias, en su calidad de concesio-

narios y distribuidores exclusivos de las contingencias humanas. Por un mandato supremo, los ángeles dispersan, provocan y acarrean los mil y mil accidentes de la vida. Los hacen cruzar y entretejerse unos con otros, en un movimiento acelerado y aparentemente arbitrario. Pero a los ojos de Dios, van urdiendo una tela de complicados arabescos, mucho más hermosa que el constelado cielo nocturno. Los dibujos del azar se transforman, ante la mirada eterna, en misteriosos signos cabalísticos que narran la aventura del mundo.

Los ángeles de Sinesio, como innumerables y veloces lanzaderas, están tejiendo desde el principio de los tiempos la trama de la vida. Vuelan de un lado a otro, sin cesar, trayendo y llevando voliciones, ideas, vivencias y recuerdos, dentro de un cerebro infinito y comunicante, cuyas células nacen y mueren con la vida efímera de los hombres.

Tentado por el auge maniqueo, Sinesio de Rodas no tuvo inconveniente en alojar en su teoría a las huestes de Lucifer, y admitió los diablos en calidad de saboteadores. Ellos complican la urdimbre sobre la que los ángeles traman; rompen el buen hilo de nuestros pensamientos, alteran los colores puros, se birlan la seda, el oro y la plata, y los suplen con burdo cañamazo. Y la humanidad ofrece a los ojos de Dios su lamentable tapicería, donde aparecen tristemente alteradas las líneas del diseño original.

Sinesio se pasó la vida reclutando operarios que trabajaran del lado de los ángeles buenos, pero no tuvo continuadores dignos de estima. Solamente se sabe que Fausto de Milevio, el patriarca maniqueo, cuando ya viejo y desteñido volvía de aquella memorable entrevista africana en que fue decisivamente vapuleado por San Agustín, se detuvo en Rodas para escuchar las prédicas de Sinesio, que quiso ganarlo para una causa sin porvenir. Fausto escuchó las peticiones del angelófilo con deferencia senil, y aceptó fletar una pequeña y desmantelada embarcación que el apóstol abordó peligrosamente con todos sus discípulos, rumbo a una empresa continental. No se volvió a saber nada de ellos, después de que se alejaron de las costas de Rodas, en un día que presagiaba tempestad.

La herejía de Sinesio careció de renombre y se

perdió en el horizonte cristiano sin estela aparente. Ni siquiera obtuvo el honor de ser condenada oficialmente en concilio, a pesar de que Eutiques, abad de Constantinopla, presentó a los sinodales una extensa refutación, que nadie leyó, titulada *Contra Sinesio*.

Su frágil memoria ha naufragado en un mar de páginas: la *Patrología griega* de Paul Migne.

MONOLOGO DEL INSUMISO

Homenaje a M. A.

Poseí a la huérfana la noche misma en que velábamos a su padre a la luz parpadeante de los cirios. (¡Oh, si pudiera decir esto mismo con otras palabras!)

Como todo se sabe en este mundo, la cosa llegó a oídos del viejecillo que mira nuestro siglo a través de sus maliciosos quevedos. Me refiero a ese anciano señor que preside las letras mexicanas tocado con el gorro de dormir de los memorialistas, y que me vapuleó en plena calle con su enfurecido bastón, ante la ineficacia de la policía ciudadana. Recibí también una corrosiva lluvia de injurias proferidas con voz aguda y furiosa. Y todo gracias a que el incorrecto patriarca, ¡el diablo se lo lleve!, estaba enamorado de la dulce muchacha que desde ahora me aborrece.

¡Ay de mí! Ya me aborrece hasta la lavandera, a pesar de nuestros cándidos y dilatados amores. Y la bella confidente, a quien el decir popular señala como mi Dulcinea, no quiso oír ya las quejas del corazón doliente de su poeta. Creo que me desprecian hasta los perros.

Por fortuna, estas infames habladurías no pueden llegar hasta mi querido público. Yo canto para un auditorio compuesto de recatadas señoritas y de

empolvados viejitos positivistas. A ellos la atroz especie no llega; están bien lejos del mundanal ruido. Para ellos sigo siendo el pálido joven que impreca a la divinidad en imperiosos tercetos y que restaña sus lágrimas con una blonda guedeja.

Estoy acribillado de deudas para con los críticos del futuro. Sólo puedo pagar con lo que tengo. Heredé un talego de imágenes gastadas. Pertenezco al género de los hijos pródigos que malgastan el dinero de los antepasados, pero que no pueden hacer fortuna con sus propias manos. Todas las cosas que se me han ocurrido las recibí enfundadas en una metáfora. Y a nadie le he podido contar la atroz aventura de mis noches de solitario, cuando el germen de Dios comienza a crecer de pronto en mi alma vacía.

Hay un diablo que me castiga poniéndome en ridículo. El me dicta casi todo lo que escribo. Y mi pobre alma cancelada está ahogándose bajo el aluvión de las estrofas.

Sé muy bien que llevando una vida un poco más higiénica y racional podría llegar en buen estado al siglo venidero. Donde una poesía nueva está aguardando a los que logren salvarse de este desastroso siglo XIX. Pero me siento condenado a repetirme y a repetir a los demás.

Ya me imagino mi papel para entonces y veo al joven crítico que me dice con su acostumbrada elegancia: «Usted, querido señor, un poco más atrás, si no le es molesto. Allí, entre los representantes de nuestro romanticismo.»

Y yo andaría con mi cabellera llena de telarañas, representando a los ochenta años las antiguas tendencias con poemas cada vez más cavernosos y más inoperantes. No, señor. No me dirá usted «un poco más atrás, por favor». Me voy desde ahora. Es decir, prefiero quedarme aquí, en esta confortable tumba de romántico, reducido a mi papel de botón tronchado, de semilla aventada por el gélido soplo del escepticismo. Muchas gracias por sus buenas intenciones.

Ya llorarán por mí las señoritas vestidas de color de rosa, al pie de un ahuehuete centenario. Nunca faltará un carcamal positivista que celebre mis bra-

vatas, ni un joven sardónico que comprenda mi secreto, y llore por mí una lágrima oculta.

La gloria, que amé a los dieciocho años, me parece a los veinticuatro algo así como una corona mortuoria que se pudre y apesta en la humedad de una fosa.

Verdaderamente, quisiera hacer algo diabólico, pero no se me ocurre nada.

Cuando menos, me gustaría que no sólo en mi cuarto, sino a través de toda la literatura mexicana, se extendiera un poco este olor de almendras amargas que exhala el licor que a la salud de ustedes, señoras y señores, me dispongo a beber.

EL PRODIGIOSO MILIGRAMO

...moverán prodigiosos miligramos.

Carlos Pellicer

Una hormiga censurada por la sutileza de sus cargas y por sus frecuentes distracciones, encontró una mañana, al desviarse nuevamente del camino, un prodigioso miligramo.

Sin detenerse a meditar en las consecuencias del hallazgo, cogió el miligramo y se lo puso en la espalda. Comprobó con alegría una carga justa para ella. El peso ideal de aquel objeto daba a su cuerpo extraña energía: como el peso de las alas en el cuerpo de los pájaros. En realidad, una de las causas que anticipan la muerte de las hormigas es la ambiciosa desconsideración de sus propias fuerzas. Después de entregar en el depósito de cereales un grano de maíz, la hormiga que lo ha conducido a través de un kilómetro apenas tiene fuerzas para arrastrar al cementerio su propio cadáver.

La hormiga del hallazgo ignoraba su fortuna, pero sus pasos demostraron la prisa ansiosa del que huye llevando un tesoro. Un vago y saludable sentimiento de reivindicación comenzaba a henchir su espíritu. Después de un larguísimo rodeo, hecho con alegre propósito, se unió al hilo de sus compañeras que regresaban todas, al caer la tarde, con la carga solicitada ese día: pequeños fragmentos de hoja de lechuga cuidadosamente recortados. El camino de

las hormigas formaba una delgada y confusa cresteria de diminuto verdor. Era imposible engañar a nadie: el miligramo desentonaba violentamente en aquella perfecta uniformidad.

Ya en el hormiguero, las cosas empezaron a agravarse. Las guardianas de la puerta, y las inspectoras situadas en todas las galerías, fueron poniendo objeciones cada vez más serias al extraño cargamento. Las palabras «miligramo» y «prodigioso» sonaron aisladamente, aquí y allá, en labios de algunas entendidas. Hasta que la inspectora en jefe, sentada con gravedad ante una mesa imponente, se atrevió a unirlas diciendo con sorna a la hormiga confundida: «Probablemente nos ha traído usted un prodigioso miligramo. La felicito de todo corazón, pero mi deber es dar parte a la policía.»

Los funcionarios del orden público son las personas menos aptas para resolver cuestiones de prodigios y de miligramos. Ante aquel caso imprevisto por el código penal, procedieron con apego a las ordenanzas comunes y corrientes, confiscando el miligramo con hormiga y todo. Como los antecedentes de la acusada eran pésimos, se juzgó que un proceso era de trámite legal. Y las autoridades competentes se hicieron cargo del asunto.

La lentitud habitual de los procedimientos judiciales iba en desacuerdo con la ansiedad de la hormiga, cuya extraña conducta la indispuso hasta con sus propios abogados. Obedeciendo al dictado de convicciones cada vez más profundas, respondía con altivez a todas las preguntas que se le hacían. Propagó el rumor de que se cometían en su caso gravísimas injusticias, y anunció que muy pronto sus enemigos tendrían que reconocer forzosamente la importancia del hallazgo. Tales despropósitos atrajeron sobre ella todas las sanciones existentes. En el colmo del orgullo, dijo que lamentaba formar parte de un hormiguero tan imbécil. Al oír semejantes palabras, el fiscal pidió con voz estentórea una sentencia de muerte.

En esa circunstancia vino a salvarla el informe de un célebre alienista, que puso en claro su desequilibrio mental. Por las noches, en vez de dormir, la prisionera se ponía a darle vueltas a su miligramo, lo pulía cuidadosamente, y pasaba largas horas en

una especie de éxtasis contemplativo. Durante el día lo llevaba a cuestas, de un lado a otro, en el estrecho y oscuro calabozo. Se acercó al fin de su vida presa de terrible agitación. Tanto, que la enfermera de guardia pidió tres veces que se le cambiara de celda. La celda era cada vez más grande, pero la agitación de la hormiga aumentaba con el espacio disponible. No hizo el menor caso a las curiosas que iban a contemplar, en número creciente, el espectáculo de su desordenada agonía. Dejó de comer, se negó a recibir a los periodistas y guardó un mutismo absoluto.

Las autoridades superiores decidieron finalmente trasladar a un sanatorio a la hormiga enloquecida. Pero las decisiones oficiales adolecen siempre de lentitud.

Un día, al amanecer, la carcelera halló quieta la celda, y llena de un extraño resplandor. El prodigioso miligramo brillaba en el suelo, como un diamante inflamado de luz propia. Cerca de él yacía la hormiga heroica, patas arriba, consumida y transparente.

La noticia de su muerte y la virtud prodigiosa del miligramo se derramaron como inundación por todas las galerías. Caravanas de visitantes recorrían la celda, improvisada en capilla ardiente. Las hormigas se daban contra el suelo en su desesperación. De sus ojos, deslumbrados por la visión del miligramo, corrían lágrimas en tal abundancia que la organización de los funerales se vio complicada con un problema de drenaje. A falta de ofrendas florales suficientes, las hormigas saqueaban los depósitos para cubrir el cadáver de la víctima con pirámides de alimentos.

El hormiguero vivió días indescriptibles, mezcla de admiración, de orgullo y de dolor. Se organizaron exequias suntuosas, colmadas de bailes y banquetes. Rápidamente se inició la construcción de un santuario para el miligramo, y la hormiga incomprendida y asesinada obtuvo el honor de un mausoleo. Las autoridades fueron depuestas y acusadas de inepcia.

A duras penas logró funcionar poco después un consejo de ancianas que puso término a la prolongada etapa de orgiásticos honores. La vida volvió a su curso normal gracias a innumerables fusilamien-

tos. Las ancianas más sagaces derivaron entonces la corriente de admiración devota que despertó el miligramo a una forma cada vez más rígida de religión oficial. Se nombraron guardianas y oficiantes. En torno al santuario fue surgiendo un círculo de grandes edificios, y una extensa burocracia comenzó a ocuparlos en rigurosa jerarquía. La capacidad del floreciente hormiguero se vio seriamente comprometida.

Lo peor de todo fue que el desorden, expulsado de la superficie, prosperaba con vida inquietante y subterránea. Aparentemente, el hormiguero vivía tranquilo y compacto, dedicado al trabajo y al culto, pese al gran número de funcionarias que se pasaban la vida desempeñando tareas cada vez menos estimables. Es imposible decir cuál hormiga albergó en su mente los primeros pensamientos funestos. Tal vez fueron muchas las que pensaron al mismo tiempo, cayendo en la tentación.

En todo caso, se trataba de hormigas ambiciosas y ofuscadas que consideraron, blasfemas, la humilde condición de la hormiga descubridora. Entrevieron la posibilidad de que todos los homenajes tributados a la gloriosa difunta les fueran discernidos a ellas en vida. Empezaron a tomar actitudes sospechosas. Divagadas y melancólicas, se extraviaban adrede del camino y volvían al hormiguero con las manos vacías. Contestaban a las inspectoras sin disimular su arrogancia; frecuentemente se hacían pasar por enfermas y anunciaban para muy pronto un hallazgo sensacional. Y las propias autoridades no podían evitar que una de aquellas lunáticas llegara el día menos pensado con un prodigio sobre sus débiles espaldas.

Las hormigas comprometidas obraban en secreto, y digámoslo así, por cuenta propia. De haber sido posible un interrogatorio general, las autoridades habrían llegado a la conclusión de que un cincuenta por ciento de las hormigas, en lugar de preocuparse por mezquinos cereales y frágiles hortalizas, tenía los ojos puestos en la incorruptible sustancia del miligramo.

Un día ocurrió lo que debía ocurrir. Como si se hubieran puesto de acuerdo, seis hormigas comunes y corrientes, que parecían de las más normales,

llegaron al hormiguero con sendos objetos extraños que hicieron pasar, ante la general expectación, por miligramos de prodigio. Naturalmente, no obtuvieron los honores que esperaban, pero fueron exoneradas ese mismo día de todo servicio. En una ceremonia casi privada, se les otorgó el derecho a disfrutar una renta vitalicia.

Acerca de los seis miligramos, fue imposible decir nada en concreto. El recuerdo de la imprudencia anterior apartó a las autoridades de todo propósito judicial. Las ancianas se lavaron las manos en consejo, y dieron a la población una amplia libertad de juicio. Los supuesto miligramos se ofrecieron a la admiración pública en las vitrinas de un modesto recinto, y todas las hormigas opinaron según su leal saber y entender.

Esta debilidad por parte de las autoridades, sumada al silencio culpable de la crítica, precipitó la ruina del hormiguero. De allí en adelante cualquier hormiga, agotada por el trabajo o tentada por la pereza, podía reducir sus ambiciones de gloria a los límites de una pensión vitalicia, libre de obligaciones serviles. Y el hormiguero comenzó a llenarse de falsos miligramos.

En vano algunas hormigas viejas y sensatas recomendaron medidas precautorias, tales como el uso de balanzas y la confrontación minuciosa de cada nuevo miligramo con el modelo original. Nadie les hizo caso. Sus proposiciones, que ni siquiera fueron discutidas en asamblea, hallaron punto final en las palabras de una hormiga flaca y descolorida que proclamó abiertamente y en voz alta sus opiniones personales. Según la irreverente, el famoso miligramo original, por más prodigioso que fuera, no tenía por qué sentar un precedente de calidad. Lo prodigioso no debía ser impuesto en ningún caso como una condición forzosa a los nuevos miligramos encontrados.

El poco de circunspección que les quedaba a las hormigas desapareció en un momento. En adelante las autoridades fueron incapaces de reducir o tasar la cuota de objetos que el hormiguero podía recibir diariamente bajo el título de miligramo. Se negó cualquier derecho de veto, y ni siquiera lograron que cada hormiga cumpliera con sus obligaciones.

Todas quisieron eludir su condición de trabajadoras, mediante la búsqueda de miligramos.

El depósito para esta clase de artículos llegó a ocupar las dos terceras partes del hormiguero, sin contar las colecciones particulares, algunas de ellas famosas por la valía de sus piezas. Respecto a los miligramos comunes y corrientes, descendió tanto su precio que en los días de mayor afluencia se podían obtener a cambio de una bicoca. No debe negarse que de vez en cuando llegaban al hormiguero algunos ejemplares estimables. Pero corrían la suerte de las peores bagatelas. Legiones de aficionadas se dedicaron a exaltar el mérito de los miligramos de más baja calidad, fomentando así un general desconcierto.

En su desesperación de no hallar miligramos auténticos, muchas hormigas acarreaban verdaderas obscenidades e inmundicias. Galerías enteras fueron clausuradas por razones de salubridad. El ejemplo de una hormiga extravagante hallaba al día siguiente millares de imitadoras. A costa de grandes esfuerzos, y empleando todas sus reservas de sentido común, las ancianas del consejo seguían llamándose autoridades y hacían vagos ademanes de gobierno.

Las burócratas y las responsables del culto, no contentas con su holgada situación, abandonaron el templo y las oficinas para echarse a la busca de miligramos, tratando de aumentar gajes y honores. La policía dejó prácticamente de existir, y los motines y las revoluciones eran cotidianos. Bandas de asaltantes profesionales aguardaban en las cercanías del hormiguero para despojar a las afortunadas que volvían con un miligramo valioso. Coleccionistas resentidas denunciaban a sus rivales y promovían largos juicios, buscando la venganza del cateo y la expropiación. Las disputas dentro de las galerías degeneraban fácilmente en riñas, y éstas en asesinatos... El índice de mortalidad alcanzó una cifra pavorosa. Los nacimientos disminuyeron de manera alarmante, y las criaturas, faltas de atención adecuada, morían por centenares.

El santuario que custodiaba el miligramo verdadero se convirtió en tumba olvidada. Las hormigas, ocupadas en la discusión de los hallazgos más escandalosos, ni siquiera acudían a visitarlo. De vez en

cuando, las devotas rezagadas llamaban la atención de las autoridades sobre su estado de ruina y de abandono. Lo más que se conseguía era un poco de limpieza. Media docena de irrespetuosas barrenderas daban unos cuantos escobazos, mientras decrépitas ancianas pronunciaban largos discursos y cubrían la tumba de la hormiga con deplorables ofrendas, hechas casi de puros desperdicios.

Sepultado entre nubarrones de desorden, el prodigioso miligramo brillaba en el olvido. Llegó incluso a circular la especie escandalosa de que había sido robado por manos sacrílegas. Una copia de mala calidad suplantaba al miligramo auténtico, que pertenecía ya a la colección de una hormiga criminal, enriquecida en el comercio de miligramos. Rumores sin fundamento, pero nadie se inquietaba ni se conmovía; nadie llevaba a cabo una investigación que les pusiera fin. Y las ancianas del consejo, cada día más débiles y achacosas, se cruzaban de brazos ante el desastre inminente.

El invierno se acercaba, y la amenaza de muerte detuvo el delirio de las imprevisoras hormigas. Ante la crisis alimenticia, las autoridades decidieron ofrecer en venta un gran lote de miligramos a una comunidad vecina, compuesta de acaudaladas hormigas. Todo lo que consiguieron fue deshacerse de unas cuantas piezas de verdadero mérito, por un puñado de hortalizas y cereales. Pero se les hizo una oferta de alimentos suficientes para todo el invierno, a cambio del miligramo original.

El hormiguero en bancarrota se aferró a su miligramo como a una tabla de salvación. Después de interminables conferencias y discusiones, cuando ya el hambre mermaba el número de las supervivientes en beneficio de las hormigas ricas, éstas abrieron la puerta de su casa a las dueñas del prodigio. Contrajeron la obligación de alimentarlas hasta el fin de sus días, exentas de todo servicio. Al ocurrir la muerte de la última hormiga extranjera, el miligramo pasaría a ser propiedad de las compradoras.

¿Hay que decir lo que ocurrió poco después en el nuevo hormiguero? Las huéspedes difundieron allí el germen de su contagiosa idolatría.

Actualmente las hormigas afrontan una crisis

universal. Olvidando sus costumbres, tradicionalmente prácticas y utilitarias, se entregan en todas partes a una desenfrenada búsqueda de miligramos. Comen fuera del hormiguero, y sólo almacenan sutiles y deslumbrantes objetos. Tal vez muy pronto desaparezcan como especie zoológica y solamente nos quedará, encerrado en dos o tres fábulas ineficaces, el recuerdo de sus antiguas virtudes.

NABONIDES

El propósito original de Nabónides, según el profesor Rabsolom, era simplemente restaurar los tesoros arqueológicos de Babilonia. Había visto con tristeza las gastadas piedras de los santuarios, las borrosas estelas de los héroes y los sellos anulares que dejaban una impronta ilegible sobre los documentos imperiales. Emprendió sus restauraciones metódicamente y no sin una cierta parsimonia. Desde luego, se preocupó por la calidad de los materiales, eligiendo las piedras de grano más fino y cerrado.

Cuando se le ocurrió copiar de nuevo las ochocientas mil tabletas de que constaba la biblioteca babilónica, tuvo que fundar escuelas y talleres para escribas, grabadores y alfareros. Distrajo de sus puestos administrativos un buen número de empleados y funcionarios, desafiando las críticas de los jefes militares que pedían soldados y no escribas para apuntalar el derrumbe del imperio, trabajosamente erigido por los antepasados heroicos, frente al asalto envidioso de las ciudades vecinas. Pero Nabónides, que veía por encima de los siglos, comprendió que la historia era lo que importaba. Se entregó denodadamente a su tarea, mientras el suelo se le iba de los pies.

Lo más grave fue que una vez consumadas todas las restauraciones, Nabónides no pudo cesar ya en su labor de historiador. Volviendo definitivamente la espalda a los acontecimientos, sólo se dedicaba a relatarlos sobre piedra o sobre arcilla. Esta arcilla, inventada por él a base de marga y asfalto, ha resultado aún más indestructible que la piedra. (El profesor Rabsolom es quien ha establecido la fórmula de esa pasta cerámica. En 1913 encontró una serie de piezas enigmáticas, especie de cilindros o pequeñas columnas, que se hallaban revestidas con esa sustancia misteriosa. Adivinando la presencia de una escritura oculta, Rabsolom comprendió que la capa de asfalto no podía ser retirada sin destruir los caracteres. Ideó entonces el procedimiento siguiente: vació a cincel la piedra interior, y luego, por medio de un desincrustante que ataca los residuos depositados en las huellas de la escritura, obtuvo cilindros huecos. Por medio de sucesivos vaciados seccionales, logró hacer cilindros de yeso que presentaron la intacta escritura original. El profesor Rabsolom sostiene, atinadamente, que Nabónides procedió de este modo incomprensible previendo una invasión enemiga con el habitual acompañamiento de furia iconoclasta. Afortunadamente, no tuvo tiempo de ocultar así todas sus obras.) (1).

Como la muchedumbre de operarios era insuficiente, y la historia acontecía con rapidez, Nabónides se convirtió también en lingüista y en gramático: quiso simplificar el alfabeto, creando una especie de taquigrafía. De hecho, complicó la escritura plagándola de abreviaturas, omisiones y siglas que ofrecen toda una serie de nuevas dificultades al profesor Rabsolom. Pero así logró llegar Nabónides hasta sus propios días, con entusiasmada minuciosidad; alcanzó a escribir la historia de su historia y la somera clave de sus abreviaturas, pero con tal afán de síntesis, que este relato sería tan extenso como la *Epopeya de Gilgamesh*, si se le compara con las últimas concisiones de Nabónides.

Hizo redactar también —Rabsolom dice que la

---

(1) Los que quieran profundizar el tema, pueden leer con provecho la extensa monografía de Adolf von Pinches: *Nabonidzylinder*, Jena, 1912.

redactó él mismo— una historia de sus hipotéticas hazañas militares, él, que abandonó su lujosa espada en el cuerpo del primer guerrero enemigo. En el fondo, tal historia era un pretexto más para esculpir tabletas, estelas y cilindros.

Pero los adversarios persas fraguaban desde lejos la perdición del soñador. Un día llegó a Babilonia el urgente mensaje de Creso, con quien Nabónides había concertado una alianza. El rey historiador mandó grabar en un cilindro el mensaje y el nombre del mensajero, la fecha y las condiciones del pacto. Pero no acudió al llamado de Creso. Pero después, los persas cayeron por sorpresa en la ciudad, dispersando el laborioso ejército de escribas. Los guerreros babilonios, descontentos, combatieron apenas, y el imperio cayó para no alzarse más de sus escombros.

La historia nos ha transmitido dos oscuras versiones acerca de la muerte de su fiel servidor. Una de ellas lo sacrifica a manos de un usurpador, en los días trágicos de la invasión persa. La otra nos dice que fue hecho prisionero y llevado a una isla lejana. Allí murió de tristeza, repasando en la memoria el repertorio de la grandeza babilonia. Esta última versión es la que se acomoda mejor a la índole apacible de Nabónides.

EL FARO

Lo que hace Genaro es horrible. Se sirve de armas imprevistas. Nuestra situación se vuelve asquerosa.

Ayer, en la mesa, nos contó una historia de cornudo. Era en realidad graciosa, pero como si Amelia y yo pudiéramos reírnos, Genaro la estropeó con sus grandes carcajadas falsas. Decía: «¿Es que hay algo más chistoso?» Y se pasaba la mano por la frente, encogiendo los dedos, como buscándose algo. Volvía a reír. «¿Cómo se sentirá llevar cuernos?» No tomaba en cuenta para nada nuestra confusión.

Amelia estaba desesperada. Yo tenía ganas de insultar a Genaro, de decirle toda la verdad a gritos, de salirme corriendo y no volver nunca. Pero como siempre, algo me detenía. Amelia tal vez, aniquilada en la situación intolerable.

Hace ya algún tiempo que la actitud de Genaro nos sorprendía. Se iba volviendo cada vez más tonto. Aceptaba explicaciones increíbles, daba lugar y tiempo para nuestras más descabelladas entrevistas. Hizo diez veces la comedia del viaje, pero siempre volvió el día previsto. Nos absteníamos inútilmente en su ausencia. De regreso, traía pequeños regalos y nos estrechaba de modo inmoral, besándonos casi el cuello, teniéndonos excesivamente contra su pecho.

Amelia llegó a desfallecer de repugnancia entre semejantes abrazos.

Al principio hacíamos las cosas con temor, creyendo correr un gran riesgo. La impresión de que Genaro iba a descubrirnos en cualquier momento, teñía nuestro amor de miedo y de vergüenza. La cosa era clara y limpia en este sentido. El drama flotaba realmente sobre nosotros, dando dignidad a la culpa. Genaro lo ha echado a perder. Ahora estamos envueltos en algo turbio, denso y pesado. Nos amamos con desgana, hastiados, como esposos. Hemos adquirido poco a poco la costumbre insípida de tolerar a Genaro. Su presencia es insoportable porque no nos estorba; más bien facilita la rutina y provoca el cansancio.

A veces, el mensajero que nos trae las provisiones dice que la supresión de este faro es un hecho. Nos alegramos Amelia y yo, en secreto. Genaro se aflige visiblemente: «¿A dónde iremos?», nos dice. «¡Somos aquí tan felices!» Suspira. Luego, buscando mis ojos: «Tú vendrás con nosotros, a dondequiera que vayamos». Y se queda mirando el mar con melancolía.

IN MEMORIAM

El lujoso ejemplar en cuarto mayor con pastas de cuero repujado, tenue de olor a tinta recién impresa en fino papel de Holanda, cayó como una pesada lápida mortuoria sobre el pecho de la baronesa viuda de Büssenhausen.

La noble señora leyó entre lágrimas la dedicatoria de dos páginas, compuesta en reverentes unciales germánicas. Por consejo amistoso, ignoró los cincuenta capítulos de la *Historia comparada de las relaciones sexuales*, gloria imperecedera de su difunto marido, y puso en un estuche italiano aquel volumen explosivo.

Entre los libros científicos redactados sobre el tema, la obra del barón Büssenhausen se destaca de modo casi sensacional, y encuentra lectores entusiastas en un público cuya diversidad mueve a envidia hasta a los más auteros hombres de estudio. (La traducción abreviada en inglés ha sido un *best-seller*.)

Para los adalides del materialismo histórico, este libro no es más que una enconada refutación de Engels. Para los teólogos, el empeño de un luterano que dibuja en la arena del hastío círculos de esmerado infierno. Los psicoanalistas, felices, bucean un mar de dos mil páginas de pretendida subconciencia. Sacan a la superficie datos nefandos: Büssenhausen

es el pervertido que traduce en su lenguaje impersonal la historia de un alma atormentada por las más extraviadas pasiones. Allí están todos sus devaneos, ensueños libidinosos y culpas secretas, atribuidos siempre a inesperadas comunidades primitivas, a lo largo de un arduo y triunfante proceso de sublimación.

El reducido grupo de los antropólogos especialistas niega a Büssenhausen el nombre de colega. Pero los críticos literarios le otorgan su mejor fortuna. Todos están de acuerdo en colocar el libro dentro del género novelístico, y no escatiman el recuerdo de Marcel Proust y de James Joyce. Según ellos, el barón se entregó a la búsqueda infructuosa de las horas perdidas en la alcoba de su mujer. Centenares de páginas estancadas narran el ir y venir de un alma pura, débil y dubitativa, del ardiente Venusberg conyugal a la gélida cueva del cenobita libresco.

Sea de ello lo que fuere, y mientras viene la calma, los amigos más fieles han tendido alrededor del castillo Büssenhausen una afectuosa red protectora que intercepta los mensajes del exterior. En las desiertas habitaciones señoriales la baronesa sacrifica galas todavía no marchitas, pese a su edad otoñal. (Es hija de un célebre entomólogo, ya desaparecido, y de una poetisa que vive.)

Cualquier lector medianamente dotado puede extraer de los capítulos del libro más de una conclusión turbadora. Por ejemplo, la de que el matrimonio surgió en tiempos remotos como un castigo impuesto a las parejas que violaban el tabú de endogamia. Encarcelados en el *home*, los culpables sufrían las inclemencias de la intimidad absoluta, mientras sus prójimos se entregaban afuera a los irresponsables deleites del más libre amor.

Dando muestra de fina sagacidad, Büssenhausen define el matrimonio como un rasgo característico de la crueldad babilonia. Y su imaginación alcanza envidiable altura cuando nos describe la asamblea primitiva de Samarra, dichosamente prehamurábica. El rebaño vivía alegre y despreocupado, distribuyéndose el generoso azar de la caza y la cosecha, arrastrando su tropel de hijos comunales. Pero a los que sucumbían al ansia prematura o ilegal de posesión,

se les condenaba en buena especie a la saciedad atroz del manjar apetecido.

Derivar de allí modernas conclusiones psicológicas es tarea que el barón realiza, por así decirlo, con una mano en la cintura. El hombre pertenece a una especie animal llena de pretensiones ascéticas. Y el matrimonio, que en un principio fue castigo formidable, se volvió poco después un apasionado ejercicio de neuróticos, un increíble pasatiempo de masoquistas. El barón no se detiene aquí. Agrega que la civilización ha hecho muy bien en apretar los lazos conyugales. Felicita a todas las religiones que convirtieron el matrimonio en disciplina espiritual. Expuestas a un roce continuo, dos almas tienen la posibilidad de perfeccionarse hasta el máximo pulimento, o de reducirse a polvo.

«Científicamente considerado, el matrimonio es un molino prehistórico en el que dos piedras ruejas se muelen a sí mismas, interminablemente, hasta la muerte.» Son palabras textuales del autor. Le faltó añadir que a su tibia alma de creyente, porosa y caliza, la baronesa oponía una índole de cuarzo, una consistencia de valquiria. (A estas horas, en la soledad de su lecho, la viuda gira impávidas aristas radiales sobre el recuerdo impalpable del pulverizado barón.)

El libro de Büssenhausen podría ser fácilmente desdeñado si sólo contuviera los escrúpulos personales y las represiones de un marido chapado a la antigua, que nos abruma con sus dudas acerca de que podamos salvarnos sin tomar en cuenta el alma ajena, presta a sucumbir a nuestro lado, víctima del aburrimiento, de la hipocresía, de los odios menudos, de la melancolía perniciosa. Lo grave está en que el barón apoya con una masa de datos cada una de sus divagaciones. En la página más descabellada, cuando lo vemos caer vertiginosamente en un abismo de fantasía, nos sale de pronto con una prueba irrefutable entre sus manos de náufrago. Si al hablar de la prostitución hospitalaria Malinowski le falla en las islas Marquesas, allí está para servirle Alf Theodorsen desde su congelada aldea de lapones. No caben dudas al respecto. Si el barón se equivoca, debemos confesar que la ciencia se pone curiosamente de acuerdo para equivocarse con él.

A la imaginación creadora y desbordante de un Lévy-Brühl, añade la perspicacia de un Frazer, la exactitud de un Wilhelm Eilers, y de vez en cuando, por fortuna, la suprema aridez de un Franz Boas.

Sin embargo, el rigor científico del barón decae con frecuencia y da lugar a ciertas páginas de gelatina. En más de un pasaje la lectura es sumamente penosa, y el volumen adquiere un peso visceral, cuando la falsa paloma de Venus bate alas de murciélago, o cuando se oye el rumor de Píramo y Tisbe que roen, cada uno por su lado, un espeso muro de confitura. Nada más justo que perdonar los deslices de un hombre que se pasó treinta años en el molino, con una mujer abrasiva, de quien lo separaban muchos grados en la escala de la dureza humana.

Desoyendo la algarabía escandalizada y festiva de los que juzgan la obra del barón como un nuevo resumen de historia universal, disfrazado y pornográfico, nosotros nos unimos al reducido grupo de los espíritus selectos que adivinan en la *Historia comparada de las relaciones sexuales* una extensa epopeya doméstica, consagrada a una mujer de temple troyano. La perfecta casada en cuyo honor se rindieron miles y miles de pensamientos subversivos, acorralados en una dedicatoria de dos páginas, compuesta en reverentes unciales germánicas: la baronesa Gunhild de Büssenhausen, *née* condesa de Magneburg-Hohenheim.

BALTASAR GERARD
(1555-1582)

Ir a matar al príncipe de Orange. Ir a matarlo y cobrar luego los veinticinco mil escudos que ofreció Felipe II por su cabeza. Ir a pie, solo, sin recursos, sin pistola, sin cuchillo, creando el género de los asesinos que piden a su víctima el dinero que hace falta para comprar el arma del crimen, tal fue la hazaña de Baltasar Gérard, un joven carpintero de Dôle.

A través de una penosa persecución por los Países Bajos, muerto de hambre y de fatiga, padeciendo incontables demoras entre los ejércitos españoles y flamencos, logró abrirse paso hasta su víctima. En dudas, rodeos y retrocesos invirtió tres años y tuvo que soportar la vejación de que Gaspar Añastro le tomara la delantera.

El portugués Gaspar Añastro, comerciante en paños, no carecía de imaginación, sobre todo ante un señuelo de veinticinco mil escudos. Hombre precavido, eligió cuidadosamente el procedimiento y la fecha del crimen. Pero a última hora decidió poner un intermediario entre su cerebro y el arma: Juan Jáuregui la empuñaría por él.

Juan Jáuregui, jovenzuelo de veinte años, era tímido de por sí. Pero Añastro logró templar su alma hasta el heroísmo, mediante un sistema de

sutiles coacciones cuya secreta clave se nos escapa. Tal vez lo abrumó con lecturas heroicas; tal vez lo proveyó de talismanes; tal vez lo llevó metódicamente hacia un consciente suicidio.

Lo único que sabemos con certeza es que el día señalado por su patrón (18 de marzo de 1582), y durante los festivales celebrados en Amberes para honrar al duque de Anjou en su cumpleaños, Jáuregui salió al paso de la comitiva y disparó sobre Guillermo de Orange a quemarropa. Pero el muy imbécil había cargado el cañón de la pistola hasta la punta. El arma estalló en su mano como una granada. Una esquirla de metal trasrasó la mejilla del príncipe. Jáuregui cayó al suelo, entre el séquito, acribillado por violentas espadas.

Durante diecisiete días, Gaspar Añastro esperó inútilmente la muerte del príncipe. Hábiles cirujanos lograron contener la hemorragia, taponando con sus dedos, día y noche, la arteria destrozada. Guillermo se salvó finalmente, y el portugués, que tenía en el bolsillo el testamento de Jáuregui a favor suyo, se llevó la más amarga desilusión de su vida. Maldijo la imprudencia de confiar en un joven inexperto.

Poco tiempo después la fortuna sonrió para Baltasar Gérard, que recibía de lejos las trágicas noticias. La supervivencia del príncipe, cuya vida parecía estarle reservada, le dio nuevas fuerzas para continuar sus planes, hasta entonces vagos y llenos de incertidumbre.

En mayo logró llegar hasta el príncipe, en calidad de emisario del ejército. Pero no llevaba consigo ni siquiera un alfiler. Difícilmente pudo calmar su desesperación mientras duraba la entrevista. En vano ensayó mentalmente sus manos enflaquecidas sobre el grueso cuello del flamenco. Sin embargo, logró obtener una nueva comisión. Guillermo lo designó para volver al frente, a una ciudad situada en la frontera francesa. Pero Baltasar ya no pudo resignarse a un nuevo alejamiento.

Descorazonado y caviloso, vagó durante dos meses en los alrededores del palacio de Delft. Vivió con la mayor miseria, casi de limosna, tratando de congraciarse lacayos y cocineros. Pero su aspecto extranjero y miserable a todos inspiraba desconfianza.

Un día lo vio el príncipe desde una de las ven-

tanas del palacio y mandó un criado a reconvenirlo por su negligencia. Baltasar respondió que carecía de ropas para el viaje, y que sus zapatos estaban materialmente destrozados. Conmovido, Guillermo le envió doce coronas.

Radiante, Baltasar fue corriendo en busca de un par de magníficas pistolas, bajo el pretexto de que los caminos eran inseguros para un mensajero como él. Las cargó cuidadosamente y volvió al palacio. Diciendo que iba en busca de pasaporte, llegó hasta el príncipe y expresó su petición con voz hueca y conturbada. Se le dijo que esperara un poco en el patio. Invirtió el tiempo disponible planeando su fuga, mediante un rápido examen del edificio.

Poco después, cuando Guillermo de Orange en lo alto de la escalera despedía a un personaje arrodillado, Baltasar salió bruscamente de su escondite, y disparó con puntería excelente. El príncipe alcanzó a murmurar unas palabras y rodó por la alfombra, agonizante.

En medio de la confusión, Baltasar huyó a las caballerizas y los corrales del palacio, pero no pudo saltar, extenuado, la tapia de un huerto. Allí fue apresado por dos cocineros. Conducido a la portería, mantuvo un grave y digno continente. No se le hallaron encima más que unas estampas piadosas y un par de vejigas desinfladas con las que pretendía —mal nadador— cruzar los ríos y canales que le salieran al paso.

Naturalmente, nadie pensó en la dilación de un proceso. La multitud pedía ansiosa la muerte del regicida. Pero hubo que esperar tres días, en atención a los funerales del príncipe.

Baltasar Gérard fue ahorcado en la plaza pública de Delft, ante una multitud encrespada que él miró con desprecio desde el arrecife del cadalso. Sonrió ante la torpeza de un carpintero que hizo volar un martillo por los aires. Una mujer conmovida por el espectáculo estuvo a punto de ser linchada por la animosa muchedumbre.

Baltasar rezó sus oraciones con voz clara y distinta, convencido de su papel de héroe. Subió sin ayuda la escalerilla fatal.

Felipe II pagó puntualmente los veinticinco mil escudos de recompensa a la familia del asesino.

BABY H. P.

Señora ama de casa: convierta usted en fuerza
motriz la vitalidad de sus niños. Ya tenemos a la
venta el maravilloso Baby H. P., un aparato que está
llamado a revolucionar la economía hogareña.

El Baby H. P. es una estructura de metal muy
resistente y ligera que se adapta con perfección al
delicado cuerpo infantil, mediante cómodos cinturo-
nes, pulseras, anillos y broches. Las ramificaciones
de este esqueleto suplementario recogen cada uno
de los movimientos del niño, haciéndolos converger
en una botellita de Leyden que puede colocarse en
la espalda o en el pecho, según necesidad. Una aguja
indicadora señala el momento en que la botella está
llena. Entonces usted, señora, debe desprenderla y
enchufarla en un depósito especial, para que se
descargue automáticamente. Este depósito puede colocarse en cualquier rincón de la casa, y representa
una preciosa alcancía de electricidad disponible en
todo momento para fines de alumbrado y calefacción, así como para impulsar alguno de los innumerables artefactos que invaden ahora, y para siempre,
los hogares.

De hoy en adelante usted verá con otros ojos el
agobiante ajetreo de sus hijos. Y ni siquiera per-
derá la paciencia ante una rabieta convulsiva, pen-

sando que es fuente generosa de energía. El pataleo de un niño de pecho durante las veinticuatro horas del día se transforma, gracias al Baby H. P., en unos útiles segundos de tromba licuadora, o en quince minutos de música radiofónica.

Las familias numerosas pueden satisfacer todas sus demandas de electricidad instalando un Baby H. P. en cada uno de sus vástagos, y hasta realizar un pequeño y lucrativo negocio, transmitiendo a los vecinos un poco de la energía sobrante. En los grandes edificios de departamentos pueden suplirse satisfactoriamente las fallas del servicio público, enlazando todos los depósitos familiares.

El Baby H. P. no causa ningún trastorno físico ni psíquico en los niños, porque no cohíbe ni trastorna sus movimientos. Por el contrario, algunos médicos opinan que contribuye al desarrollo armonioso de su cuerpo. Y por lo que toca a su espíritu, puede despertarse la ambición individual de las criaturas, otorgándoles pequeñas recompensas cuando sobrepasen sus récords habituales. Para este fin se recomiendan las golosinas azucaradas, que devuelven con creces su valor. Mientras más calorías se añadan a la dieta del niño, más kilovatios se economizan en el contador eléctrico.

Los niños deben tener puesto día y noche su lucrativo H. P. Es importante que lo lleven siempre a la escuela, para que no se pierdan las horas preciosas del recreo, de las que ellos vuelven con el acumulador rebosante de energía.

Los rumores acerca de que algunos niños mueren electrocutados por la corriente que ellos mismos generan son completamente irresponsables. Lo mismo debe decirse sobre el temor supersticioso de que las criaturas provistas de un Baby H. P. atraen rayos y centellas. Ningún accidente de esta naturaleza puede ocurrir, sobre todo si se siguen al pie de la letra las indicaciones contenidas en los folletos explicativos que se obsequian con cada aparato.

El Baby H. P. está disponible en las buenas tiendas en distintos tamaños, modelos y precios. Es un aparato moderno, durable y digno de confianza, y todas sus coyunturas son extensibles. Lleva la garantía de fabricación de la casa J. P. Mansfield & Sons, de Atlanta, Ill.

ANUNCIO

Dondequiera que la presencia de la mujer es difícil, onerosa o perjudicial, ya sea en la alcoba del soltero, ya en el campo de concentración, el empleo de Plastisex © es sumamente recomendable. El ejército y la marina, así como algunos directores de establecimientos penales y docentes, proporcionan a los reclutas el servicio de estas atractivas e higiénicas criaturas.

Ahora nos dirigimos a usted, dichoso o desafortunado en el amor. Le proponemos la mujer que ha soñado toda la vida: se maneja por medio de controles automáticos y está hecha de materiales sintéticos que reproducen a voluntad las características más superficiales o recónditas de la belleza femenina. Alta y delgada, menuda y redonda, rubia o morena, pelirroja o platinada: todas están en el mercado. Ponemos a su disposición un ejército de artistas plásticos, expertos en la escultura y el diseño, la pintura y el dibujo; hábiles artesanos del moldeado y el vaciado; técnicos en cibernética y electrónica, pueden desatar para usted una momia de la decimoctava dinastía o sacarle de la tina a la más rutilante estrella de cine, salpicada todavía por el agua y las sales del baño matinal.

Tenemos listas para ser enviadas todas las belle-

zas famosas del pasado y del presente, pero atendemos cualquier solicitud y fabricamos modelos especiales. Si los encantos de madame Récamier no le bastan para olvidar a la que lo dejó plantado, envíenos fotografías, documentos, medidas, prendas de vestir y descripciones entusiastas. Ella quedará a sus órdenes mediante un tablero de controles no más difícil de manejar que los botones de un televisor.

Si usted quiere y dispone de recursos suficientes, ella puede tener ojos de esmeralda, de turquesa o de azabache legítimo, labios de coral o de rubí, dientes de perlas y... etcétera, etcétera. Nuestras damas son totalmente indeformables e inarrugables, conservan la suavidad de su tez y la turgencia de sus líneas, dicen que sí en todos los idiomas vivos y muertos de la tierra, cantan y se mueven al compás de los ritmos de moda. El rostro se presenta maquillado de acuerdo con los modelos originales, pero pueden hacerse toda clase de variantes, al gusto de cada quién, mediante los cosméticos apropiados

La boca, las fosas nasales, la cara interna de los párpados y las demás regiones mucosas, están hechas con suavísima esponja, saturada con sustancias nutritivas y estuosas, de viscosidad variable y con diferentes índices afrodisíacos y vitamínicos, extraídas de algas marinas y plantas medicinales. «Hay leche y miel bajo tu lengua...», dice el *Cantar de los cantares*. Usted puede emular los placeres de Salomón; haga una mixtura con leche de cabra y miel de avispas: llene con ella el depósito craneado de su Plastisex ©, sazónela al oporto o al benedictine: sentirá que los ríos del paraíso fluyen a su boca en el largo beso alimenticio. (Hasta ahora, nos hemos reservado bajo patente el derecho de adaptar las glándulas mamarias como redomas de licor.)

Nuestras venus están garantizadas para un servicio perfecto de diez años —duración promedio de cualquier esposa—, salvo los casos en que sean sometidas a prácticas anormales de sadismo. Como en todas las de carne y hueso, su peso es rigurosamente específico y el noventa por ciento corresponde al agua que circula por las finísimas burbujas de su cuerpo esponjado, caldeada por un sistema venoso de calefacción eléctrica. Así se obtiene la ilusión perfecta del desplazamiento de los músculos bajo la

piel, y el equilibrio hidrostático de las masas carnosas durante el movimiento. Cuando el termostato se lleva a un grado de temperatura febril, una tenue exudación salina aflora a la superficie cutánea. El agua no sólo cumple funciones físicas de plasticidad variable, sino también claramente fisiológicas e higiénicas: haciéndola fluir intensamente de dentro hacia fuera, asegura la limpieza rápida y completa de las Plastisex ©.

Un armazón de magnesio, irrompible hasta en los más apasionados abrazos y finamente diseñado a partir del esqueleto humano, asegura con propiedad todos los movimientos y posiciones de la Plastisex ©. Con un poco de práctica, se puede bailar, luchar, hacer ejercicios gimnásticos o acrobáticos y producir en su cuerpo reacciones de acogida o rechazo más o menos enérgicas. (Aunque sumisas, las Plastisex © son sumamente vigorosas, ya que están equipadas con un motor eléctrico de medio caballo de fuerza.)

Por lo que se refiere a la cabellera y demás vegetaciones pilosas, hemos logrado producir una fibra de acetato que tiene las características del pelaje femenino, y que lo supera en belleza, textura y elasticidad. ¿Es usted aficionado a los placeres del olfato? Sintonice entonces la escala de los olores. Desde el tenue aroma axilar hecho a base de sándalo y almizcle, hasta las más recias emanaciones de la mujer asoleada y deportiva: ácido cáprico puro, o los más quintaesenciados productos de la perfumería moderna. Embriáguese a su gusto.

La gama olfativa y gustativa se extiende naturalmente hasta el aliento, sí, porque nuestras venus respiran acompasada o agitadamente. Un regulador asegura la curva creciente de sus anhelos, desde el suspiro al gemido, mediante el ritmo controlable de sus canjes respiratorios. Automáticamente el corazón acompasa la fuerza y la velocidad de sus latidos...

En la rama de accesorios, la Plastisex © rivaliza en vestuario y ornato con el atuendo de las señoras más distinguidas. Desnuda, es sencillamente insuperable: púber o impúber, en la flor de la juventud o con todas las opulencias maduras del otoño, según el matiz peculiar de cada raza o mestizaje.

Para los amantes celosos, hemos superado el an-

tiguo ideal del cinturón de castidad: un estuche de cuerpo entero que convierte a cada mujer en una fortaleza de acero inexpugnable. Y por lo que toca a la virginidad, cada Plastisex © va provista de un dispositivo que no puede violar más que usted mismo, el himen plástico que es un verdadero sello de garantía. Tan fiel al original, que al ser destruido se contrae sobre sí mismo y reproduce las excrecencias coralinas llamadas carúnculas mirtiformes.

Siguiendo la inflexible línea de ética comercial que nos hemos trazado, nos interesa denunciar los rumores, más o menos encubiertos, que algunos clientes neuróticos han hecho circular a propósito de nuestra venus. Se dice que hemos creado una mujer tan perfecta, que varios modelos, ardientemente amados por hombres solitarios, han quedado encinta y que otros sufren ciertos trastornos periódicos. Nada más falso. Aunque nuestro departamento de investigación trabaja a toda capacidad y con un presupuesto triplicado, no podemos jactarnos todavía de haber librado a la mujer de tan graves servidumbres. Desgraciadamente, no es fácil desmentir con la misma energía la noticia publicada por un periódico irresponsable, acerca de que un joven inexperto murió asfixiado en brazos de una mujer de plástico. Sin negar la posibilidad de semejante accidente, afirmamos que sólo puede ocurrir en virtud de un imperdonable descuido.

El aspecto moral de nuestra industria ha sido hasta ahora insuficientemente interpretado. Junto a los sociólogos que nos alaban por haber asestado un duro golpe a la prostitución (en Marsella hay una casa a la que ya no podemos llamar de mala nota porque funciona exclusivamente a base de Plastisex ©), hay otros que nos acusan de fomentar maniáticos afectados de infantilismo. Semejantes timoratos olvidan adrede las cualidades de nuestro invento, que lejos de limitarse al goce físico, asegura dilectos placeres intelectuales y estéticos a cada uno de los afortunados usuarios.

Como era de esperarse, las sectas religiosas han reaccionado de modo muy diverso ante el problema. Las iglesias más conservadoras siguen apoyando implacablemente el hábito de la abstinencia, y a lo

sumo se limitan a calificar como pecado venial el que se comete en objeto inanimado (!). Pero una secta disidente de los mormones ha celebrado ya numerosos matrimonios entre progresistas caballeros humanos y encantadoras muñecas de material sintético. Aunque reservamos nuestra opinión acerca de esas uniones ilícitas para el vulgo, nos es muy grato participar que hasta el día de hoy todas han sido generalmente felices. Sólo en casos aislados algún esposo ha solicitado modificaciones o perfeccionamientos de detalle en su mujer, sin que se registre una sola sustitución que equivalga a divorcio. Es también frecuente el caso de clientes antiguamente casados que nos solicitan copias fieles de sus esposas (generalmente con algunos retoques), a fin de servirse de ellas sin traicionarlas en ocasiones de enfermedades graves o pasajeras, y durante ausencias prolongadas e involuntarias, que incluyen el abandono y la muerte.

Como objeto de goce, la Plastisex © debe ser empleada de modo mesurado y prudente, tal como la sabiduría popular aconseja respecto a nuestra compañera tradicional. Normalmente utilizado, su débito asegura la salud y el bienestar del hombre, cualquiera que sea su edad y complexión. Y por lo que se refiere a los gastos de inversión y mantenimiento, la Plastisex © se paga ella sola. Consume tanta electricidad como un refrigerador, se puede enchufar en cualquier contacto doméstico, y equipada con sus más valiosos aditamentos, pronto resulta mucho más económica que una esposa común y corriente. Es inerte o activa, locuaz o silenciosa a voluntad, y se puede guardar en el closet (1).

Lejos de representar una amenaza para la sociedad, la venus Plastisex © resulta una aliada poderosa en la lucha pro restauración de los valores humanos. En vez de disminuirla, engrandece y dignifica a la mujer; arrebatándole su papel de instrumento placentero, de sexófora, para emplear un término clásico. En lugar de mercancía deprimente, costosa o insalubre, nuestras prójimas se convertirán en seres

_____

(1) Desde 1968, nuestra filial Plastishiro Sexobe está trabajando un modelo económico a base de pilas y transistores.

_____

capaces de desarrollar sus posibilidades creadoras hasta un alto grado de perfección.

Al popularizarse el uso de la Plastisex ©, asistiremos a la eclosión del genio femenino, tan largamente esperada. Y las mujeres, libres ya de sus obligaciones tradicionalmente eróticas, instalarán para siempre en su belleza transitoria el puro reino del espíritu.

DE BALISTICA

Ne saxa ex catapultis latericium
discuterent.

Caesar, *De bello civili, lib. 2.*

Catapultae turribus impositae et
quae spicula mitterent, et quae saxa.

Appianus, *Ibericae.*

Esas que allí se ven, vagas cicatrices entre los campos de labor, son las ruinas del campamento de Nobílior. Más allá se alzan los emplazamientos militares de Castillejo, de Renieblas y de Peña Redonda. De la remota ciudad sólo ha quedado una colina cargada de silencio...

—¡Por favor! No olvide usted que yo he venido desde Minnesota. Déjese ya de frases y dígame qué, cómo y a cuál distancia disparaban las balistas.

—Pide usted un imposible.

—Pero usted es reconocido como una autoridad universal en antiguas máquinas de guerra. Mi profesor Burns, de Minnesota, no vaciló en darme su nombre y su dirección como un norte seguro.

—Dé usted al profesor, a quien estimo mucho por carta, las gracias de mi parte y un sincero pésame por su optimismo. A propósito, ¿qué ha pasado con sus experimentos en materia de balística romana?

—Un completo fracaso. Ante un público numeroso, el profesor Burns prometió volarse la barda del estadio de Minnesota, y le falló el jonrón. Es la quinta vez que le hacen quedar mal sus catapultas, y se halla bastante decaído. Espera que yo le lleve

algunos datos que lo pongan en el buen camino, pero usted...

—Dígale que no se desanime. El malogrado Ottokar von Soden consumió los mejores años de su vida frente al rompecabezas de una *ctesibia machina* que funcionaba a base de aire comprimido. Y Gatteloni, que sabía más que el profesor Burns, y probablemente que yo, fracasó en 1915 con una máquina estupenda, basada en las descripciones de Ammiano Marcelino. Unos cuatro siglos antes, otro mecánico florentino, llamado Leonardo da Vinci, perdió el tiempo, construyendo unas ballestas enormes, según las extraviadas indicaciones del célebre amateur Marco Vitruvio Polión.

—Me extraña y ofende, en cuanto devoto de la mecánica, el lenguaje que usted emplea para referirse a Vitruvio, uno de los genios primordiales de nuestra ciencia.

—Ignoro la opinión que usted y su profesor Burns tengan de este hombre nocivo. Para mí, Vitruvio es un simple aficionado. Lea usted por favor sus *libri decem* con algún detenimiento: a cada paso se dará cuenta de que Vitruvio está hablando de cosas que no entiende. Lo que hace es transmitirnos valiosísimos textos griegos que van de Eneas el Táctico a Herón de Alejandría, sin orden ni concierto.

—Es la primera vez que oigo tal desacato. ¿En quién puede uno entonces depositar sus esperanzas? ¿Acaso en Sexto Julio Frontino?

—Lea usted su *Stratagematon* con la mayor cautela. A primera vista se tiene la impresión de haber dado en el clavo. Pero el desencanto no tarda en abrirse paso a través de sus intransitables descripciones y errores. Frontino sabía mucho de acueductos, atarjeas y cloacas, pero en materia de balística es incapaz de calcular una parábola sencilla.

—No olvide usted, por favor, que a mi regreso debo preparar una tesis doctoral de doscientas cuartillas sobre balística romana, y redactar algunas conferencias. Yo no quiero sufrir una vergüenza como la de mi maestro en el estadio de Minnesota. Cíteme usted, por favor, algunas autoridades antiguas sobre el tema. El profesor Burns ha llenado mi mente de confusión con sus relatos, llenos de repeticiones y de salidas por la tangente.

—Permítame felicitar desde aquí al profesor Burns por su gran fidelidad. Veo que no ha hecho otra cosa sino transmitir a usted la visión caótica que de la balística antigua nos dan hombres como Marcelino, Arriano, Diodoro, Josefo, Polibio, Vegecio y Procopio. Le voy a hablar claro. No poseemos ni un dibujo contemporáneo, ni un solo dato concreto. Las pseudobalistas de Justo Lipsio y de Andrea Palladio son puras invenciones sobre papel, carentes en absoluto de realidad.

—Entonces, ¿qué hacer? Piense usted, se lo ruego, en las doscientas cuartillas de mi tesis. En las dos mil palabras de cada conferencia en Minnesota

—Le voy a contar una anécdota que lo pondrá en vías de comprensión.

—Empiece usted.

—Se refiere a la toma de Segida. Usted recuerda naturalmente que esta ciudad fue ocupada por el cónsul Nobílior en 153.

—¿Antes de Cristo?

—Me parece innecesario, más bien dicho, me parecía innecesario hacer a usted semejantes precisiones...

—Usted perdone.

—Bueno. Nobílior tomó Segida en 153. Lo que usted ignora con toda seguridad es que la pérdida de la ciudad, punto clave en la marcha sobre Numancia, se debió a una balista.

—¡Qué respiro! Una balista eficaz.

—Permítame. Sólo en sentido figurado.

—Concluya usted su anécdota. Estoy seguro de que volveré a Minnesota sin poder decir nada positivo.

El cónsul Nobílior, que era un hombre espectacular, quiso abrir el ataque con un gran disparo de catapulta...

—Dispénseme, pero estamos hablando de balistas...

—Y usted, y su famoso profesor de Minnesota, ¿pueden decirme acaso cuál es la diferencia que hay entre una balista y una catapulta? ¿Y entre una fundíbula, una doríbola y una palintona? En materia de máquinas antiguas, ya lo ha dicho don José Almirante, ni la ortografía es fija ni la explicación satisfactoria. Aquí tiene usted estos títulos para un

mismo aparato: petróbola, litóbola, pedrera o petraria. Y también puede llamar usted onagro, monancona, políbola, acrobalista, quirobalista, toxobalista y neurobalista a cualquier máquina que funcione por tensión, torsión o contrapesación. Y como todos estos aparatos eran desde el siglo IV a. C. generalmente locomóviles, les corresponde con justicia el título general de carrobalistas.

—...

—Lo cierto es que el secreto que animaba a estos iguanodontes de la guerra se ha perdido. Nadie sabe cómo se templaba la madera, cómo se adobaban las cuerdas de esparto, de crin o de tripa, cómo funcionaba el sistema de contrapesos.

—Siga usted con su anécdota, antes de que yo decida cambiar el asunto de mi tesis doctoral, y expulse a mis imaginarios oyentes de la sala de conferencias.

—Nobílior, que era un hombre espectacular, quiso abrir el ataque con un gran disparo de balista...

—Veo que tiene usted sus anécdotas perfectamente memorizadas. La repetición ha sido literal.

—A usted, en cambio, le falla la memoria. Acabo de hacer una variante significativa.

—¿De veras?

—He dicho balista en vez de catapulta, para evitar una nueva interrupción por parte de usted. Veo que el tiro me ha salido por la culata.

—Lo que yo quiero que salga, por donde sea, es el disparo de Nobílior.

—No saldrá.

—Qué, ¿no acabará usted de contarme su anécdota?

—Sí, pero no hay disparo. Los habitantes de Segida se rindieron en el preciso instante en que la balista, plegadas todas sus palancas, retorcidas las cuerdas elásticas y colmadas las plataformas de contrapeso, se aprestaba a lanzarles un bloque de granito. Hicieron señales desde las murallas, enviaron mensajeros y pactaron. Se les perdonó la vida, pero a condición de que evacuaran la ciudad para que Nobílior se diera el imperial capricho de incendiarla.

—¿Y la balista?

—Se estropeó por completo. Todos se olvidaron de ella, incluso los artilleros, ante el regocijo de

tan módica victoria. Mientras los habitantes de Segida afirmaban su derrota, las cuerdas se rompieron, estallaron los arcos de madera, y el brazo poderoso que debía lanzar la descomunal pedrada, quedó en tierra exánime, desgajado, soltando el canto de su puño...

—¿Cómo así?

—¿Pero no sabe usted acaso que una catapulta que no dispara inmediatamente se echa a perder? Si no le enseñó esto al profesor Burns, permítame que mucho dude de su competencia. Pero volvamos a Segida. Nobílior recibió además mil ochocientas libras de plata como rescate de la gente principal, que inmediatamente hizo moneda para conjurar el inminente motín de los soldados sin paga. Se conservan algunas de esas monedas. Mañana podrá usted verlas en el Museo de Numancia.

—¿No podría usted conseguirme una de ellas como recuerdo?

—No me haga reír. El único particular que posee monedas de la época es el profesor Adolfo Schulten, que se pasó la vida escarbando en los escombros de Numancia, levantando planos, adivinando bajo los surcos del sembrado la huella de los emplazamientos militares. Lo que sí puedo conseguirle es una tarjeta postal con el anverso y reverso de la susodicha moneda.

—Sigamos adelante.

—Nobílior supo sacarle mucho partido a la toma de Segida, y las monedas que acuñó llevan por un lado su perfil, y por el otro la silueta de una balista y esta palabra: Segisa.

—¿Y por qué Segisa y no Segida?

—Averígüelo usted. Una errata del que hizo los cuños. Esas monedas sonaron muchísimo en Roma. Y todavía más, la fama de la balista. Los talleres del imperio no se daban abasto para satisfacer las demandas de los jefes militares, que pedían catapultas por docenas, y cada vez más grandes. Y mientras más complicadas, mejor.

—Pero dígame algo positivo. Según usted, ¿a qué se debe la diferencia de los nombres si se alude siempre al mismo aparato?

—Tal vez se trata de diferencias de tamaños, tal vez se debe al tipo de proyectiles que los artilleros

tenían a la mano. Vea usted, las litóbolas o petrarias, como su nombre lo indica, bueno, pues arrojaban piedras. Piedras de todos tamaños. Los comentaristas van desde las veinte a treinta libras hasta los ocho o doce quintales. Las polibolas, parece que también arrojaban piedras, pero en forma de metralla, esto es, nubes de guijarros. Las doríbolas enviaban, etimológicamente, dardos enormes, pero también haces de flechas. Y las neurobalistas, pues vaya usted a saberlo... barriles con mixtos incendiarios, haces de leña ardiendo, cadáveres y grandes sacos de inmundicias para hacer más grueso el aire inficionado que respiraban los infelices sitiados. En fin, yo sé de una balista que arrojaba grajos.

—¿Grajos?

—Déjeme contarle otra anécdota.

—Veo que me he equivocado de arqueólogo y de guía.

—Por favor, es muy bonita. Casi poética. Seré breve. Se lo prometo.

—Cuente usted y vámonos. El sol cae ya sobre Numancia.

—Un cuerpo de artillería abandonó una noche la balista más grande de su legión, sobre una eminencia del terreno que resguardaba la aldehuela de Bures, en la ruta de Centóbriga. Como usted comprende, me remonto otra vez al siglo II a. C., pero sin salirme de la región. A la mañana siguiente, los habitantes de Bures, un centenar de pastores inocentes, se encontraron frente a aquella amenaza que había brotado del suelo. No sabían nada de catapultas, pero husmearon el peligro. Se encerraron a piedra y cal en sus cabañas, durante tres días. Como no podían seguir así indefinidamente, echaron suertes para saber quién iría en la mañana siguiente a inspeccionar el misterioso armatoste. Tocó la suerte a un jovenzuelo tímido y apocado, que se dio por condenado a muerte. La población pasó la noche despidiéndolo y dándole fortaleza, pero el muchacho temblaba de miedo. Antes de salir el sol en la mañana invernal, la balista debió de tener un tenebroso aspecto de patíbulo.

—¿Volvió con vida el jovenzuelo?

—No. Cayó muerto al pie de la balista, bajo una descarga de grajos que habían pernoctado sobre la

máquina de guerra y que se fueron volando asustados...

—¡Santo Dios! Una balista que rinde la ciudad de Segida sin arrojar un solo disparo. Otra que mata un pastorcillo con un puñado de volátiles. ¿Esto es lo que yo voy a contar en Minnesota?

—Diga usted que las catapultas se empleaban para la guerra de nervios. Añada que todo el Imperio Romano no era más que eso, una enorme máquina de guerra complicada y estorbosa, llena de palancas antagónicas, que se quitaban fuerza unas a otras. Discúlpese usted diciendo que fue un arma de la decadencia.

—¿Tendré éxito con eso?

—Describa usted con amplitud el fatal apogeo de las balistas. Sea pintoresco. Cuente que el oficio de magíster llegó a ser en las ciudades romanas sumamente peligroso. Los chicos de la escuela infligían a sus maestros verdaderas lapidaciones, atacándolos con aparatos de bolsillo que eran una derivación infantil de las manubalistas guerreras.

—¿Tendré éxito con eso?

—Sea imponente. Hable con detalle acerca de la formación de un tren legionario. Deténgase a considerar sus dos mil carruajes y bestias de carga, las municiones, utensilios de fortificación y de asedio. Hable de los innumerables mozos y esclavos; critique el auge de comerciantes y cantineros, haga hincapié en las prostitutas. La corrupción moral, el peculado y el venéreo ofrecerán a usted sus generosos temas. Describa también el gran horno portátil de piedra hasta las ruedas, debido al talento del ingeniero Cayo Licinio Licito, que iba cociendo el pan por el camino, a razón de mil piezas por kilómetro.

—¡Qué portento!

—Tome usted en cuenta que el horno pesaba dieciocho toneladas, y que no hacía más de tres kilómetros diarios...

—¡Qué atrocidad!

—Sea pertinaz. Hable sin cesar de las grandes concentraciones de balistas. Sea generoso en las cifras, yo le proporciono las fuentes. Diga que en tiempos de Demetrio Poliorcetes llegaron a acumularse ochocientas máquinas contra una sola ciudad. El ejército romano, incapaz de evolucionar, sufría

retardos desastrosos, copado entre el denso material de sus agobiantes máquinas guerreras.

—¿Tendré éxito con eso?

—Concluya usted diciendo que la balista era un arma psicológica, una idea de fuerza, una metáfora aplastante.

—¿Tendré éxito con eso?

(En este momento, el arqueólogo vio en el suelo una piedra que le pareció muy apropiada para poner punto final a su enseñanza. Era un guijarro basáltico, grueso y redondeado, de unos veinte kilos de peso. Desenterrándolo con grandes muestras de entusiasmo, lo puso en brazos del alumno.)

—¡Tiene usted suerte! Quería llevarse una moneda de recuerdo, y he aquí lo que el destino le ofrece.

—¿Pero qué es esto?

—Un valioso proyectil de la época romana, disparado sin duda alguna por una de esas máquinas que tanto le preocupan.

(El estudiante recibió el regalo, un tanto confuso.)

—¿Pero... está usted seguro?

—Llévese esta piedra a Minnesota, y póngala sobre su mesa de conferenciante. Causará una fuerte impresión en el auditorio.

—¿Usted cree?

—Yo mismo le obsequiaré una documentación en regla, para que las autoridades le permitan sacarla de España.

—¿Pero está usted seguro de que esta piedra es un proyectil romano?

(La voz del arqueólogo tuvo un exasperado acento sombrío.)

—Tan seguro estoy de que lo es, que si usted, en vez de venir ahora, anticipa unos dos mil años su viaje a Numancia, esta piedra, disparada por uno de los artilleros de Escipión, le habría aplastado la cabeza.

(Ante aquella respuesta contundente, el estudiante de Minnesota se quedó pensativo, y estrechó afectuosamente la piedra contra su pecho. Soltando por un momento uno de sus brazos, se pasó la mano por

la frente, como queriendo borrar, de una vez por todas, el fantasma de la balística romana.)

El sol se había puesto ya sobre el árido paisaje numantino. En el cauce seco del Merdancho brillaba una nostalgia de río. Los serafines del Angelus volaban a lo lejos, sobre invisibles aldeas. Y maestro y discípulo se quedaron inmóviles, eternizados por un instantáneo recogimiento, como dos bloques erráticos bajo el crepúsculo grisáceo.

UNA MUJER AMAESTRADA

...et nunc manet in te...

Hoy me detuve a contemplar este curioso espectáculo: en una plaza de las afueras, un saltimbanqui polvoriento exhibía una mujer amaestrada. Aunque la función se daba a ras del suelo y en plena calle, el hombre concedía la mayor importancia al círculo de tiza previamente trazado, según él, con permiso de las autoridades. Una y otra vez hizo retroceder a los espectadores que rebasaban los límites de esa pista improvisada. La cadena que iba de su mano izquierda al cuello de la mujer, no pasaba de ser un símbolo, ya que el menor esfuerzo habría bastado para romperla. Mucho más impresionante resultaba el látigo de seda floja que el saltimbanqui sacudía por los aires, orgulloso, pero sin lograr un chasquido.

Un pequeño monstruo de edad indefinida completaba el elenco. Golpeando su tamboril daba fondo musical a los actos de la mujer, que se reducían a caminar en posición erecta, a salvar algunos obstáculos de papel y a resolver cuestiones de aritmética elemental. Cada vez que una moneda rodaba por el suelo, había un breve paréntesis teatral a cargo del público.

«¡Besos! —ordenaba el saltimbanqui—. No. A ése no. Al caballero que arrojó la moneda.» La mujer

85

no acertaba, y una media docena de individuos se dejaban besar, con los pelos de punta, entre risas y aplausos. Un guardia se acercó diciendo que aquello estaba prohibido. El domador le tendió un papel mugriento con sellos oficiales, y el policía se fue malhumorado, encogiéndose de hombros.

A decir verdad, las gracias de la mujer no eran cosa del otro mundo. Pero acusaban una paciencia infinita, francamente anormal, por parte del hombre. Y el público sabe agradecer siempre tales esfuerzos. Paga por ver una pulga vestida; y no tanto por la belleza del traje, sino por el trabajo que ha costado ponérselo. Yo mismo he quedado largo rato viendo con admiración a un inválido que hacía con los pies lo que muy pocos podrían hacer con las manos.

Guiado por un ciego impulso de solidaridad, desatendí a la mujer y puse toda mi atención en el hombre. No cabe duda de que el tipo sufría. Mientras más difíciles eran las suertes, más trabajo le costaba disimular y reír. Cada vez que ella cometía una torpeza, el hombre temblaba angustiado. Yo comprendí que la mujer no le era del todo indiferente, y que se había encariñado con ella, tal vez en los años de su tedioso aprendizaje. Entre ambos existía una relación, íntima y degradante, que iba más allá del domador y la fiera. Quien profundice en ella, llegará indudablemente a una conclusión obscena.

El público, inocente por naturaleza, no se da cuenta de nada y pierde los pormenores que saltan a la vista del observador destacado. Admira al autor de un prodigio, pero no le importan sus dolores de cabeza ni los detalles monstruosos que puede haber en su vida privada. Se atiene simplemente a los resultados, y cuando se le da gusto, no escatima su aplauso.

Lo único que yo puedo decir con certeza es que el saltimbanqui, a juzgar por sus reacciones, se sentía orgulloso y culpable. Evidentemente, nadie podría negarle el mérito de haber amaestrado a la mujer; pero nadie tampoco podría atender la idea de su propia vileza. (En este punto de mi medita-

ción, la mujer daba vueltas de carnero en una angosta alfombra de terciopelo desvaído.)

El guardián del orden público se acercó nuevamente a hostilizar al saltimbanqui. Según él, estábamos entorpeciendo la circulación, el ritmo casi, de la vida normal. «¿Una mujer amaestrada? Váyanse todos ustedes al circo.» El acusado respondió otra vez con argumentos de papel sucio, que el policía leyó de lejos con asco. (La mujer, entre tanto, recogía monedas en su gorra de lentejuela. Algunos héroes se dejaban besar; otros se apartaban modestamente, entre dignos y avergonzados.)

El representante de la autoridad se fue para siempre, mediante la suscripción popular de un soborno. El saltimbanqui, fingiendo la mayor felicidad, ordenó al enano del tamboril que tocara un ritmo tropical. La mujer, que estaba preparándose para un número matemático, sacudía como pandero el ábaco de colores. Empezó a bailar con descompuestos ademanes difícilmente procaces. Su director se sentía defraudado a más no poder, ya que en el fondo de su corazón cifraba todas sus esperanzas en la cárcel. Abatido y furioso, increpaba la lentitud de la bailarina con adjetivos sangrientos. El público empezó a contagiarse de su falso entusiasmo, y quien más, quien menos, todos batían palmas y meneaban el cuerpo.

Para completar el efecto, y queriendo sacar de la situación el mejor partido posible, el hombre se puso a golpear a la mujer con su látigo de mentiras. Entonces me di cuenta del error que yo estaba cometiendo. Puse mis ojos en ella, sencillamente, como todos los demás. Dejé de mirarlo a él, cualquiera que fuese su tragedia. (En ese momento, las lágrimas surcaban su rostro enharinado.)

Resuelto a desmentir ante todos mis ideas de compasión y de crítica, buscando en vano con los ojos la venia del saltimbanqui, y antes de que otro arrepentido me tomara la delantera, salté por encima de la línea de tiza al círculo de contorsiones y cabriolas.

Azuzado por su padre, el enano del tamboril dio rienda suelta a su instrumento, en un crescendo de

percusiones increíbles. Alentada por tan espontánea compañía, la mujer se superó a sí misma y obtuvo un éxito estruendoso. Yo acompasé mi ritmo con el suyo y no perdí pie ni pisada de aquel improvisado movimiento perpetuo, hasta que el niño dejó de tocar.

Como actitud final, nada me pareció más adecuado que caer bruscamente de rodillas.

PABLO

Una mañana igual a todas, en que las cosas tenían el aspecto de siempre y mientras el rumor de
las oficinas del Banco Central se esparcía como un
aguacero monótono, el corazón de Pablo fue visitado
por la gracia. El cajero principal se detuvo en medio
de las complicadas operaciones y sus pensamientos
se concentraron en un punto. La idea de la divinidad
llenó su espíritu, intensa y nítida como una visión,
clara como una imagen sensorial. Un goce extraño
y profundo, que otras veces había llegado hasta él
como un reflejo momentáneo y fugaz, se hizo puro
y durable y halló su plenitud. Le pareció que el
mundo estaba habitado por Pablos innumerables y
que en ese momento todos convergían en su corazón.

Pablo vio a Dios en el principio, personal y total,
resumiendo dentro de sí todas las posibilidades de
la creación. Sus ideas volaban en el espacio como
ángeles y la más bella de todas era la idea de libertad, hermosa y amplia como la luz. El universo,
recién creado y virginal, disponía sus criaturas en
órdenes armoniosos. Dios les había impartido la
vida, la quietud o el movimiento, pero había quedado
él mismo íntegro, inabordable, sublime. La más perfecta de sus obras le era inmensamente remota.
Desconocido en medio de su omnipotencia creadora

y motora, nadie podía pensar en él ni suponerlo siquiera. Padre de unos hijos incapaces de amarlo, se sintió inexorablemente solo y pensó en el hombre como en la única posibilidad de verificar su esencia con plenitud. Supo entonces que el hombre debía contener las cualidades divinas; de lo contrario, iba a ser otra criatura muda y sumisa. Y Dios, después de una larga espera, decidió vivir sobre la tierra; descompuso su ser en miles de partículas y puso el germen de todas ellas en el hombre, para que un día, después de recorrer todas las formas posibles de la vida, esas partes errantes y arbitrarias se reuniesen, formando otra vez el modelo original, aislando a Dios y devolviéndolo a la unidad. Así quedará concluido el ciclo de la existencia universal y verificado totalmente el proceso de la creación, que Dios emprendió un día en que su corazón rebosaba de amoroso entusiasmo.

Perdido en la corriente del tiempo, gota de agua en un mar de siglos, grano de arena en un desierto infinito, allí está Pablo en su mesa, con su traje gris a cuadros y sus anteojos de carey artificial, con el pelo castaño y liso dividido por una raya minuciosa, con sus manos que escriben letras y números impecables, con su ordenada cabeza de empleado contable que logra resultados infalibles, que distribuye las cifras en derechas columnas, que nunca ha cometido un error, ni puesto una mancha en las páginas de sus libros. Allí está, inclinado sobre su mesa, recibiendo las primeras palabras de un mensaje extraordinario, él, a quien nadie conoce ni conocerá jamás, pero que lleva dentro de sí la fórmula perfecta, el número acertado de una inmensa lotería.

Pablo no es bueno ni es malo. Sus actos responden a un carácter cuyo mecanismo es muy sencillo en apariencia; pero sus elementos han tardado miles de años en reunirse, y su funcionamiento fue previsto en el alba del mundo. Todo el pasado humano careció de Pablo. El presente está lleno de Pablos imperfectos, mejores y peores, grandes y pequeños, famosos o desconocidos. Inconscientemente, todas las madres trataron de tenerlo como hijo, todas delegaron esa tarea en sus descendientes, con la certeza de ser algún día sus abuelas. Pero Pablo había sido concebido como un fruto indirecto y re-

moto; su madre tuvo que morir, ignorante, en el momento mismo del alumbramiento. Y la clave del plan a que obedecía su existencia le fue confiada a Pablo durante una mañana cualquiera, que no llegó precedida de ningún aviso exterior, en la que todo era igual que siempre y en la que resonaba el trabajo, dentro de las extensas oficinas del Banco Central, con su mismo acostumbrado rumor.

Cuando salió de la oficina, Pablo vio el mundo con otros ojos. Rendía un silencioso homenaje a cada uno de sus semejantes. Veía a los hombres con el pecho transparente, como animadas custodias, y el blanco símbolo resplandecía en todas. El Creador excelente iba contenido en cada una de sus criaturas y verificado con ella. Desde ese día, Pablo juzgó la maldad de otra manera: como el resultado de una dosis incorrecta de virtudes, excesivas las unas, escasas las otras. Y el conjunto deficiente engendraba virtudes falsas, que tenían todo el aspecto del mal.

Pablo sentía una gran piedad por todos aquellos inconscientes portadores de Dios, que muchas veces lo olvidan y lo niegan, que lo sacrifican en un cuerpo corrompido. Vio a la humanidad que buceaba, que buscaba infatigablemente el arquetipo perdido. Cada hombre que nacía era un probable salvador; cada muerto era una fórmula fallida. El género humano, desde el primer día, efectúa todas las combinaciones posibles, ensaya todas las dosis imaginables con las partículas divinas que andan dispersas en el mundo. La humanidad esconde penosamente en la tierra sus fracasos y contempla con emoción el renovado sacrificio de las madres. Los santos y los sabios hacen renacer la esperanza; los grandes criminales del universo la frustran. Tal vez antes del hallazgo final aguarda la última decepción, y debe verificarse la fórmula que realice al hombre más exactamente contrario al arquetipo, la bestia apocalíptica que han temido todos los siglos.

Pablo sabía muy bien que nadie debe perder la esperanza. La humanidad es inmortal porque Dios está en ella y lo que hay en el hombre de perdurable es la eternidad misma de Dios. Las grandes hecatombes, los diluvios y los terremotos, la guerra y la peste no podrán acabar con la última pareja.

El hombre nunca tendrá una sola cabeza, para que alguien pueda segarla de un golpe.

Desde el día de la revelación, Pablo vivió una vida diferente. Cesaron para él preocupaciones y afanes pasajeros. Le pareció que la sucesión habitual de los días y las noches, las semanas y los meses, había cesado para él. Creyó vivir en un solo momento, enorme y detenido, amplio y estático como un islote en la eternidad. Consagraba sus horas libres a la reflexión y a la humildad. Todos los días era visitado por claras ideas y su cerebro se iba poblando de resplandores. Sin que pusiera nada de su parte, el hábito universal lo penetraba poco a poco y se sentía iluminado y trascendido, como si un gran golpe de primavera traspasara el ramaje de su ser. Su pensamiento se ventilaba en las más altas cimas. En la calle, arrebatado por sus ideas, con la cabeza en las nubes, le costaba trabajo recordar que iba sobre la tierra. La ciudad se transfiguraba para él. Los pájaros y los niños le traían felices mensajes. Los colores parecían extremar su cualidad y estaban como recién puestos en las cosas. A Pablo le habría gustado ver el mar y las grandes montañas. Se consolaba con el césped y las fuentes.

¿Por qué los demás hombres no compartían con él ese goce supremo? Desde su corazón, Pablo hacía a todos silenciosas invitaciones. A veces le angustiaba la soledad de su éxtasis. Todo el mundo era suyo, y temblaba como un niño ante la enormidad del regalo; pero se prometió disfrutarlo detenidamente. Por lo pronto, había que dedicar la tarde a ese árbol grande y hermoso, a esa nube blanca y rosa que gira suavemente en el cielo, al juego de ese niño de cabellos rubios que rueda su pelota sobre el césped.

Naturalmente, Pablo sabía que una de las condiciones de su goce era la de ser un goce secreto, intransferible. Comparó su vida de antes con la de ahora. ¡Qué desierto de estéril monotonía! Comprendió que si alguien hubiera venido entonces a revelarle el panorama del mundo, él se habría quedado indiferente, viéndolo todo igual, intrascendente y vacío.

A nadie comunicó la más pequeña de sus experiencias. Vivía en una propicia soledad, sin amigos

íntimos y con los parientes lejanos. Su carácter retraído y silencioso facilitaba la reserva. Sólo temió que su cara pudiera revelar la transformación, o que los ojos traicionaran el brillo interior. Por fortuna, nada de esto sucedía. En el trabajo y en la casa de huéspedes nadie notó cambio alguno y la vida exterior transcurría exactamente igual a la de antes.

A veces, un recuerdo aislado, de la infancia o la adolescencia, irrumpía de pronto en su memoria para incluirse en una clara unidad. A Pablo le gustaba agrupar estos recuerdos en torno de la idea central que llenaba su espíritu, y se complacía viendo en ellos una especie de presagio acerca de su destino ulterior. Presagios que había desatendido porque eran breves y débiles, porque no había aprendido aún a descifrar esos mensajes que la naturaleza envía, encerrados en pequeñas maravillas, hacia el corazón de cada hombre. Ahora se llenaban de sentido, y Pablo señalaba el camino de su espíritu, como con blancas piedrecillas. Cada una le recordaba una circunstancia dichosa, que él podía, a su antojo, volver a vivir.

En ciertos momentos, la partícula divina parecía tomar en el corazón de Pablo proporciones desacostumbradas, y Pablo se llenaba de espanto. Recurría a su probada humildad, juzgándose el más ínfimo de los hombres, el más inepto portador de Dios, el ensayo más desacertado en la interminable búsqueda.

Lo único que podía desear en sus momentos de mayor ambición, era vivir el momento del hallazgo. Pero esto le pareció imposible y desmesurado. Veía el impulso poderoso y aparentemente ciego que hace el género humano para sostenerse, para multiplicar cada vez más el número de los ensayos, para ofrecer siempre una resistencia indestructible a los fenómenos que interrumpen el curso de la vida. Esa potencia, ese triunfo cada vez más duramente alcanzado, llevaba implícita la esperanza y la certidumbre de que un día existirá entre los hombres el ser primigenio y final. Ese día cesará el instinto de conservación y de multiplicación. Todos los hombres vivientes quedarán superfluos, e irán desapareciendo absortos en el ser que todo lo contendrá, que habrá

de justificar la humanidad, los siglos, los milenios de ignorancia, de vicio, de búsqueda. El género humano, limpio de todos sus males, reposará para siempre en el seno de su creador. Ningún dolor habrá sido baldío, ninguna alegría vana: habrán sido los dolores y alegrías multiplicados de un solo ser infinito.

A esa idea feliz, que todo lo justifica, sucedía a veces en Pablo la idea opuesta, y lo absorbía y lo fatigaba. El hermoso sueño que tan lúcidamente soñaba, perdía claridad, amenazaba romperse o convertirse en pesadilla.

Dios podría quizá no recobrarse nunca y quedar para siempre disuelto y sepultado, preso en millones de cárceles, en seres desesperados que sentían cada uno su fracción de la nostalgia de Dios y que incansablemente se unían para recobrarlo, para recobrarse en él. Pero la esencia divina se iría desvirtuando poco a poco, como un precioso metal muchas veces fundido y refundido, que va perdiéndose en aleaciones cada vez más groseras. El espíritu de Dios ya no se expresaría sino en la voluntad enorme de sobrevivir, cerrando los ojos a millones de fracasos, a la diaria y negativa experiencia de la muerte. La partícula divina palpitaría violentamente en el corazón de cada hombre, golpeando la puerta de su cárcel. Todos responderían a este llamado con un deseo de reproducción cada vez más torpe y sin sentido, y la integración de Dios se volvería imposible, porque para aislar una sola partícula preciosa habría que reducir montañas de escoria, desecar pantanos de iniquidad.

En estas circunstancias, Pablo era presa de la desesperación. Y de la desesperación brotó la última certidumbre, la que en vano había tratado de aplazar.

Pablo comenzó a percibir su terrible cualidad de espectador y se dio cuenta de que al contemplar el mundo, lo devoraba. La contemplación nutría su espíritu, y su hambre de contemplar era cada vez mayor. Desconoció en los hombres a sus prójimos; su soledad comenzó a agrandarse hasta hacerse insoportable. Veía con envidia a los demás, a esos seres incomprensibles que nada saben y que ponen todo su espíritu, liberalmente, en mezquinas ocupa-

ciones, gozando y sufriendo en torno a un Pablo solitario y gigantesco, que respiraba por encima de todas las cabezas un aire enrarecido y puro, que recorría los días requisando y detentando los bienes de los hombres.

La memoria de Pablo comenzó a retroceder velozmente. Vivió su vida día por día y minuto a minuto. Llegó a la infancia y a la puericia. Siguió adelante, más allá de su nacimiento, y conoció la vida de sus padres y la de sus antepasados, hasta la última raíz de su genealogía, donde volvió a encontrar su espíritu señoreado por la unidad.

Se sintió capaz de todo. Podría recordar el detalle más insignificante de la vida de cada hombre, encerrar el universo en una frase, ver con sus propios ojos las cosas más distantes en el tiempo y en el espacio, abarcar en su puño las nubes, los árboles y las piedras.

Su espíritu se replegó sobre sí mismo, lleno de temor. Una timidez inesperada y extraordinaria se adueñó de cada una de sus acciones. Eligió la imposibilidad exterior como respuesta al activo fuego que consumía sus entrañas. Nada debía cambiar el ritmo de la vida. Había de hecho dos Pablos, pero los hombres no conocían más que uno. El otro, el decisivo Pablo que podía hacer el balance de la humanidad y pronunciar un juicio adverso o favorable, permaneció ignorado, totalmente desconocido dentro de su fiel traje gris a cuadros, protegida la mirada de sus ojos abismales por unos anteojos de carey artificial.

En su repertorio infinito de recuerdos humanos, una anécdota insignificante, que tal vez había leído en la infancia, sobresalía y lastimaba levemente su espíritu. La anécdota aparecía desprovista de contorno y situaba sus frases escuetas en el cerebro de Pablo: en una aldea montañosa, un viejo pastor extranjero logró convencer a todos sus vecinos de que era la encarnación misma de Dios. Durante algún tiempo, gozó una situación privilegiada. Pero sobrevino una sequía. Las cosechas se perdieron, las ovejas morían. Los creyentes cayeron sobre el dios y lo sacrificaron sin piedad.

En una sola ocasión, Pablo estuvo a punto de ser descubierto. Una sola vez debió de estar a su

verdadera altura, ante los ojos de otro, y en ese caso Pablo no desmintió su condición y supo aceptar durante un instante el riesgo inmenso.

Era un día hermoso, en que Pablo saciaba su sed universal paseando por una de las avenidas más céntricas de la ciudad. Un individuo se detuvo de pronto, a la mitad de la acera, reconociéndolo. Pablo sintió que un rayo descendía sobre él. Quedó inmóvil y mudo de sorpresa. Su corazón latió con violencia, pero también con infinita ternura. Inició un paso y trató de abrir los brazos en un gesto de protección, dispuesto a ser identificado, delatado, crucificado.

La escena, que a Pablo le pareció eterna, había durado sólo breves segundos. El desconocido pareció dudar una última vez y luego, turbado, reconociendo su equivocación, murmuró a Pablo una excusa, y siguió adelante.

Pablo permaneció un buen rato sin caminar, presa de angustia, aliviado y herido a la vez. Comprendió que su rostro comenzaba a denunciarlo y redobló sus cuidados. Desde entonces prefería pasear solamente en el crepúsculo y visitar los parques que las primeras horas de la noche volvían apacibles y umbrosos.

Pablo tuvo que vigilar estrechamente cada uno de sus actos y puso todo empeño en suprimir el más insignificante deseo. Se propuso no entorpecer en lo más mínimo el curso de la vida, ni alterar el más insignificante de los fenómenos. Prácticamente, anuló su voluntad. Trató de no hacer nada para verificar por sí mismo su naturaleza; la idea de la omnipotencia pesaba sobre su espíritu, abrumándolo.

Pero todo era inútil. El universo penetraba en su corazón a raudales, restituyéndose a Pablo como un ancho río que devolviera todo el caudal de sus aguas a la fuente original. De nada servía que opusiera alguna resistencia; su corazón se desplegaba como una llanura, y sobre él llovía la esencia de las cosas.

En el exceso mismo de su abundancia, en el colmo de su riqueza, Pablo comenzó a sufrir por

el empobrecimiento del mundo, que iba a vaciarse de sus seres, a perder su calor y a detener su movimiento. Una sensación desbordante de piedad y de lástima empezó a invadirlo hasta hacerse insufrible.

Pablo se dolía por todo: por la vida frustrada de los niños, cuya ausencia empezaba a notarse ya en los jardines y en las escuelas; por la vida inútil de los hombres y por la vana impaciencia de las embarazadas que ya no vivirían el nacimiento de sus hijos; por las jóvenes parejas que de pronto se deshacían, roto ya el diálogo superfluo, despidiéndose sin formular una cita para el día siguiente. Y temió por los pájaros, que olvidaban sus nidos y se iban a volar sin rumbo, perdidos, sosteniéndose apenas en un aire sin movimiento. Las hojas de los árboles comenzaban a amarillear y a caer. Pablo se estremeció al pensar que ya no habría otra primavera para ellos, porque él iba a alimentarse con la vida de todo lo que moría. Se sintió incapaz de sobrevivir al recuerdo del mundo muerto, y sus ojos se llenaron de lágrimas.

El corazón tierno de Pablo no precisaba un largo examen. Su tribunal no llegó a funcionar para nadie. Pablo decidió que el mundo viviera, y se comprometió a devolver todo lo que le había ido quitando. Trató de recordar si en el pasado no había algún otro Pablo que se hubiera precipitado, desde lo alto de su soledad, para vivir en el océano del mundo un nuevo ciclo de vida dispersa y fugitiva.

Una mañana nublada, en la que el mundo había perdido ya casi todos sus colores y en la que el corazón de Pablo destellaba como un cofre henchido de tesoros, decidió su sacrificio. Un viento de destrucción vagaba por el mundo, una especie de arcángel negro con alas de cierzo y de llovizna que parecía ir borrando el perfil de la realidad, preludiando la última escena. Pablo lo sintió capaz de todo, de disolver los árboles y las estatuas, de destruir las piedras arquitectónicas, de llevarse en sus alas sombrías el último calor de las cosas. Tembloroso, sin poder soportar un momento más el espectáculo de la desintegración universal, Pablo se encerró en su cuarto y se dispuso a morir. De modo cualquiera,

como un ínfimo suicida, dio fin a sus días antes de que fuera demasiado tarde, y abrió de par en par las compuertas de su alma.

La humanidad continúa empeñosamente sus ensayos después de haber escondido bajo tierra otra fórmula fallida. Desde ayer, Pablo está otra vez con nosotros, en nosotros, buscándose.

Esta mañana, el sol brilla con raro esplendor.

PARABOLA DEL TRUEQUE

Al grito de «¡Cambio esposas viejas por nuevas!», el mercader recorrió las calles del pueblo arrastrando su convoy de pintados carromatos.

Las transacciones fueron muy rápidas, a base de unos precios inexorablemente fijos. Los interesados recibieron pruebas de calidad y certificados de garantía, pero nadie pudo escoger. Las mujeres, según el comerciante, eran de veinticuatro quilates. Todas rubias y todas circasianas. Y más que rubias, doradas como candeleros.

Al ver la adquisición de su vecino, los hombres corrían desaforados en pos del traficante. Muchos quedaron arruinados. Sólo un recién casado pudo hacer cambio a la par. Su esposa estaba flamante y no desmerecía ante ninguna de las extranjeras. Pero no era tan rubia como ellas.

Yo me quedé temblando detrás de la ventana, al paso de un carro suntuoso. Recostada entre almohadones y cortinas, una mujer que parecía un leopardo me miró deslumbrante, como desde un bloque de topacio. Presa de aquel contagioso frenesí, estuve a punto de estrellarme contra los vidrios. Avergonzado, me aparté de la ventana y volví el rostro para mirar a Sofía.

Ella estaba tranquila, bordando sobre un nuevo

mantel las iniciales de costumbre. Ajena al tumulto, ensartó la aguja con sus dedos seguros. Sólo yo que la conozco podía advertir su tenue, imperceptible palidez. Al final de la calle, el mercader lanzó por último la turbadora proclama: «¡Cambio esposas viejas por nuevas!» Pero yo me quedé con los pies clavados en el suelo, cerrando los oídos a la oportunidad definitiva. Afuera, el pueblo respiraba una atmósfera de escándalo.

Sofía y yo cenamos sin decir una palabra, incapaces de cualquier comentario.

—¿Por qué no me cambiaste por otra? —me dijo al fin, llevándose los platos.

No pude contestarle, y los dos caímos más hondo en el vacío. Nos acostamos temprano, pero no podíamos dormir. Separados y silenciosos, esa noche hicimos un papel de convidados de piedra.

Desde entonces vivimos en una pequeña isla desierta, rodeados por la felicidad tempestuosa. El pueblo parecía un gallinero infestado de pavos reales. Indolentes y voluptuosas, las mujeres pasaban todo el día echadas en la cama. Surgían al atardecer, resplandecientes a los rayos del sol, como sedosas banderas amarillas.

Ni un momento se separaban de ellas los maridos complacientes y sumisos. Obstinados en la miel, descuidaban su trabajo sin pensar en el día de mañana.

Yo pasé por tonto a los ojos del vecindario, y perdí los pocos amigos que tenía. Todos pensaron que quise darles una lección, poniendo el ejemplo absurdo de la fidelidad. Me señalaban con el dedo, riéndose, lanzándome pullas desde sus opulentas trincheras. Me pusieron sobrenombres obscenos, y yo acabé por sentirme como una especie de eunuco en aquel edén placentero.

Por su parte, Sofía se volvió cada vez más silenciosa y retraída. Se negaba a salir a la calle conmigo, para evitarme contrastes y comparaciones. Y lo que es peor, cumplía de mala gana con sus más estrictos deberes de casada. A decir verdad, los dos nos sentíamos apenados de unos amores tan modestamente conyugales.

Su aire de culpabilidad era lo que más me ofendía. Se sintió responsable de que yo no tuviera una

mujer como las otras. Se puso a pensar desde el primer momento que su humilde semblante de todos los días era incapaz de apartar la imagen de la tentación que yo llevaba en la cabeza. Ante la hermosura invasora, se batió en retirada hasta los últimos rincones del mudo resentimiento. Yo agoté en vano nuestras pequeñas economías, comprándole adornos, perfumes, alhajas y vestidos.

—¡No me tengas lástima!

Y volvía la espalda a todos los regalos. Si me esforzaba en mimarla, venía su respuesta entre lágrimas:

—¡Nunca te perdonaré que no me hayas cambiado!

Y me echaba la culpa de todo. Yo perdía la paciencia. Y recordando a la que parecía un leopardo, deseaba de todo corazón que volviera a pasar el mercader.

Pero un día las rubias comenzaron a oxidarse. La pequeña isla en que vivíamos recobró su calidad de oasis, rodeada por el desierto. Un desierto hostil, lleno de salvajes alaridos de descontento. Deslumbrados a primera vista, los hombres no pusieron realmente atención en las mujeres. Ni les echaron una buena mirada, ni se les ocurrió ensayar su metal. Lejos de ser nuevas, eran de segunda, de tercera, de sabe Dios cuántas manos... El mercader les hizo sencillamente algunas reparaciones indispensables, y les dio un baño de oro tan bajo y tan delgado, que no resistió la prueba de las primeras lluvias.

El primer hombre que notó algo extraño se hizo el desentendido, y el segundo también. Pero el tercero, que era farmacéutico, advirtió un día entre el aroma de su mujer la característica emanación del sulfato de cobre. Procediendo con alarma a un examen minucioso, halló manchas oscuras en la superficie de la señora y puso el grito en el cielo.

Muy pronto aquellos lunares salieron a la cara de todas, como si entre las mujeres brotara una epidemia de herrumbre. Los maridos se ocultaron unos a otros las fallas de sus esposas atormentándose en secreto con terribles sospechas acerca de su procedencia. Poco a poco salió a relucir la verdad, y cada quien supo que había recibido una mujer falsificada.

El recién casado que se dejó llevar por la corriente del entusiasmo que despertaron los cambios, cayó en un profundo abatimiento. Obsesionado por el recuerdo de un cuerpo de blancura inequívoca, pronto dio muestras de extravío. Un día se puso a remover con ácidos corrosivos los restos de oro que había en el cuerpo de su esposa, y la dejó hecha una lástima, una verdadera momia.

Sofía y yo nos encontramos a merced de la envidia y del odio. Ante esa actitud general, creí conveniente tomar algunas precauciones. Pero a Sofía le costaba trabajo disimular su júbilo, y dio en salir a la calle con sus mejores atavíos, haciendo gala entre tanta desolación. Lejos de atribuir algún mérito a mi conducta, Sofía pensaba naturalmente que yo me había quedado con ella por cobarde, pero que no me faltaron las ganas de cambiarla.

Hoy salió del pueblo la expedición de los maridos engañados, que van en busca del mercader. Ha sido verdaderamente un triste espectáculo. Los hombres levantaban al cielo los puños, jurando venganza. Las mujeres iban de luto, lacias y desgreñadas, como plañideras leprosas. El único que se quedó es el famoso recién casado, por cuya razón se teme. Dando pruebas de un apego maniático, dice que ahora será fiel hasta que la muerte lo separe de la mujer ennegrecida, esa que él mismo acabó de estropear a base de ácido sulfúrico.

Yo no sé la vida que me aguarda al lado de una Sofía quién sabe si necia o si prudente. Por lo pronto, le van a faltar admiradores. Ahora estamos en una isla verdadera, rodeada de soledad por todas partes. Antes de irse, los maridos declararon que buscarán hasta el infierno los rastros del estafador. Y realmente, todos ponían al decirlo una cara de condenados.

Sofía no es tan morena como parece. A la luz de la lámpara, su rostro dormido se va llenando de reflejos. Como si del sueño le salieran leves, dorados pensamientos de orgullo.

UNA REPUTACION

La cortesía no es mi fuerte. En los autobuses suelo disimular esta carencia con la lectura o el abatimiento. Pero hoy me levanté de mi asiento automáticamente, ante una mujer que estaba de pie, con un vago aspecto de ángel anunciador.

La dama beneficiada por ese rasgo involuntario lo agradeció con palabras tan efusivas, que atrajeron la atención de dos o tres pasajeros. Poco después se desocupó el asiento inmediato, y al ofrecérmelo con leve y significativo ademán, el ángel tuvo un hermoso gesto de alivio. Me senté allí con la esperanza de que viajaríamos sin desazón alguna.

Pero ese día me estaba destinado, misteriosamente. Subió al autobús otra mujer, sin alas aparentes. Una buena ocasión se presentaba para poner las cosas en su sitio; pero no fue aprovechada por mí. Naturalmente, yo podía permanecer sentado, destruyendo así el germen de una falsa reputación. Sin embargo, débil y sintiéndome ya comprometido con mi compañera, me apresuré a levantarme, ofreciendo con reverencia el asiento a la recién llegada. Tal parece que nadie le había hecho en toda su vida un homenaje parecido: llevó las cosas al extremo con sus turbadas palabras de reconocimiento.

Esta vez no fueron ya dos ni tres las personas

que aprobaron sonrientes mi cortesía. Por lo menos la mitad del pasaje puso los ojos en mí, como diciendo: «He aquí un caballero.» Tuve la idea de abandonar el vehículo, pero la deseché inmediatamente, sometiéndome con honradez a la situación, alimentando la esperanza de que las cosas se detuvieran allí.

Dos calles adelante bajó un pasajero. Desde el otro extremo del autobús, una señora me designó para ocupar el asiento vacío. Lo hizo sólo con una mirada, pero tan imperiosa, que detuvo el ademán de un individuo que se me adelantaba; y tan suave, que yo atravesé el camino con paso vacilante para ocupar en aquel asiento un sitio de honor. Algunos viajeros masculinos que iban de pie sonrieron con desprecio. Yo adiviné su envidia, sus celos, su resentimiento, y me sentí un poco angustiado. Las señoras, en cambio, parecían protegerme con su efusiva aprobación silenciosa.

Una nueva prueba, mucho más importante que las anteriores, me aguardaba en la esquina siguiente: subió al camión una señora con dos niños pequeños. Un angelito en brazos y otro que apenas caminaba. Obedeciendo la orden unánime, me levanté inmediatamente y fui al encuentro de aquel grupo conmovedor. La señora venía complicada con dos o tres paquetes; tuvo que correr media cuadra por lo menos, y no lograba abrir su gran bolso de mano. La ayudé eficazmente en todo lo posible, la desembaracé de nenes y envoltorios, gestioné con el chófer la exención de pago para los niños, y la señora quedó instalada finalmente en mi asiento, que la custodia femenina había conservado libre de intrusos. Guardé la manita del niño mayor entre las mías.

Mis compromisos para con el pasaje habían aumentado de manera decisiva. Todos esperaban de mí cualquier cosa. Yo personificaba en aquellos momentos los ideales femeninos de caballerosidad y de protección a los débiles. La responsabilidad oprimía mi cuerpo como una coraza agobiante, y yo echaba de menos una buena tizona en el costado. Porque no dejaban de ocurrírseme cosas graves. Por ejemplo, si un pasajero se propasaba con alguna dama, cosa nada rara en los autobuses, yo debía amonestar al agresor y aun entrar en combate con

él. En todo caso, las señoras parecían completamente seguras de mis reacciones de Bayardo. Me sentí al borde del drama.

En esto llegamos a la esquina en que debía bajarme. Divisé mi casa como una tierra prometida. Pero no descendí. Incapaz de moverme, la arrancada del autobús me dio una idea de lo que debe ser una aventura trasatlántica. Pude recobrarme rápidamente; yo no podía desertar así como así, defraudando a las que en mí habían depositado su seguridad, confiándome un puesto de mando. Además, debo confesar que me sentí cohibido ante la idea de que mi descenso pusiera en libertad impulsos hasta entonces contenidos. Si por un lado yo tenía asegurada la mayoría femenina, no estaba muy tranquilo acerca de mi reputación entre los hombres. Al bajarme, bien podría estallar a mis espaldas la ovación o la rechifla. Y no quise correr tal riesgo. ¿Y si aprovechando mi ausencia un resentido daba rienda suelta a su bajeza? Decidí quedarme y bajar el último, en la terminal, hasta que todos estuvieran a salvo.

Las señoras fueron bajando una a una en sus esquinas respectivas, con toda felicidad. El chófer ¡santo Dios! acercaba el vehículo junto a la acera, lo detenía completamente y esperaba a que las damas pusieran sus dos pies en tierra firme. En el último momento, vi en cada rostro un gesto de simpatía, algo así como el esbozo de una despedida cariñosa. La señora de los niños bajó finalmente, auxiliada por mí, no sin regalarme un par de besos infantiles que todavía gravitan en mi corazón, como un remordimiento.

Descendí en una esquina desolada, casi montaraz, sin pompa ni ceremonia. En mi espíritu había grandes reservas de heroísmo sin empleo, mientras el autobús se alejaba vacío de aquella asamblea dispersa y fortuita que consagró mi reputación de caballero.

CORRIDO

Hay en Zapotlán una plaza que le dicen de Ameca, quién sabe por qué. Una calle ancha y empedrada se da contra un testerazo, partiéndose en dos. Por allí desemboca el pueblo en sus campos de maíz.

Así es la Plazuela de Ameca, con su esquina ochavada y sus casas de grandes portones. Y en ella se encontraron una tarde, hace mucho, dos rivales de ocasión. Pero hubo una muchacha de por medio.

La Plazuela de Ameca es tránsito de carretas. Y las ruedas muelen la tierra de los baches, hasta hacerla finita, finita. Un polvo de tepetate que arde en los ojos, cuando el viento sopla. Y allí había, hasta hace poco, un hidrante. Un caño de agua de dos pajas, con su llave de bronce y su pileta de piedra.

La que primero llegó fue la muchacha con su cántaro rojo, por la ancha calle que se parte en dos. Los rivales caminaban frente a ella, por las calles de los lados, sin saber que se darían un tope en el testerazo. Ellos y la muchacha parecía que iban de acuerdo con el destino, cada uno por su calle.

La muchacha iba por agua y abrió la llave. En ese momento los dos hombres quedaron al descubierto, sabiéndose interesados en lo mismo. Allí se acabó la calle de cada quien, y ninguno quiso dar

paso adelante. La mirada que se echaron fue poniéndose tirante, y ninguno bajaba la vista.

—Oiga, amigo, qué me mira.

—La vista es muy natural.

Tal parece que así se dijeron, sin hablar. La mirada lo estaba diciendo todo. Y ni un ai te va, ni ai te viene. En la plaza que los vecinos dejaron desierta como adrede, la cosa iba a comenzar.

El chorro de agua, al mismo tiempo que el cántaro, los estaba llenando de ganas de pelear. Era lo único que estorbaba aquel silencio tan entero. La muchacha cerró la llave dándose cuenta cuando ya el agua se derramaba. Se echó el cántaro al hombro, casi corriendo con susto.

Los que la quisieron estaban en el último suspenso, como los gallos todavía sin soltar, embebidos uno y otro en los puntos negros de sus ojos. Al subir la banqueta del otro lado, la muchacha dio un mal paso y el cántaro y el agua se hicieron trizas en el suelo.

Esa fue la merita señal. Uno con daga, pero así de grande, y otro con machete costeño. Y se dieron de cuchillazos, sacándose el golpe un poco con el sarape. De la muchacha no quedó más que la mancha de agua, y allí están los dos peleando por los destrozos del cántaro.

Los dos eran buenos, y los dos se dieron en la madre. En aquella tarde que se iba y se detuvo. Los dos se quedaron allí bocarriba, quién degollado y quién con la cabeza partida. Como los gallos buenos, que nomás a uno le queda tantito resuello.

Muchas gentes vinieron después, a la nochecita. Mujeres que se pusieron a rezar y hombres que dizque iban a dar parte. Uno de los muertos todavía alcanzó a decir algo: preguntó que si también al otro se lo había llevado la tiznada.

Después se supo que hubo una muchacha de por medio. Y la del cántaro quebrado se quedó con la mala fama del pleito. Dicen que ni siquiera se casó. Aunque se hubiera ido hasta Jilotlán de los Dolores, allá habría llegado con ella, a lo mejor antes que ella, su mal nombre de mancornadora.

PALINDROMA

(1971)

La dedicatoria
se suprime
a petición de parte

PALINDROMA

TRES DIAS Y UN CENICERO

Ha llegado para mí el día en que nace más de un sol, y cedo con la máxima despreocupación los harapos de la noche.

Papini

MARZO 5

Estoy loco ¿o voy a volverme loco? No pregunten. Lo mismo da. Ella está tirada en el suelo, debajo de la cama. Primero la puse junto a mi lado izquierdo, cerca del corazón. Pero no soy tan zurdo. Luego quise subirla, pero pesaba mucho y mojaría el colchón. Empapada hasta los huesos si los tuviera. Me llega su olor de pantano y me acuerdo. Sí, de niño me acuerdo y repaso el recuerdo diciendo estos versos: «...de su húmeda impureza asciende un vaho que enerva los mismos sacros dones de la imperial Minerva.» Cito de memoria porque quiero enervarme más. Tres veces bajé de la cama y fui con ella, a su sabor. A calentarme con su cuerpo frío, aterciopelado por la lama, velloso por el musgo. De la ingle quité última sanguijuela viscosa. Penecillo apegado a sangre y leche imaginarias. Pegado estoy a cuerpo sin sangre. ¿Sin sangre? Venus está viva como en Alfredo de Musset. En el mármol rosa que sirve de escalón a la terraza de Versalles, «¿se acuerda usted, amigo mío? Al lado derecho, frente al Naranjal...» ¿Cómo viniste aquí? A mi charco de Jalisco. Porque te hallé en el lodo, *pallus lacustris*, laguna, *Mare Nostrum*, Mediterráneo en miniatura de Zapotlán.

Aquí te hallé y recojo tu fragancia de lodo podrido y me acuerdo. Me acuerdo de niño: quise hallarte. Tesoro indicado en la postura de una garza morena. Morena porque el sol te vio la cara desde antes que te sumergieran en el agua para hacerte brotar de la espuma. No te busqué en las cuevas del Nevado porque no soy alpinista ni espeleólogo tampoco. Alturas y profundidades me marean: la negación de Picard, sin globo ni batiscafo. Vivo a ras de tierra, a orillas del agua y del sueño. Y te soñé. Abriste al borde de mi cama un abismo anormal. Dije abismo en otro tiempo, soñando el infierno. Porque el cielo está lejos y el corazón anida cerca del estómago, debajo de las costillas.

Ahora cielo y abismo están aquí. Debajo de la cama. Abiertos en las entrañas de mi diosa madre última *Tellus* última Tule, arropados en tule. Tule fragante de humedad y poroso. Papiro local. Entre vigilia y sueño adormecido estoy por el gas de los pantanos. Duermo aunque no puedo. Deliro que hemos... ¡Que hemos no! Que yo te encontré oh tú la primera inmortal sobre la tierra recién salida del mar... No en Milo ni en Cirene, sino aquí, lejos del auriñaciense y de los tiempos minoicos. Aquí entre mazorcas y blandos juncos de tule, donde los indios tejen petates, amarran tapeistes y urden sillas frescas con armazón de palo blanco o pintado azul celeste con flores rosas amarillas de cempasúchil, agria flor que huele a fermentos de vida y de muerte como tú... Aquí entre gallaretas, corvejones, sapos, ranas, cucarachas de agua y cucharones. Entre los tepalcates, golondrinos y sambutidores pipiles. Bajo el vuelo rasante de agachonas y el rápido altísimo geométrico de zopilotillos vespéridos. Entre tuzas chatas y murciélagos agudos. Aquí te hallé última forma de soñar despierto. Y aquí te aguardo sin dormir, diciendo ábrete sésamo.

Abandono. Abandono la blandura y voy abajo con ella. A enfriarme la cabeza contra formas atrayentes repelentes.

Mañana temprano voy a bañarla. A limpiarle impurezas locales, lodo y adherencias de familia. Para que mañana brille esplendor mármol de Faros. Báñate tú también y no hagas mal papel junto de ella, los dos nocturnos empapados. Cuenta siempre tus

costillas antes de dormir. Si al despertar te falta una, estás salvado: Una, dos, tres... sígueme cantando con el cuento de las costillas... cuatro, cinco, seis... si pierdes la cuenta, oirás la canción de cuna en su texto original... «En el principio era el verbo...» ¿Ves? Ya te dormiste... Vas a ser un Adán...

MARZO 6

Ella es impracticable, y se opone estatuaria a todo vano cincel.

Pero Roberto el Pato viene muy amable a despertarme y reclama la parte del sueño que le toca en lo vivo. Plantea grave cuestión legal de intereses y derechos.

Levanto acta notarial: No estoy dispuesto a ceder nada en cuerpo y alma. Se trata de un despojo a mano desarmada: lo único que no me pertenece, lo reconozco, es la mano. Porque su hijo la encontró después de que hicimos surgir del agua las formas del mármol. Todo quedará en familia, es cierto. Pero coincidimos en un punto: hay que esconderla y guardar el secreto. ¿No es cierto?

Ahora sólo sabemos del hallazgo los que estábamos presentes. Dos Patos, el padre y el hijo. Y yo. ¡Dios mío! También se dio cuenta el lagunero que cortaba tules en su parcela... preciso lugar de los hechos. El que desde un tapeiste nos aventó la reata, la reata para amarrarla. (Mañana mismo voy a buscarlo. Y le daré lo que quiera por callarse la boca.)

¡Si lo sabe Esteban Cibrián, estamos perdidos! Peleados y perdidos... Apenas alguien se halla un tepalcate cualquiera, una piedra más o menos cuadrada o más o menos redonda, viene y nos lo quita todo de las manos. Se lleva al Museo hasta los retratos de las familias...

Antes de lo que puede o no pasar, aquí está la fiel y verdadera historia de lo ocurrido el día de ayer a las seis de la tarde, ya con el sol para caerse al otro lado de la Media Luna. Cuando matamos patos, agachonas y garzas que ni siquiera se comen.

Item más. — Los dos Patos, el Grande y el Chico, vinieron a invitarme después de comer para que

fuéramos de cacería. Les dije: estoy cansado y enfermo. Pero me convencieron: «Ahora no juegas ajedrez, te llevamos al Aguaje de Cofradía, ¿cuánto hace que no vas?» «Desde que vivía mi tío Daniel...»

Y fuimos a las güilotas cuando cayeran a beber, ya casi para ponerse el sol... Fuimos y hubo a qué tirarle. Matamos dos patos golondrinos, cuatro agachonas y algún tildío, güilotas no se paró una sola. A los zopilotillos no les dimos: «No les tiren, no gasten el parque, vuelan tan rápido y tan alto y no saben a pichón... Ni a las gallinas del agua, porque saben a lodo... no se les quita el olor ni con rabos de cebolla.»

Pero dijo el Patito: «Déjame tirarle a esa garza morena.» «Está muy lejos, y si la matas, ¿quién va a sacarla del agua?» «¡Yo!» Dije yo porque la garza venía de muy lejos. De un recodo del río de Tamazula. Allí por primera vez en Santa Rosa, al otro lado del pueblo, y por estarla viendo me quedé sin barca y sin barquero. Después volvieron por mí, ya de noche a buscarme, el sacristán y el campanero. Porque yo era monaguillo y los demás se fueron. Me dejaron solo, solo y en la orilla. Iba a llorar cuando te vi saliendo del remanso, estampada en un círculo de juncos sobre un islote del cielo. Todavía tu recuerdo me humilla y no sé si eras morena, azuleja o amarilla. Sacabas del lodo una pata, enjuagándola en el agua. Estirabas el pico y bajabas un ala como las gallinas cuando las van a pisar... Tenías el color de las palomas yaces... ¡Si entonces no lo hiciste, ahora no lo haces! Le aventé una pedrada, ya con el agua a la rodilla...

Pero estoy levantando un acta. Patito le tiró a la garza y la garza morena o lo que fuera, se quedó así nomás como todas, como si no le hubieran dado. Dobló las patas amarillas y abrió las alas azules sobre el agua.

Ya me había quitado los pantalones y que aviento el saco y la camisa y allí voy corriendo y luego nadando en agua verde y espesa. La garza ya ni se movió, blanca y tibia en mis manos. En ese momento sentí algo vivo, duro y rendido bajo los pies. Doy un paso y caigo en el lodo. Uno atrás y vuelvo a lo

firme. Desde el estribo de piedra me pongo a gritar: «¡Vengan, vengan!» Creyeron que tenía un calambre.

¿Qué hay aquí debajo del agua? Sentí claramente los pechos, la cabeza y el vientre. Le busqué hombros y piernas. Todavía con los pies, hasta que metí la mano con todo el brazo, cerrando los ojos y la boca.

Desde una mancha de tules nos gritó un lagunero que navegaba en tapeiste: «¿Mataron patos...? Yo se los voy a sacar.» Luego me vio: «Y también a usted lo saco de aquí porque le va a dar una pulmonía...» Le enseñé la garza cuando se acercaba: «No se comen. Los patos sí. ¿Dónde están los patos?»

Yo buceaba otra vez la mujer. Otra vez los pechos y otra vez la cabeza y las piernas. Salí a la superficie: «Los patos ya los sacamos. Esa es para disecar...» En eso llegaron Pato grande y Pato chico. Los hice tocar con pies y manos debajo del agua. «¡Carajo!», dijo el Pato grande. «¡Miren!», dijo el chico, y sacó una mano de piedra entre las suyas, chorreando lodo.

El lagunero nos prestó una soga. Amarramos el bulto del pescuezo y primero a pulso y después con el coche, lo jalamos a la orilla. El hombre dijo: «Parece un santo», porque nomás se veía algo del cuerpo en el lodazal. «Sí es un santo. Lo echaron al agua los cristeros... Usted y yo somos de la edad, ¿se acuerda del Padre Ubiarco?» «¿El que fusilaron?» «Ese mero. Una sobrina nos dio la relación y lo hallamos.» Ni modo, él me dio pie para la mentira y me seguí de frente. «Bendito sea Dios», dijo el lagunero y se persignó. Hay que envolverla en algo. El lagunero no tiene petates y le compramos el tapeiste. Lo abrimos como una lechuga y la ponemos a ella de cogollo, bien amarrada. Entre los cuatro la subimos al coche, que por fortuna es guayín.

—¡Oigan, oigan! ¿Y a dónde se lo van a llevar? ¡Porque quiero ir a verlo!

—¡A la Parroquia!

Con el filo de la mano, Patito se puso a quitarle lodo. Primero de la cara. A la última claridad del crepúsculo, vi un rostro griego. Y para que nada faltara, con la nariz rota, pero no al ras. Una lasca oblicua se le había desprendido. Perfil intacto de labios biselados, barbilla redonda, frente en arqui-

trabe y arquivolta bajo el peinado afrodítico. Cuello hacia delante, contra un viento marino. Al ver que nacían intactos los pezones, detuve la limpieza. Mis ojos siguen su pendiente natural. Distingo puntas de dedo sobre el pubis y ajusto mentalmente la mano rota que halló mi sobrino.

Volvemos al pueblo callados. A la entrada compramos petates recién hechos y sogas de lechuguilla. Conseguimos un bulto realmente sospechoso. «Vamos a ponerla en el garaje y mañana temprano la llevamos al rancho. Allí nadie la ve.» Me sublevo: «¡Qué garaje ni qué rancho, vámonos para mi casa!»

—¿Qué traen allí?

—Matamos un venado y no queremos que se den cuenta los de la Forestal. Por eso lo trajimos envuelto, mamá...

—¡Pero si los venados no bajan por aquí desde que yo estaba chica! ¡Qué se me hace que mataron un becerro y se lo trajeron robado!

—Le atino, mama. Pero no es becerro sino becerra... Más bien vaquilla, porque ya tiene tetas. La vamos a destazar y nos la comemos entre todos...

—¿A dónde la llevan? Métanla al corral.

—Qué corral ni qué corral... ¿Qué no ve que se van a dar cuenta los vecinos? Y para mañana la nube de zopilotes y luego los del Rastro con todo el Municipio encima... Acuérdese de la multa cuando mató un puerco el año pasado...

Mi papá estaba merendando y gritó desde el comedor:

—¿Trajeron patos? ¿O le tiraron al aire?

—Le dimos en la madre al mero cisne de Leda...

—A poco es un borregón...

Mi padre me miraba incrédulo pero feliz, porque allá de joven mató un borregón, uno de esos pelícanos de agua dulce que son tan raros por aquí.

—Caliente, caliente...

(Me le acerco al oído: «Usted anda desvelado por toda la casa entre una y dos. Venga a mi cuarto y se la enseño...» «¿Sin tapujos?» «De veras, cuando todos estén dormidos.»)

Apenas si ajustan los ayudantes para arrastrar el peso a mi recámara. Los despido a todos.

—Estoy muy cansado... Quiero dormirme.

—¿No vas a merendar?

—No. Tengo mucho sueño...

Estoy sudando, pero tiemblo de frío. Cierro los ojos. Me pongo mi careta de enfermo. Pato grande me pasa un pañuelo por la frente.

—Mañana temprano vengo a ver cómo te sientes... y para ayudarte a desatar el paquete. Vamos a echar un volado, a ver quién se queda con ella... Buenas noches.

Abro los ojos. Pato chico me dice adiós desde la puerta agitando la manita de los dedos rotos por encima de su cabeza... Doy el brinco:

—¿Cuánto quieres por ella?

—¡Es para el Museo! —grita y se va corriendo...

Mi cuarto huele a humedad, a petate nuevo, a soga de lechuguilla. Duermo y despierto asustado por las rápidas pesadillas de la infancia, cuando volvía de la tirada: floto ahogado a media laguna, caigo en un barranco sin fondo, no acabo de caer, ando perdido en el Papantón y doy de gritos porque ya es de noche y me dejaron en la otra orilla del río... El caballo resuella, está resollando más fuerte y yo resuello también asfixiándome aplastado bajo el peso tempestuoso del vientre cálido y palpitante. Los cascos del caballo van a darme en la cabeza y no puedo gritar... se me hunde la cabeza de la silla de montar...

Los resuellos de mi padre se deben a que desata con mil trabajos, gordo y agachado, las reatas y desenvuelve los petates. Empuja y le da vueltas al bulto como un mayate a su bola de estiércol. A la luz de la vela que puso en el suelo, su cara brilla de sudor, roja como cuando atiza la caldera de jabón.

—¿Estabas soñando? Te hablé y no me hiciste caso... creí que tenías un sueño bonito porque pujabas y pujabas... Ayúdame a darle vuelta a tu envoltorio...

—No, papá... fíjese nomás que volví a soñar al caballo... Bueno, al caballo no, al susto que me llevé...

—¿Cuál caballo?

—El garañón del ejército que se le montó a mi yegua la Mariquita...

—¿Todavía te acuerdas? Anda, ven, ayúdame...

—Bueno, ¿pero por qué no corta las reatas?

—¡Qué cortar ni qué cortar! Sigues siendo el mismo desperdiciado... Estas reatas están nuevecitas como los petates y me las voy a llevar. Todo me voy a llevar... No te preocupes... Nomás te voy a dejar un petate para que te acuestes con ella... ¡Ay carajo! ¡Pero de dónde fueron a sacar esta ternera...!

Mi padre es un especialista en alardes de memoria y de fuerza. Después de repasar con ojos y manos el gran pedrusco de mármol verdinoso y ennegrecido, rayado de vetas blancas y doradas, lo coge por la cintura y lo levanta una cuarta del suelo mientras declama jadeante como un sátiro jovial: «Idolatría del peso femenino / cesta ufana / que levantamos por encima de la primera cana / en la columna de nuestros felices brazos sacramentales... pero ésta pasa de los cien kilos... Ayúdame.» La subimos una cuarta más. Y luego acomodamos dulcemente su estatura en la superficie verde y tierna del petate... Y entonces, con el último aliento, todavía sonriendo entre sus pelos blancos, mi padre dice otro recuerdo:

—¿Te acuerdas de la Ternera?

—¡Claro que me acuerdo!

—Ahora es una vaca mucho muy parida...

Ni modo. Salíamos a ver a la Ternera muy temprano, cuando pasaba al mandado, con su canasta vacía. Pero ya se la llenaron, ¿quién se lo manda? Tiene muchos hijos y dizque de distintos padres...

—Yo te la puse a tiro, y tú nomás le hiciste al pendejo.

—Ni modo, papá, yo soy la astilla...

—Fíjate lo que son las cosas, si me dieran a escoger entre ésta y aquélla...

Mi padre va a ponerse filósofo y lo mando a dormir. Pero declara que va a bañarse, a quitarse el sudor.

—¿A estas horas?

—El cuerpo no sabe de horas y yo tengo mi reloj sin manecillas...

Antes de irse se queda otra vez mirando la escultura:

—Y pensar que me pasé la vida yendo al aguaje de Cofradía... está a un paso de Tiachepa, donde yo

sembraba... Esta mona era del jardín de la Hacienda... y la echaron al agua por indecente...

Se ríe, pero luego dice muy serio:

—Ni creas que vas a quedarte con ella... Está más bonita que la de Milo, más buena que la del Vaticano...

La lluvia de la regadera me arrulla y no supe a qué horas deja de caer.

MARZO 7

Día por completo dedicado a la investigación histórica y erudita. Sin libros de consulta, recurro a la memoria estética y literaria, a unas cuantas notas manuscritas. Por ejemplo: Marcel Bataillon me descubrió mediante Antonio Alatorre, la existencia de Francisco de Sayavedra, el fraile aquel que mencioné en *La feria*, el que puso su iglesia de Zapotlán aparte. La Santa Inquisición, que tenía por todas partes orejas y pesquisidores, mandó por él. Sayavedra fue capturado y conducido a México. Las actas de su proceso (1564) constan en el Archivo General de la Nación y fueron publicadas por don Julio Jiménez Rueda (?), en 1942 (?). Entre otros y variados cargos, Fray Francisco de Sayavedra fue inculpado «de que era muy devoto a un bulto en forma de mujer que decía ser Eva nuestra Madre y por su impudor manifiesto más parecía ídolo de los gentiles, que trajo a estas tierras encubierto entre otras imágenes a que adora y rinde culto Nuestra Santa Madre la Iglesia, como un San Sebastián de talla mediana y un Patriarcha San Joseph y una Majestad del Señor Nuestro Salvador que fueron depositadas en la Parroquia del lugar dicho Tzapotlan, así como una de Nuestra Señora con JHS en sus brazos amantísimos.»

Pienso y recuerdo. Vicencio Juan de Lastanoza, amigo y mecenas de Baltasar Gracián, heredó de su padre una gran colección de antigüedades paganas «que fueron asombro universal de cuantos su casa vieron, traídas principalmente de Italia y de otras partes de la Cristiandad» y la enriqueció hasta donde pudo. Y podía mucho, porque fue hombre rico y de gusto y cumplió con su abolengo. Ahora saco

mis consecuencias: Lastanoza el Viejo y Sayavedra fueron contemporáneos, zaragozanos los dos, herejes y amigos acusados de lo mismo: de cultivar en España y América «la cizaña de Erasmo Roteradamo». Entonces, Lastanoza le regaló la estatua a Sayavedra, a punto de embarcarse para las Indias Occidentales, tal vez en busca de fortuna o tal vez huyendo. No sé los riesgos que corrieron juntos don Francisco y su Venus, pero puedo imaginarlos. Lo cierto es que Sayavedra llegó con ella a Zapotlán, nombrado Hermano Mayor de la Cofradía del Rosario: «Para que expulse y dé anatema al culto infame de una diosa gentil que dicen ser Tzaputlatena en su lengua bárbara, y en la nuestra, la que saca demonios del cuerpo con yerbas mágicas y quita las enfermedades y ponga en su lugar a la Madre de Dios.»

Basta. Me gusta la ironía pero no tanto. Sayavedra trajo la Venus a Zapotlán, y adorándola olvidó su misión. Cuando vinieron a pedirle cuentas, puso su mármol en la laguna, con esperanzas de venirlo a sacar. Pero ya no volvió y sus últimos días fueron de cárcel. Porque escapó arrepentido a las brasas del quemadero. Pero le sacaron al sol sus trapos de converso y le dieron a escoger entre saya verde de judío, o verdadera saya de marrano. Sayavedra: apellido sin limpieza como el de don Miguel de Cervantes.

Basta. La escultura yace aquí desde el siglo XVI. Sin duda es uno de los mármoles más tardíos de la época helenística. De pronto pienso en algo que no se me había ocurrido: una estatua de mármol no puede andar de aquí para allá en dos patas y menos con los tobillos tan delgados y las piernas levemente abiertas y en actitud de avanzar como Gradiva. ¿Qué fue lo que le sirvió a mi Venus de sostén? ¿Dónde apoyaba su cuerpo despejado? ¡Santo Dios! Pero si ya me le metieron mano... desde poco más abajo de la cintura, todo el lado derecho no corresponde en perfección, textura y color al resto del cuerpo... cierro los ojos y veo resbalar lentamente el manto que la envolvía y que ella misma apartó con su mano derecha deslizándolo al suelo... donde amontonado en pliegues armoniosos apuntalaba la solidez de su equilibrio... arrancándola de su pedestal adrede, la acabaron de desnudar muy

122

hábilmente... ¿Para qué? ¡Para que pesara menos en el barco de Sayavedra! Con la base y la ropa debía llegar al quintal...

¿Y si ella fuera una impostura? Acuérdate de que hay Zapotlán y Zapotlanejo... Más amanerada y sensual que la Venus Capitolina y mucho más esbelta que la de Cirene... No es una mujer madura ni robusta como la de...

Ya no puedo más, pero no me suelta el demonio de la duda: ¿Dónde estaba parada esta muchacha? ¿En una concha marina? ¿La vio Botticelli? ¿Y este cuello largo y delgado? ¿El Parmesano hizo escultura?

Ya en pleno delirio surge la hipótesis del Dieciocho, pero la desecho con repugnancia: La Venus de la Laguna es obra de Germain Pilon o de un contemporáneo suyo... Labrada para Versalles sobre el modelo botichelesco salió de allí en la subasta revolucionaria. Desecho la hipótesis porque me la sugirió Rubén Darío y no estoy de acuerdo con él en este punto: «Demuestran más encantos y perfidias / coronadas de flores y desnudas, / las Diosas de Clodión que las de Fidias. / Unas cantan francés, otras son mudas.» Caigo de rodillas: ¡Dime quién eres!

Sin pies y sin brazos. Las puntas de dedo sobre el pubis. La boca sellada. Con los ojos en blanco, eternamente responde: «Yo soy bella, oh mortales, como un sueño de piedra...»

Acudo pues a la Enciclopedia de la Farsa, y leo en la página 283:

El dos de mayo de 1937, Monsieur Gonon, agricultor de Saint-Just-sur-Loire, descubrió la Venus mientras labraba un campo de nabos. La Dirección de Bellas Artes tomó cartas en el asunto. Los expertos fueron al lugar del hallazgo y reconocieron una auténtica pieza grecorromana. La prensa amarillista y ditirámbica comparó y puso a la Venus de los Nabos por encima de todas las obras maestras de su género. El dieciséis de diciembre de 1938 un yesero de origen italiano se declaró autor de la obra, y todos se rieron de él. Entonces Francisco Cremonese, hábil escultor aunque perfectamente desconocido, hizo válidas sus pruebas ante periodistas y expertos: trajo de su taller las partes, brazo izquier-

do y mano derecha, que faltaban a la escultura y que había roto adrede y cuidadosamente. Añadió algunos pliegues del peplo caído hasta la cintura: todas las piezas mayores y menores embonaban a perfección: no hacía falta una astilla de mármol. Y para llevar al colmo su afán de notoriedad, Cremonese se presentó acompañado por Anna Studnicki, la polaca de dieciocho años que le había servido de modelo y por la cual recibió más felicitaciones que las debidas a su copia.

Muy bien. Los especialistas en arte helenístico quedaron en ridículo y las puertas del Louvre se cerraron para siempre a la Venus de los Nabos. A pesar de su habilidad, Francisco Cremonese no se consagró como artista. Pero tiene una gloria impecable de farsante. Y aquí viene lo triste. Lo muy triste para mí.

A la hora en que quiso recuperar su escultura, Monsieur Gonon, el labrador de Saint-Just-sur-Loire, lo citó en los tribunales. Después de un largo proceso, se quedó con la Venus. Y la puso como espantajo en su campo de nabos para ahuyentar a los pájaros en busca de semillas. Cremonese se tiró de los pelos que le quedaban, pero pudo consolarlo el original en carne y hueso.

Yo ignoro muchas cosas de México. Entre ellas, su legislación acerca del hallazgo accidental de piezas grecorromanas en las zonas lacustres del país. No sé si van a meterse conmigo la Secretaría del Patrimonio Nacional, Recursos Hidráulicos o el Instituto Nacional de Antropología e Historia, o simplemente aquí, en el lugar de los hechos, Esteban Cibrián, Director Fundador de nuestro Museo Regional. No sé ante cuál de todos estos enemigos llevo las de perder. Pero creo como en Francia, que a todos nos gana el campesino, el lagunero del tapeiste, el dueño de la parcela, el Gonon local.

Escribo porque creo en milagros. La garza morena perfecto blanco de mi sobrino, ¿estaba viva sobre sus patas o era un espejismo infantil, una señal disecada sobre el agua? (Desde que entré en la laguna ya no he vuelto a pisar tierra firme...)

Lo cierto es que ahora se presentó en mi casa

Ramón Villalobos Tijelino, el escultor de Zapotlanejo que se vino a Zapotlán el Grande para olvidar el «ejo» de su pueblo natal. Y que ganó hace poco el Premio Artes Plásticas de Jalisco. Tijelino viene acompañado por sus ayudantes que cargan una gran piedra en forma de concha. Entre ellos distingo a Ambrosio, el cantero de San Andrés que esculpió la ventana en piedra redonda de mi casa. Tijelino me dice risueño: «Mira, te trajimos tu pedestal. Súbete. Aquí están las dos patas que te faltaban.»

Me asomo a la piedra hueca y es cierto. En el fondo estriado de la purpúrea venera de bordes carcomidos, en el arranque radial en abanico, cerca de la bisagra rectangular que une a las valvas, veo un pie entero hasta el tobillo y la mitad del otro de puntillas roto en el empeine como que iba a dar el paso (*confer*. S. Freud: *El delirio y los sueños en la Gradiva de W. Jensen*). Corro a mi cuarto y la abrazo y voy a buscar un martillo, pero haría falta un marro para hacerla pedazos. Ellos avanzan muy lentamente porque la piedra es pesada, se añade al cortejo el doctor Roberto Espinoza Guzmán, poeta natural de este pueblo, Pato grande y cazador de patos y gansos del Canadá. El lagunero que nos ayudó a sacarla trae un papel en la mano, ¿ya es suya? Viene Esteban Cibrián que me quiere desde cuando yo tenía uso de razón, pero quiere más al Museo y nos quita hasta el hueso de nuestros huesos. Carnet en ristre y fotógrafo escudero el corresponsal andante y rumiante de la Voz del Sur, Fulano de Tal. Y toda mi familia al fondo vestida de negro y arriba el cielo abierto en gloria de locura, yo soy el Conde de orgasmo, el viudo y el muerto y el bobo de Toledo pero nada ni nadie me sostiene, ni San Agustín ni su libre albedrío ni Esteban Diácono me toman de las arcas y de las corvas. Un síndico del Municipio dice usted ama a su pueblo si nos la da por la buena lo nombramos hijo predilecto del barrio, palabra, y un médico de cabecera añade porque estuvimos juntos en la escuela, viniste a descansar, no te agites, lo que más abunda y sale sobrando son mujeres, ya encontrarás otra menos dura para reclinar por siempre tu cabeza, se abren admiracio-

nes, pero yo quiero a ésta de cabellos verdes y ojos
garzos se cierra la interrogación es Ondina oh bella
Loreley ojos de pedrería como la Sirenita de Andersen coma, yo voy en mi fúnebre barca sin puntuación pero la estela es otra vez de puntos suspensivos... porque yo soy ese mero hierofante y psicopompo...

Entre todos la acomodan punto Le vienen los
pies como zapatos a la medida punto Me le echo
encima y la tumbo de un martillazo punto y coma
me quitan el martillo y punto le aprieto el pescuezo
caída en el suelo exclamaciones y admiraciones por
qué la maltratas por qué la destruyes paréntesis en
voz baja y suplicante dos puntos admiraciones esto
táchalo por favor coma te quiero como nunca suspensivos le decían la Pila de la Virgen mayúsculas
allá en Zapotlanejo y las gentes tomaban agua bendita pero es de bautizar como la de San Sulpicio
se la dieron a Tijelino porque les hizo una nueva
interrogaciones te acuerdas tú la viste en mi taller
iba corriendo y dije como al pasar qué es esto ustedes pongan la puntuación yo ya no puedo mira parece un cenicero pero es muy grande hice para ti
uno más chico tómalo pero ella vuela como la garza
del río de Tamazula que antes fue de Cobianes por
Soyatlán y luego es de Santa Rosa donde le tiraste
la pedrada y no le diste, todos los ríos cambian de
nombre al pasar pero son el mismo que te lleva y
no puedes entrar otra vez a este sueño porque nuevos recuerdos vienen hacia ti llenos de muerte...

Nota. — El texto anterior no es acusación ni denuncia. Me dolería mucho desagradar a los familiares y
amigos que intervinieron en este asunto. Estaban alarmados. Después de tres días de euforia, sin dormir casi
nada, caí en profunda depresión. Pero no estoy de
acuerdo en que la estatua, tenga mérito o no, haya
desaparecido. A nadie le echo la culpa, y menos a Esteban Cibrián. Dicen que Roberto Espinoza la tiene en
su rancho de La Escondida, pero no lo creo. La mano
que regaló Patito, está donde debe estar: en el Museo
Regional. Vayan a verla. Lo que me espanta, es que
por Ciudad Guzmán pasan camiones que van a la fron-

tera y a veces llegan hasta Los Angeles. Nada quiero saber ni averiguar. Las fotografías todas... ¿todas están veladas? Me consta que Tijelino tiene la base en su taller, la pila que acabó de vaciar quitándole lo que sobraba: el montón de ropa, los pliegues del peplo que apoyaban la pierna derecha. Yo solo, sólo tengo la copia fiel que me regaló en miniatura, donde el humo del cigarro alcanza las perfecciones del sueño. El cenicero.

HOGARES FELICES

Tecnicolor significa fracaso en Blacksonville. Lo dice Sam y lo repito yo: corresponsal especializado en hechos sobrenaturales por cuenta de la *Standard Review*. Exclusivo: la ocasión hace al ladrón.

Anoche todos estábamos en el cine. Digo estábamos porque me identifico de corazón en los presentes. Digo todos porque la sala repleta demostró que el número de butacas responde al número de lugareños aquí, donde todo lo que proyecta Sam es apto para menores. La tenue oscilación entre nacimientos y decesos y la imprevisible llegada de forasteros se anulan con sillas plegadizas de quita y pon, particularmente incómodas al pie de la pantalla.

Allí estaba yo, pero no debo atribuir a un efecto de óptica lo que todos han visto.

La superproducción panorámica en colores, ofrecida como plato fuerte sólo para cumplir con las apariencias del programa, dejó en nuestra memoria una acompasada masticación de golosinas y el burbujeo de los refrescos de soda. Lo que muchachos y muchachas venimos todos a ver es un corto blanco y negro debido a la ecuanimidad de un aficionado que se mantuvo al margen de la refriega para lograr su filmación. (Antes de que los rollos de dieciséis fueran revelados en familia, Sam adquirió los dere-

chos de exhibición de costa a costa y de frontera a frontera. Los internacionales están por ver, gracias al claro daltonismo de Perry.)

El corto razón de nuestro embeleso está llamado a ser un clásico, porque los habitantes de Blacksonville demostraron en plan de actores improvisados la neta superioridad de los trebejos blancos en el tablero social. Son especialistas y perciben al negro en sus más débiles matices. Aquí donde está prohibida la crianza de gatos pardos y la palabra gris se sustituye por un curioso neologismo que ya figura en todos los buenos diccionarios: luz más o menos manchada de oscuridad. Sí señores, entre el bien y el mal no hay términos medios ni refracción posible. Y anoche todos mostramos una maravillosa reacción ante el espectro.

Pero volvamos a la película, que fue interrumpida en lo más emocionante. Cuando Sam, veterano jonronista, presidente y manager de la novena local que no niega su concurso en casos de emergencia, descargaba su bat sobre la cabeza de Joe. Pero aquí vino la cosa del otro mundo.

Mediante un salto combinado de altura y longitud, Joe brincó desde la pantalla sobre las primeras filas de mirones. (Allí estaba yo.) Corrió por el jardín central y fue a decirle algo al oído a la señora Perry. Alice se puso histérica en brazos de Sam, que por algo es su marido: el demócrata que ocupa cualquier asiento en la sala, porque le gusta ver de cerca las reacciones de su público.

Casi todos nos pusimos de pie ante semejante desacato. Pero sólo Dixie, un caballero como ya no los hay, echó mano a la pistola. El negro puso pies en polvorosa y se metió a la pantalla. Sabíamos la suerte que le aguardaba porque hemos visto once veces la película. Pero he aquí que Sam barre el aire en abanico y está como Babe Ruth en fotografía. La ovación quedó paralizada y el negro seguía corriendo con su cabeza sana y salva. Entonces Dixie, sin perder los estribos, mandó parar la proyección con su estentórea voz de bajo profundizada por el alcohol. La imagen se detuvo y la vida de nosotros también: el bat seguía en el aire y el negro iba corriendo entre obstáculos inmóviles: todos los habitantes de Blacksonville que tomaron parte en el

asunto. Caballero hasta el fin, Dixie le dio una última oportunidad a Joe, marcándole el alto. Por algo es nuestro jefe de policía.

El negro siguió corriendo. Antes de que fuera demasiado tarde, Dixie hizo un disparo perfecto. Joe se desplomó en el horizonte de la pantalla.

Un muchacho que buscaba un becerro extraviado, encontró el cadáver del negro en el horizonte de Blacksonville. Fue identificado porque le faltaban los ojos azules de Joe. La fechoría se atribuye a la única ave de rapiña que merodea en los contornos. Se trata de una especie a punto de extinguirse: el águila imperial *flaminis fulvea* harta de carroña, que ataca piezas de ganado menor con permiso de la sociedad protectora de animales.

El cadáver de Joe clamaba justicia, pero nadie se presentó a recogerlo: francamente, olía muy mal y Dixie le dio cristiana sepultura. Una suscripción popular, encabezada por Sam, pondrá cachas de oro a su pistola en conmemoración del suceso milagroso.

Nota bene. — Bajo el rubro Hogares Felices, el periódico local publica una nota que a todos nos congratula: después de muchos años de matrimonio estéril, la señora Alice Perry dio a luz antes de tiempo, pero con toda felicidad, un robusto bebé. La noche misma en que vio la película del fantasma. El suceso es tanto más sorprendente porque después de varias generaciones de ojos grises, el niño sacó las pupilas celestes del legendario fundador de una familia que ahora es todo Blacksonville. Aquel famoso Samuel Perry que tiene aquí un bello monumento en mármol blanco porque se opuso proféticamente a la liberación de los esclavos, a pesar de su irresistible inclinación por las morenas.

PARA ENTRAR AL JARDIN

Tome en sus brazos a la mujer amada y extiéndala con un rodillo sobre la cama, después de amasarla perfectamente con besos y caricias. No deje parte alguna sin humedecer, palpar ni olfatear. Colóquela en decúbito prono (ventral), para que no pueda meter las manos y arañarlo. Incorpórese con ella cuando esté a punto de caramelo, cuidando de no empalagarse. En el momento supremo, apriétele el pescuezo con las dos manos y toda la energía restante.

Para facilitar la operación se recomienda embestir de frente sobre la nuca para que no pueda oírse un monosílabo. Suéltela y sepárese de ella cuando el corazón haya dejado de latir y no haya feas sospechas de necrofilia. Colóquela ahora en decúbito supino (dorsal) y compruebe el reflejo de pupila. Por las dudas, auscúltela con el estetoscopio que habrá pedido prestado a su vecino, el estudiante de medicina. Ciérrele los ojos, sáquela de la cama y déjela enfriar, arrastrándola hasta el cuarto de baño. Si tiene a mano un espejo, póngaselo sobre la cara y no la vea más.

Previamente habrá usted diluido en agua tres partes iguales de arena, grava (confitillo) y cemento rápido, de preferencia blanco, dentro de un recipien-

te apropiado, batiendo el todo hasta que forme una pasta espesa y homogénea. Si es preciso, pida el consejo de un albañil experimentado. Tome un molde rectangular de esos que pueden adquirirse fácilmente en el barrio, o improvise usted mismo una adobera con tablas de pino sin cepillar, porque resulta más barato. Sea precavido y deje un margen de diez centímetros de cada lado para que ella pueda caber holgadamente. Usted sabe las medidas de memoria: tanto más cuanto de pies a cabeza, tanto menos cuanto de busto, cintura y caderas. No hace falta la tapa.

Acuérdese de los vendajes, porque ahora va usted a momificarla sin embalsamiento previo. Use la banda ortopédica enyesada de cinco centímetros de ancho y conforme a las instrucciones que vienen en el paquete humedézcala y empiece por la punta de los pies siguiendo el método de la dieciochoava o más bien decimooctava dinastía faraónica, procurando que el conjunto quede lo más apretado posible: la crisálida en su capullo eterno que ya no podrá volar más que en su memoria, si usted puede permitirse ese lujo. Cuando el yeso esté completamente seco, lije toda la superficie hasta que casi desaparezcan los bordes superpuestos de las bandas. Dele una mano gruesa de sellador instantáneo, con brocha de dos pulgadas, común y corriente. Después aplique con pistola de aire, o en su defecto, con brocha de pelo de marta, varias manos de laca epóxica, que es dura como el cristal. Una vez que ha secado, gracias a sus componentes, en cosa de minutos, cerciórese de que no quede poro alguno al descubierto, de tela ni yeso. El todo debe constituir una cápsula perfectamente hermética, donde no puedan entrar ni la humedad ni las sales del cemento.

Llene ahora el molde hasta un tercera parte de su altura, más o menos, y póngase a reposar un rato para que la masa repose también. Medite entonces si puede acerca de lo largo del amor y lo corto del olvido o viceversa. Cuando ella, usted y la pasta hayan adquirido la suficiente firmeza, coloque el cuerpo dentro del molde con la mayor exactitud. Una vez calculada la resistencia de los materiales empleados, vierta sobre ella el resto del concreto fresco, después de agitarlo muy bien.

(Aquí se recomienda arrodillarse y modular una canción de cuna con trémolo bajo y profundo, o el salmo penitencial que más sea de su agrado.)

Si es posible, hay que utilizar un vibrador eléctrico. Si no, plana y cuchara. Antes de que ella desaparezca para siempre, usted puede, naturalmente, darle el último adiós. Sobre todo para comprobar que sus labios y sus ojos ya no le dicen nada, debidamente vendados y amordazados como están.

Cuando el molde esté a punto de desbordarse, déjelo a la intemperie y váyase a dormir bien abrigado porque tendrá que madrugar.

Al día siguiente y antes de salir el sol, cave una fosa al ras del suelo a la entrada del jardín, justamente en el umbral, y ponga en ella el lingote de cemento, sirviéndose para el traslado solitario de plataforma, cuerdas y rodillos. Con piedritas de río o con teselas de mosaico italiano, puede hacerse una verdadera obra de arte, según el gusto de cada quien: la palabra *Welcome*, es la más aconsejable, siempre que esté rodeada de flores y palomas alusivas, para que la entiendan y la pisen al pasar.

Precaución: procure, en la medida de lo posible, que la policía no ponga los pies sobre esta lápida amorosa, hasta que la superficie esté completamente seca. Y si lo interrogan, diga la verdad: Ella se fue de la casa en traje sastre, color beige y zapatos cafés. Llevaba una cara de pocos amigos, y aretes de brillantes...

BOTELLA DE KLEIN

«El cilindro es al toro lo que la Banda de Moebius a la Botella de Klein.» Y Francisco Medina Nicolau sacó de una gaveta la célebre cinta de papel, ahora con las puntas pegadas de un modo particular, como en un cuello de camisa. Sus manos de prestidigitador la hicieron girar y en el aire quedó la forma pura:

—Cuando la Banda de Moebius se esconde en ella misma, surge la Botella de Klein... ¿La ves?

Quedé perplejo y salí por tangente literaria:

—Es el procedimiento de Kafka, según la ley de Roberto Wilcock: sacarse de la cabeza un objeto, escamotearlo y seguir hablando sobre él...

El doctor Garfias estaba presente:

—A propósito de cabeza, no se la quiebre usted, que al fin y al cabo la botella es de vidrio. La inventaron los alquimistas. Creo que fue Jehan Brodel, denunciado a la Inquisición por sus vecinos de la calle del Pot de Fer, ¿se acuerda usted? El cuerpo infame sin principio ni fin era la imagen blasfematoria de Dios. Fue destruido el original y los dibujos previos también. Pero la cosa llegó si no a los ojos, a los oídos del Bosco, que pintaba de memoria: allí está el ámpula, la burbuja de jabón que encierra a los amantes en el Jardín de las Delicias...

Ludlow llegó en ese momento con envoltorio sospechoso y sonrisa feliz. Había alcanzado a oír las palabras de Garfias y enlazó los puntos suspensivos:

—...la botella figura también dentro de la tradición castellana: es el fracaso del Marqués de Villena citado por Quevedo y por Vélez de Guevara. Es la redoma que encerraba al Homúnculo, el feto infernal, el niño que no necesita madre para nacer...

Mis tres doctores en física, topología y lógica matemática me acorralaron en una superficie collado sin pies ni cabeza. Hicieron y deshicieron nudos imaginarios y reales con cuerdas y palabras. Yo dije, recordando a Rafael, que el collado se parece al fuste de una silla de montar y que los artesanos de Colima trazan la superficie sobre pergaminos como Dios les da a entender, sirviéndose de patrones heredados. Se rieron. Jorge Ludlow desenvolvió su paquete.

—¿Quería una Botella de Klein?

No paso a creerlo. Siguiendo indicaciones precisas, los diseñadores y obreros de la casa Pyrex, espelizada en materiales refractarios, me hicieron el capricho. No paso a creerlo. Después de muchas tentativas, aquí está el milagro físico sin interior ni exterior, perfectamente soplado y sin defecto.

Ahora estoy solo frente al objeto irracional, llenándolo con mis ojos antes de ponerle tinto de Borgoña. Aquí está sobre mi mesa de ¿trabajo? la Botella de Klein que busqué por más de veinte años de ¿trabajo?

Mi mente trabajada no puede más, siguiendo las curvas del palindroma de cristal. ¿Eres un cisne que se hunde el cuello en el pecho y se atraviesa para abrir el pico por la cola? Me emborracho mentalmente gota a gota con la clepsidra que llueve lentamente sus monosílabos de espacio y tiempo. Mojo la pluma en ese falso tintero y escribo sin mano una por una las definiciones inútiles: signo de interrogación estatuaria. Trompa gigante de Falopio. Corno de caza que me da el toque de atención al silencio, cuerno de la abundancia vacía, cornucopia rebosante de nada... Víscera dura que desdice la vida diciendo soy útero y falo, la boca que dice estas cosas: soy tu yo de narciso inclinado a su

lirio, tu dentro y tu fuera abierto y cerrado, tu liberación y tu cárcel, no bajes los ojos ¡mírame!

Pero ya no puedo mirar porque la cabeza se me fue a las entrañas, ¿por qué los topólogos no trabajan con vísceras y desarrollan hígados, riñones y asas intestinales en vez de nudos y toros? Se lo voy a proponer si despierto mañana.

Por ahora empuño la Botella de Klein. La empuñas pero no la empinas. ¿Cómo puedo beber al revés? Tienes miedo en pie como falso suicida, jugando metafísico el peligroso juguete en tus manos, revólver de vidrio y vaso de veneno... Porque tienes miedo de beberte hasta el fondo, miedo de saber a qué sabe tu muerte, mientras te crece en la boca el sabor, la sal del dormido que reside en la tierra...

VARIACIONES SINTACTICAS

Sofía Daífos a Selene Peneles:
Se van Sal aca tía Naves Argelao es ido Odiseo
alégrase
Van a Itaca las naves.

DUERMEVELA

Un cuerpo claro se desplaza limpiamente en el cielo. Usted enciende sus motores y despega vertical. Ya en plena aceleración, corrige su trayectoria y se acopla con ella en el perigeo.

Hizo un cálculo perfecto. Se trata de un cuerpo de mujer que sigue como casi todas una órbita elíptica.

En el momento preciso en que los dos van a llegar a su apogeo, suena el despertador con retraso. ¿Qué hacer?

¿Desayunar a toda velocidad y olvidarla para siempre en la oficina? ¿O quedarse en la cama con riesgo a perder el empleo para intentar un segundo lanzamiento y cumplir su misión en el espacio?

Conteste con toda sinceridad. Si acierta le enviamos a vuelta de correo y sin costo alguno, la reproducción del cuadro que Marc Chagall ha pintado especialmente a todo color para los lectores interesados en el tema.

PROFILAXIS

Como es público y notorio, las mujeres transmiten la vida. Esa dolencia mortal. Después de luchar inútilmente contra ella, no queda más recurso que volver a Orígenes y cortar por lo sano sobre un texto de Mateo. A Pacomio, que aisló focos de infección en monasterios inexpugnables. A Jerónimo, soñador de vírgenes que sólo parieran vírgenes.

Salve usted de la vida a todos sus descendientes y únase a la tarea de purificación ambiental. A la vuelta de una sola generación, nuestros males serán cosa del otro mundo. Y las últimas sobrevivientes podrán acostarse sin peligro en la fosa común a todos los Padres del desierto.

RECETA CASERA

Haga correr dos rumores. El de que está perdiendo la vista y el de que tiene un espejo mágico en su casa. Las mujeres caerán como las moscas en la miel.

Espérelas detrás de la puerta y dígale a cada una que ella es la niña de sus ojos, cuidado de que no lo oigan las demás, hasta que les llegue su turno.

El espejo mágico puede improvisarse fácilmente, profundizando en la tina de baño. Como todas son unas narcisas, se inclinarán irresistiblemente hacia el abismo doméstico.

Usted puede entonces ahogarlas a placer o salpimentarlas al gusto.

LA DISYUNTIVA

Homenaje a Sören Kierkegaard

El error está en decidirse. No le diga usted ni sí ni no. Empuñe resueltamente los dos extremos del dilema como las varas de una carretilla y empuje sin más con ella hacia el abismo. Cuidado, claro, de no irse otra vez como la soga tras el caldero.

No la oiga gritar. Recobre inmediatamente el equilibrio entre temor y temblor. Recuerde que la cuerda es floja y que usted irá por la vida ya para siempre en monociclo.

La rueda de este vehículo intelectual puede ser una pieza de queso parmesano o la imagen de la luna sobre el agua, según temperamento.

HISTORIA DE LOS DOS ¿QUE SOÑARON?

Durante la fiesta que el Fondo de Cultura Económica dio para despedir a Joaquín Díez-Canedo, Agustín Yáñez me presentó al doctor Córdova, director de la Casa de la Cultura Jalisciense. El doctor Córdova me invitó a dar una conferencia en Guadalajara. Acepté.

—Pídale nomás que no vaya a desnudarse en público.

—Agustín, por favor...

—Imagínese, doctor, que el otro día encontré a Arreola caminando en pelota por la avenida Madero.

—¡Pero eso yo lo soñé la semana pasada!

El doctor Córdova sonrió con dificultad. Yáñez siguió implacable:

—No, Arreola, no lo soñó. Usted se quitó la ropa en la esquina de Bolívar. Yo venía en automóvil junto al cine Rex. Me bajé y pude rescatarlo entre los curiosos. Un agente de policía estaba a punto de echarle mano.

El doctor Córdova, apenado, quiso salvarme a su vez y me preguntó el tema de mi conferencia. No pude contestarle. En mi sueño yo sentí que algo me envolvía, me rescataba de la vergüenza entre la multitud. Francamente, no vi a Yáñez.

—No lo soñó. Cuídese.

Y Agustín me volvió la espalda con su acostumbrada frialdad.

DOXOGRAFIAS

A Octavio Paz

Francisco de Aldana:

No olvide usted, señora, la noche en que nuestras almas lucharon cuerpo a cuerpo.

Homero Santos:

Los habitantes de Ficticia somos realistas. Aceptamos en principio que la liebre es un gato.

Prometeo a su buitre predilecta:

Más arriba, a la izquierda, tengo algo muy dulce para ti. (Ella se obstinó en el hígado y no supo el corazón de Prometeo.)

Mitológica:

Ya no puedes acuñarla a tu imagen y semejanza. Tendrás que aceptarla sin peso y sin ley, porque es el metal ardiente que circula ya por tus venas.

Agrafa musulmana en papiro de oxyrrinco:

Estabas a ras de tierra y no te vi. Tuve que cavar hasta el fondo de mí para encontrarte.

De escaquística:

La presión ejercida sobre una casilla se propaga en toda la superficie del tablero.

Claudeliana:

Cansado de tanta Proeza me fui con doña Música a otra parte. Pero hace mucho tiempo que don Juan de Austria murió dentro de mí. Viuda por fin de don Pelayo y sin carta de Rodrigo, te espera en Mogador sentado en su barril de pólvora y con la mecha prendida, el Capitán Cachadiablo.

Bíblica:

Levanto el sitio y abandono el campo... La cita es para hoy en la noche. Ven lavada y perfumada. Unge tus cabellos, ciñe tus más preciosas vestiduras, derrama en tu cuerpo la mirra y el incienso. Planté mi tienda de campaña en las afueras de Betulia. Allí te espero guarnecido de púrpura y de vino, con la mesa de manjares dispuesta, el lecho abierto y la cabeza prematuramente cortada.

De John Donne:

El espíritu es solvente de la carne. Pero yo soy de tu carne indisoluble.

Cuento de horror:

La mujer que amé se ha convertido en fantasma. Yo soy el lugar de las apariciones.

VARIA INVENCION

(1949)

*...admite el Sol en su familia de oro
llama delgada, pobre y temerosa*

Quevedo

HIZO EL BIEN MIENTRAS VIVIO

La voladura se debió a uno de esos tiraspies
tlos proyectiles de coco que me han causado va
rios dolores de cabeza. (El otro día riñóa un
borracho en casa de Virginia.)

Este dario debe registrar también cosas de la
alcoholevel: volvió a mi despacho el señor Ros
ver y me propuso de nuevo su turbio negocio. Estoy
conmovido. Se atrevió a pensar en mi pobre dieta
en el doble con tal de que yo consienta en poner
cuitura plethóra al servicio de su rapiña...
¡Tofel una familla despojada de su patrimonio!
si yo acepto un puñado de dinero! No señor (de z.
Jo soy yo la persona que usted necesita! Terminó
violentamente y él número se marcha Tengamos
una escena absoluta sobre el particular

He volcado un frasco de goma sobre el escritorio
hoy por la tarde, poco antes de cerrar la oficina,
cuando Pedro ya se había ido. Me he visto atareado
para dejar todo limpio y reformar cuatro cartas
que ya estaban firmadas. También tuve que cambiar
la carpeta a un expediente.

Podía dejar para mañana estos quehaceres y encomendárselos a Pedro; sin embargo, me ha parecido injusto: considero que él tiene bastante con
el trabajo ordinario.

Pedro es un empleado excelente. Me ha servido
durante varios años y no tengo queja alguna de él.
Todo lo contrario, Pedro merece, como empleado y
como persona, mis mejores conceptos. Ultimamente
lo he venido notando preocupado, como que desea
comunicarme algo. Temo que se halle fatigado o
descontento de su trabajo. Para aligerarle un poco
sus labores, yo me propongo desde ahora prestarle
alguna ayuda. Como tuve que rehacer las cartas
manchadas, me di cuenta de que no estoy acostumbrado al manejo de la máquina. Por tanto, me será
útil practicar un poco.

Desde mañana, en lugar de un jefe desconside-

rado, Pedro tendrá un compañero que le ayude en su trabajo, gracias a que hoy se me ha tirado un frasco de goma y he hecho estas reflexiones.

La volcadura se debió a uno de esos inexplicables movimientos de codo que me han costado ya varios dolores de cabeza. (El otro día rompí un florero en casa de Virginia.)

AGOSTO 3

Este diario debe registrar también cosas desagradables. Ayer volvió a mi despacho el señor Gálvez y me propuso de nuevo su turbio negocio. Estoy indignado. Se atrevió a mejorar su primera oferta casi al doble con tal de que yo consienta en poner mi profesión al servicio de su rapiña.

¡Toda una familia despojada de su patrimonio si yo acepto un puñado de dinero! No, señor Gálvez. No soy yo la persona que usted necesita. Me niego resueltamente y el usurero se marcha pidiéndome una reserva absoluta sobre el particular.

¡Y pensar que el señor Gálvez pertenece a nuestra Junta! Yo poseo un pequeño capital (no es nada comparado con el de Virginia), hecho a base de sacrificios, centavo sobre centavo, pero jamás consentiré en aumentarlo de un modo indecoroso.

Por lo demás, ha sido éste un buen día y durante él he demostrado que soy capaz de cumplir mis propósitos: ser con Pedro un jefe considerado.

AGOSTO 5

Leo con particular interés los libros que Virginia me proporciona. Tiene una biblioteca no muy numerosa, pero seleccionada con gusto.

Acabo de leer un libro: *Reflexiones del caballero cristiano*, que sin duda perteneció al esposo de Virginia y que me da una hermosa lección de su aprecio por la buena literatura.

Aspiro a ser digno sucesor de ese caballero que, según las palabras de Virginia, siempre se esforzó en seguir las sabias enseñanzas de tal libro.

La amistad de Virginia me trae grandes beneficios. Me hace ser cumplido en mis deberes sociales.

No sin cierta satisfacción acabo de enterarme de que el señor Cura, durante una sesión de la Junta Moral a la que no asistí porque me hallaba enfermo, encomió la labor que en ella realizo como director de *El Vocero Cristiano*. Este periódico difunde mensualmente la obra benéfica de nuestra agrupación.

La Junta Moral se ocupa de propagar, ilustrar y exaltar la religión, así como de vigilar estrechamente la moralidad de nuestro pueblo. Hace también serios esfuerzos en bien de su cultura, valiéndose de todos los medios a su alcance. De vez en cuando recae sobre la Junta el cargo de allanar algunos de los obstáculos económicos en que a menudo tropieza nuestro párroco.

Por la alta calidad de sus miras, la Junta se ve precisada a exigir de sus asociados una conducta ejemplar, so pena de caer bajo sanciones.

Cuando un socio falta en cualquier modo a las reglas morales contenidas en los estatutos, recibe un primer aviso. Si no corrige su conducta, recibe un segundo y después un tercero. Este precede a la expulsión.

Por el contrario, la Junta ha establecido para los socios que cumplen con su deber valiosas y apreciadas distinciones. Es satisfactorio recordar que en largos años sólo ha necesitado un corto número de avisos y una sola expulsión. En cambio, son numerosas las personas cuya vida honesta ha sido elogiada y descrita en las páginas de *El Vocero Cristiano*.

Me es grato referirme en mi diario a nuestra Junta.

Ella ocupa un lugar importante de mi vida, junto al afecto de Virginia.

El que yo escriba un diario se debe también a Virginia. Es idea suya. Ella escribe su diario desde hace muchos años y sabe hacerlo muy bien. Tiene una gracia tan original para narrar los hechos, que los embellece y los vuelve interesantes. Cierto que a veces exagera. El otro día, por ejemplo, me leyó la descripción de un paseo que hicimos en compañía de una familia cuya amistad cultivamos.

Pues bien: dicho paseo fue como otro cualquiera; y hasta tuvo sus detalles desagradables. La persona que conducía los comestibles sufrió una aparatosa caída y nos vimos precisados a comer un deplorable revoltijo. Virginia misma tropezó mientras caminábamos sobre un terreno pedregoso, lastimándose seriamente un pie. Al regresar nos sorprendió una inesperada tormenta y llegamos empapados y cubiertos de lodo.

Cosa curiosa: en el diario de Virginia no solamente dejan de mencionarse estos datos, sino que los hechos en general aparecen alterados. Para ella el paseo fue encantador desde el principio hasta el fin. Las montañas, los árboles y el cielo están admirablemente descritos. Hasta figura un arroyuelo murmurador que yo no recuerdo haber visto ni oído. Pero lo más importante es que en la última parte de la narración se encuentra un diálogo que yo no he sostenido entonces ni nunca con Virginia. El diálogo es bello, no cabe duda, pero yo no me reconozco en él y su contenido me parece —no sé cómo decirlo— un poco inadecuado a personas de nuestra edad. Además, empleo un lenguaje poético que estoy muy lejos de tener.

Sin duda esto revela en Virginia una alta capacidad espiritual que me es extraña por completo. Yo no puedo decir sino lo que me acontece o lo que pienso, sencillamente, tal como es. De ahí que mi diario no sea, en absoluto, interesante.

Pedro sigue mostrándose un tanto reservado. Extrema su diligencia y me parece que lleva una intención deliberada. Desea pedirme algo y trata de tenerme satisfecho de antemano.

Gracias a Dios he hecho buenos negocios en los últimos días, y si Pedro es razonable en lo que pida, me será grato complacerlo. ¿Aumento de sueldo? ¡Con mucho gusto!

Sexto aniversario del fallecimiento del esposo de Virginia. Ella ha tenido la gentileza de invitarme a su visita al cementerio.

La tumba está cubierta por un monumento artístico y costoso. Representa una mujer sentada, llorando sobre una lápida de mármol que mantiene en su regazo.

Encontramos el prado que rodea la tumba invadido por yerbajos. Nos ocupamos en arrancarlos y yo conseguí clavarme una espina en un dedo durante la piadosa tarea.

Ya para volvernos descubrí al pie del monumento esta bella inscripción: *Hizo el bien mientras vivió*, que decido tomar como divisa.

¡Hacer el bien, hermosa labor hoy casi abandonada por los hombres!

Volvemos ya tarde del cementerio y caminamos en silencio.

He pasado un agradable rato en casa de Virginia. Hemos charlado de cosas diferentes y gratas. Ella ha tocado en el piano nuestras piezas predilectas.

Todas estas visitas me producen una benéfica impresión de felicidad. Vuelvo de ellas con el espíritu renovado y dispuesto a las buenas obras.

Hago regularmente dones caritativos, pero me

gustaría hacer un bien determinado y perfectamente dirigido. Ayudar a alguien de un modo eficaz, constante. Como se ayuda a alguna persona a quien se quiere, a un familiar, quizás a un hijo...

AGOSTO 16

Recuerdo con satisfacción que hoy hace un año que comencé a escribir estos apuntes.

Un año de vida puesto ante mis ojos gracias a la bella alma que vigila y orienta mis acciones. Dios la ha puesto sin duda como un ángel guardián en mi camino.

Virginia embellece lo que toca. Ahora comprendo por qué en su diario aparecen todas las cosas hermosas y distintas.

En aquel día de paseo, mientras yo dormía insensatamente bajo un árbol, a ella le fue dado contemplar las maravillas del paisaje que luego me deslumbraron a través de su descripción.

Consigo este propósito:

Desde ahora voy a procurar yo también abrir mis ojos a la belleza y trataré de registrar sus imágenes. Quizá logre entonces hacer un diario tan hermoso como el de Virginia.

AGOSTO 17

Antes de cerrar mis ojos a las vulgaridades del mundo y de entregarlos a la sola contemplación de la belleza, séame permitido hacer una pequeña aclaración de carácter económico.

Desde un tiempo que considero inmemorial (entonces no conocía a Virginia) he venido usando invariablemente cierta marca de sombreros.

Tales sombreros, de excelente fabricación extranjera, han venido aumentando continuamente de precio. Un sombrero no es cosa que se acabe en poco tiempo, pero como quiera que sea, yo he comprado en los últimos años una media docena por lo menos. Partiendo de la base de seis sombreros y de un aumento progresivo de cinco pesos en el precio de cada uno, hago los siguientes cálculos: si el último

sombrero me ha costado cuarenta pesos, descubro que el primero debió costarme solamente quince. Sumando las diferencias sucesivas de cada compra, me doy cuenta de que la fidelidad a una marca de fábrica me ha costado setenta y cinco pesos hasta la fecha.

Respecto a la calidad de estos sombreros no tengo nada que objetar; son espléndidos. Pero me parece deplorable mi falta de economía. Si adopté inicialmente un sombrero de 15 pesos, debí mantener siempre fija la cantidad y no dejarme llevar por la creciente avidez de fabricantes y vendedores. Debo reconocer que siempre han existido sombreros de ese precio.

Aprovechando la circunstancia de que necesito renovar mi sombrero actual voy a poner las cosas en su sitio: saltaré bruscamente de un precio a otro, realizando una economía de veinticinco pesos.

AGOSTO 18

El único sombrero de quince pesos que pude hallar a mi medida es de color verdoso y bastante áspero.

Por simple curiosidad he preguntado cuál es el precio de mi ex marca favorita. Es nada menos que de cincuenta pesos. ¡Tanto mejor! Para mí, que de ahora en adelante he resuelto ser modesto en mis sombreros, ya puede costar doscientos.

Reflexiono que he realizado un ahorro. En mis negocios sigue manifiesta la ayuda de Dios. En cambio, la Junta atraviesa por circunstancias difíciles. Se ha echado a cuestas la tarea de pavimentar nuestra parroquia y necesita más que nunca el apoyo de sus socios.

Decido hacer un donativo. Veré mañana al señor Cura, quien a más de director espiritual y fundador de nuestra Junta, es actualmente su tesorero.

AGOSTO 19

El señor Cura me distingue con una amistad afable y protectora. Se esfuerza en conocer mis problemas y da a todos ellos acertadas soluciones. Po-

see un agudo ingenio y gusta de hablar de las cosas por medio de alusiones sutiles. De lo que yo he hecho en mi vida basado en sus opiniones nada he tenido que lamentar hasta la fecha. La amistad que Virginia y yo sostenemos participa de su benevolencia, y él la ilustra con paternales consejos.

Apenas se entera del objeto de mi visita, extrema su bondad y dice que con tales hijos la casa de Dios se mantendrá segura y hermosa en nuestro pueblo.

Creo que he realizado una buena obra y mi corazón se halla satisfecho.

AGOSTO 20

La pequeña herida que me produje cuando fuimos al cementerio no ha cicatrizado. Parece infectarse y se ha desarrollado en dolorosa hinchazón. Como he oído decir que las heridas causadas en la proximidad de los cadáveres suelen ser peligrosas, he ido a ver al doctor.

Tuve que soportar una sencilla pero molesta curación. Virginia se ha preocupado y me demuestra su afecto con delicadas atenciones.

En el despacho, Pedro sigue mostrándose cauteloso, como esperando una oportunidad.

AGOSTO 22

Una página dedicada a nuestra honorable Junta: acabo de ser honrado con una distinción que se otorga a muy pocos de nuestros asociados. Mi nombre figura ya en la lista de Socios Beneméritos y me ha sido entregado un hermoso diploma que contiene el nombramiento.

El señor Cura pronunció un bello discurso durante el cual evocó la memoria de algunos beneméritos desaparecidos, para invitarnos a seguir su ejemplo. Se detuvo con particular interés elogiando al esposo de Virginia, a quien describió como uno de los miembros más ilustres con que ha contado la agrupación.

Como es natural, estoy muy contento. Virginia

misma ha aumentado mi satisfacción mostrándose orgullosa por el honor que acabo de recibir.

Lo único que ha venido a oscurecer este día de felicidad es el hecho siguiente: una de las personas que demostraron más empeño en mi promoción a la categoría de socio benemérito ha sido el señor Gálvez, persona a quien he perdido la estimación y en cuya sinceridad no puedo creer.

Después de todo, tal vez está arrepentido de lo que me propuso y trata de congraciarse conmigo. De ser así le devuelvo mi mano. He mantenido una reserva absoluta en lo que se refiere a sus tenebrosos asuntos.

AGOSTO 26

Por fin, Pedro se decidió. Lo que tenía que decirme es nada menos que esto: se marcha.

Se marcha el día último y para avisármelo ha dejado pasar todos los días del mes, hasta acabar casi con ellos. Sólo tengo unos días para designarle sustituto.

He comprendido que Pedro tiene razón. Se va de nuestro pueblo en busca de un horizonte más amplio. Hace bien. Un muchacho serio y trabajador tiene derecho a buscarse un progreso. Me resigno a deshacerme de él y le entrego una carta en la que hago constar sus buenos servicios. (Pienso otorgarle alguna gratificación.)

Ahora, a buscar un digno sustituto de Pedro, tarea nada fácil.

AGOSTO 27

Desde hace tiempo había pensado tomar una secretaria cuando Pedro dejase mi servicio. Creo contar con una buena candidata.

Conozco a una señorita que me parece muy indicada. Huérfana, se gana el sustento haciendo labores de costura en las casas de familias acomodadas. Sé que la fatiga este trabajo y que no siente afecto por él. Es una muchacha muy seria y proviene

de familia honorable. Vive con su vieja tía paralítica.

Hoy por la noche, Virginia ha juzgado con ligereza a mi candidata. No intento contradecirla, pero me parece que ha sido un poco injusta.

Sin embargo, tomaré algunos informes con el señor Cura. El conoce a todo el mundo y me dirá si me conviene como secretaria.

AGOSTO 30

Uno planea las cosas, pero Dios las decide. Esta mañana, cuando me disponía a salir en busca del señor Cura, me he visto detenido en la puerta de mi oficina. Nada menos que por la señorita elegida para el empleo.

Sólo he necesitado volver a mirar su rostro para decidirme a darle el trabajo. Es un rostro que expresa el sufrimiento.

La señorita María aparenta por lo menos cinco años más de los que tiene. Es triste contemplar su cara, marchita antes de tiempo. Sus ojos afiebrados dan cuenta de las noches pasadas en la costura. ¡Si hasta podría perderlos! (En este momento me duele recordar las palabras de Virginia.)

Le digo a la señorita que vuelva mañana, que quizá pueda emplearla. Ella lo agradece y antes de marcharse me dice: ¡Ojalá pueda usted ayudarme...!

Estas palabras son simples, sencillas, hasta vulgares. No obstante, al meditarlas, decido que puedo ayudarla, que *debo* ayudarla.

SETIEMBRE 4

Mi responsabilidad moral en la Junta sigue en aumento. En el último número de *El Vocero Cristiano* he tenido que publicar un artículo del señor Gálvez. En él se me hacen, aunque indirectamente, claros elogios. Por lo visto, el señor Gálvez parece decidido a reconquistar mi amistad.

En ese mismo periódico, que tiene su sección literaria, apareció bajo el seudónimo de Fidelia un poemita compuesto por Virginia. Se lo había pedido

yo unos días antes sin contarle mis intenciones. Según pude darme cuenta, le he dado una grata sorpresa. La composición ha merecido los elogios del señor Cura.

SETIEMBRE 7

Me ha ocurrido un pequeño pero significativo desastre. No hay más remedio que aceptarlo.

Con el objeto de distraerme un poco y aligerar la digestión, emprendí un breve paseo al terminar la comida. Me alejé más de lo necesario, y hallándome en las afueras me sorprendió la lluvia. Como no era fuerte regresé poco a poco sin preocuparme. Cuando me faltaban dos calles para llegar a mi casa, arreció de tal modo que me bañé de pies a cabeza.

¡Y mi flamante sombrero! Cuando después de ponerlo a secar fui a buscarlo, lo hallé convertido en una bolsa informe y rebelde que se resistió a entrar en mi cabeza.

Tuve que sustituirlo por mi viejo sombrero, que ha soportado soles y lluvias por más de tres años.

SETIEMBRE 10

La señorita María ha resultado una excelente secretaria. Pedro fue siempre un buen empleado, pero sin ofenderlo puedo afirmar que la señorita María le aventaja.

Tiene un modo especial de hacer el trabajo con alegría y da gusto verla siempre contenta y activa. Sólo en su rostro perduran las huellas del viejo cansancio.

SETIEMBRE 14

El abominable señor Gálvez ha vuelto a mi despacho. Después de un profundo abrazo, me aplica dos o tres veces el calificativo de benemérito.

El señor Gálvez es un conversador excelente; empleó buen tiempo en saltar de tema en tema.

Yo le escuchaba encantado, y cuando menos lo esperaba, me ha soltado su «asunto».

Después de innumerables rodeos y circunloquios, el señor Gálvez me da llanamente su disculpa por haberse atrevido a fijarme honorarios en el negocio que me propone.

Me pide que yo mismo los señale, tomando en cuenta la categoría del asunto.

Por toda respuesta, invito al señor Gálvez a que salga de mi despacho.

Esta vez no le prometo guardar reserva alguna y no he podido menos que contárselo a Virginia.

SETIEMBRE 17

La vida de un soltero está siempre llena de inconvenientes y dificultades. Especialmente si el soltero tiene por divisa un libro como las *Reflexiones del caballero cristiano*. Casi me atrevo a asegurar que para un hombre célibe resulta imposible llevar una vida virtuosa.

Sin embargo, pueden hacerse algunas tentativas. Como mi matrimonio con Virginia ya no está lejano (cosa de unos seis meses), trato de conservarme bajo ciertas disciplinas, a fin de llegar a él en un relativo estado de pureza.

No desespero de que me sea dado realizar el tipo de caballero cristiano que debe ser el esposo de Virginia. Esa es por ahora la norma de mi vida.

SETIEMBRE 21

Siempre he sentido un gran vacío en mi corazón. Es cierto que Virginia llena mi existencia, pero ahí, en un determinado sitio, subsiste ese vacío.

Virginia no es una persona a quien yo pueda dar protección. Más bien debo decir que ella me protege a mí, pobre hombre solitario. (Mi madre murió hace quince años.)

Pues bien, ese instinto protector perdura y clama en lo más profundo de mi ser. Abrigo la ilusión de tener un hijo, un hijo que reciba esa ternura sin

empleo, que responda a mi llamado oscuro y paternal.

Algunas veces pensé en derivar hacia Pedro esa corriente afectiva. Pero él no me dio nunca ni siquiera la oportunidad filial de reprenderle. Siempre ensanchó con su conducta de empleado diligente la barrera que yo intentaba salvar...

SETIEMBRE 25

Virginia es presidenta de «El Juguetero del Niño Pobre», asociación femenina que se dedica a colectar fondos durante el año para organizar por la Navidad repartos de juguetes entre los niños menesterosos.

Ahora se encuentra atareada en la organización de una serie de festivales con el objeto de superar este año los repartos anteriores.

Lejos de desestimar estas actividades, las considero muy importantes en nuestro medio social, ya que despiertan los buenos sentimientos y favorecen el desarrollo de la cultura. Sólo me gustaría que...

Sin darse cuenta de la gravedad de mis ocupaciones, y guiada sin duda por sus buenos sentimientos, Virginia me pidió que tomase a mi cargo la dirección de tales festejos. Con gran pesadumbre le hice ver que mis quehaceres actuales, la profesión, la Junta y el *Vocero*, no me permitían complacerla.

Ella no pareció tomar en cuenta mis disculpas y, medio en serio, medio en broma, se ha lamentado de mi falta de humanidad.

SETIEMBRE 27

Estoy verdaderamente confundido. La discreción es mi elemento y me gusta exigirla de las personas que aprecio.

Hoy recibí una carta del señor Gálvez, seca, ofensiva, y no sé por qué artes, atenta. En ella me invita sencillamente a que guarde silencio sobre lo que él llama «un asunto serio entre personas honorables». Se refiere a la porquería que me propuso. Yo no sé hasta qué punto la palabra «honorables» sea suscep-

tible de extenderse; por elástica que sea, no puede abarcarnos juntos al señor Gálvez y a mí.

La carta termina de este modo: «Y mucho le agradeceré recomendar discreción a cierta persona, con respecto a este asunto.» Y se atreve a firmar: «Su afectísimo y atento amigo y consocio, etcétera.»

¡Ay Virginia, cómo a mi pesar vengo a conocer tus defectos! Sin duda alguna, el señor Gálvez tiene razón. Es un pillo, pero tiene razón. También tiene derecho a exigir mi reserva. Haré lo que pueda. Impediré que su conducta se divulgue.

SETIEMBRE 28

Antes, es decir, hasta hace muy poco tiempo, yo no me atrevía a concebir una Virginia con defectos. Procediendo ahora de un modo lógico y humano, trataré de conocer, estudiar y por lo pronto perdonar sus defectos, esperando que un día pueda remediarlos. Por ahora me concreto a exponer este rasgo: Virginia tiene la costumbre de guiarse siempre por «lo que dice la gente» y norma siempre su criterio en el rumor general.

Por ejemplo, al hablar de una persona nunca dice: «me parece esto o lo otro», sino que invariablemente expresa: «dicen de fulano o de fulanita, me dijeron esto o lo de más allá acerca de zutanita, oí decir esto de menganita». Y así constantemente. Pido a Dios que no disminuyan mis reservas de paciencia.

El otro día Virginia dijo esto refiriéndose a la señorita María: «Quizá yo estoy equivocada, pero con ese entrar y salir de todas las casas, se decían ciertas cosas de ella.»

OCTUBRE 1.º

El señor Cura, que extiende su mirada vigilante sobre la Junta Moral, a pesar de ser su guiador y jefe espiritual, quiere que ésta tenga su manejo independiente.

Hoy tuvimos una importante asamblea. Hubo necesidad de elegir un presidente interino debido

a la prolongada ausencia de la persona que ocupa el cargo de vicepresidente. (Nuestro presidente murió a principios de este año; q. e. p. d.)

Contra lo que normalmente ocurría en nuestra Junta, la tarea de elegir presidente se ha vuelto embarazosa en virtud de una lamentable coincidencia que se ha repetido en los últimos cuatro años con pasmosa regularidad.

Nuestros cuatro últimos presidentes han muerto a principios de año, poco tiempo después de nombrados. Entre los socios ha venido desarrollándose el supersticioso temor de ocupar la presidencia.

Ahora, tratándose de un presidente interino, la cosa no parecía revestir ninguna gravedad. Sin embargo, hasta las personas que por su escasa capacidad intelectual estaban a cubierto de cualquier peligro manifestaban ostensiblemente su nerviosidad.

Fueron dos los socios que habiendo resultado electos, renunciaron al honroso cargo, alegando falta de méritos y de tiempo para desempeñarlo.

La Junta corría un grave riesgo, y entre la numerosa concurrencia circulaba un insistente y angustioso temor. El señor Cura parecía sumamente nervioso y se pasaba de vez en cuando su pañuelo por la frente.

La tercera votación, cuyo resultado se esperaba casi como una sentencia, designó como presidente interino nada menos que al señor Gálvez. Un aplauso, esta vez más nutrido que los anteriores, acompañó el aviso dado con voz trémula por el señor Cura. Ante el asombro general, el señor Gálvez no solamente aceptó su elección, sino que la agradeció efusivamente como una «inmerecida distinción». Ofreció trabajar con empeño en bien de nuestra causa y para ello solicitó el apoyo de todos los socios, pero muy especialmente la cooperación de los beneméritos.

El señor Cura tuvo un suspiro de alivio, se pasó una última vez el pañuelo por la frente y contestó a las palabras del señor Gálvez diciendo que teníamos ante los ojos a «un heroico legionario de las huestes cristianas».

La sesión se levantó en medio del general bene-

plácito. Yo recuerdo con repugnancia el abrazo de felicitación que me vi precisado a dar al señor Gálvez.

OCTUBRE 5

Me he dado cuenta de que nunca podré ser como Virginia y de que tampoco me gustaría llegar a serlo.

Para ver solamente la belleza hay que cerrar los ojos por completo a la realidad. La vida ofrece un bello paisaje de fondo, pero sobre él se desarrollan miles de hechos tristes o inmundos.

OCTUBRE 7

Creo que esto de escribir diarios está de moda. Accidentalmente he descubierto sobre la mesa de la señorita María una libreta que, cuando menos lo pensé, tenía abierta ante mis ojos. Me di cuenta de que eran apuntes personales y quise cerrarla. Pero no pude dejar de leer unas palabras que se me han quedado grabadas y que son éstas: «Mi jefe es muy bueno conmigo. Por primera vez siento sobre mi vida la protección de una persona bondadosa.»

La conciencia de que me hallaba cometiendo una grave falta superó mi imperdonable curiosidad. Dejé la libreta en donde estaba y quedé sumido en un estado de conmovida perplejidad.

¿De modo que hay alguien en el mundo a quien yo doy protección? Me siento próximo a las lágrimas. Evoco el dulce rostro ojeroso de la señorita María y siento que de mi corazón sale una corriente largo tiempo contenida.

En realidad, debo preocuparme un poco más de ella, hacer algo que justifique el concepto en que me tiene. Por lo pronto, voy a sustituir la fea mesa que ocupa por un moderno escritorio.

Mis visitas a casa de Virginia transcurren de un modo tan normal, que renuncio a describirlas.

Estoy un poco resentido con ella. Ha tomado últimamente la costumbre de hacerme ciertas recomendaciones. Ahora, por ejemplo, se refirió a un aire distraído que adopto cuando camino y que, según ella, me hace tropezar con las personas y a menudo hasta con los postes. Además, Virginia ha adquirido simultáneamente un loro y un perrito.

El loro no sabe hablar todavía y profiere desagradables chillidos. El mayor deleite de Virginia consiste en enseñarlo a decir algunas palabras, entre ellas mi nombre, cosa que no me gusta.

Estas son verdaderas pequeñeces, lo sé, son hechos sin importancia que no dañan el concepto en que la tengo ni disminuyen mi afecto. No obstante trataré de corregirlas.

El perrito no es menos que el loro. Anoche, mientras Virginia tocaba en el piano la *Danza de las horas*, el animalito se dedicó pacientemente a destruir mi sombrero. Cuando terminó la ejecución, entró corriendo a la sala con el forro y las cintas en el hocico. Es cierto que mi sombrero estaba ya viejo, pero me ha parecido mal que Virginia festejara la ocurrencia.

Esta vez no me he puesto a calcular, y en vista del mal resultado que me dio la economía en la ocasión pasada, he comprado un sombrero de mi marca predilecta. Tendré cuidado con él cuando vaya a casa de Virginia.

El señor Cura, aprovechando que nos hemos encontrado accidentalmente en la calle, me ha manifestado su parecer acerca de que Virginia y yo anti-

cipemos la fecha de nuestro matrimonio. En esta
ocasión no ha utilizado el sistema de alusiones delicadas a que es tan adicto.

Como conclusión, me ha dicho que los bienes
de Virginia necesitan de una atención más cuida-
dosa.

Yo no veo una razón justa de anticipar tal fecha;
sin embargo, hablaré con ella sobre el asunto. Respecto a los bienes, deseo prestarles una atención
extremada, pero estrictamente profesional.

OCTUBRE 18

Me acabo de enterar de una cosa sorprendente:
el marido de Virginia dejó a su muerte tres hijos
ilegítimos.

Me hubiera negado a creer tal cosa sino fuera
una persona responsable quien me lo ha contado.

La madre de esos niños ha muerto también y
ellos viven, por tanto, en el más completo abandono.

Vagabundean descalzos por el mercado y ganan
el sustento de cualquier modo, realizando algunos
quehaceres humillantes.

Me asalta una pregunta angustiosa: ¿Lo sabrá
Virginia?

Y si lo sabe, ¿puede seguir repartiendo juguetes
con la conciencia tranquila, mientras se mueren de
hambre los hijos de su marido?

¡El marido de Virginia! ¡Un Benemérito de la
Junta! ¡El asiduo lector de las *Reflexiones!* ¿Será
posible? Resuelvo tomar algunos informes.

OCTUBRE 19

Me resisto a creer en la salvación del esposo de
Virginia, después de haber contemplado las tres
escuálidas y picarescas versiones de su rostro. La
grave fisonomía del difunto aparece en estas caras
muy deformada por el hambre y la miseria, pero
bastante reconocible.

Yo no puedo hacer nada aún por estas criaturas,
pero en cuanto me haya casado, tomaré bajo mi res-

ponsabilidad su rescate. De cualquier modo, pienso hablar con Virginia sobre este hecho que deshonra el nombre que aún lleva.

OCTUBRE 24

La señorita María, que cada día pone algo de su parte para aumentar la estimación que le profeso, ha realizado importantes mejoras en la oficina. Tiene el instinto del orden. Nuestro antiguo método de archivar la correspondencia ha sido cambiado por un sistema moderno y ventajoso. La vieja máquina de escribir ha desaparecido y en su lugar he comprado otra que es un deleite manejar. Los muebles ocupan lugares más apropiados y el conjunto presenta un aspecto remozado y agradable.

Ella se ve contenta en su nuevo escritorio, pero la huella del sufrimiento no desaparece de su rostro. Le pregunto: «¿Tiene usted algo, señorita? ¿Sigue usted trabajando por las noches?» Ella sonríe débilmente y responde: «No, no tengo nada, nada...»

OCTUBRE 25

He reflexionado que el sueldo de la señorita María no es, ni con mucho, decoroso. Sospecho que sigue cosiendo y desvelándose.

Como la he tomado bajo mi protección indirecta, resolví aumentar su sueldo esta mañana. Me dio las gracias con tal turbación, que temo haberla lastimado. Al buscar una secretaria he dado con una bella alma femenina.

Además, el rostro pálido de la señorita María es el más puro semblante de mujer que me ha sido dado contemplar.

OCTUBRE 27

Mi vida de soltero corre hacia su fin. No faltan ya cuatro, sino dos meses, para casarme con Virginia. Anoche lo hemos acordado, tomando en cuenta la sugestión del señor Cura.

Quise aprovechar la oportunidad para hablarle de los niños, pero no hubo manera de hacerlo. Ella se ocupó en hacer una vez más el panegírico de su marido.

Seguramente ignora la existencia de las criaturas. ¿Cómo hablarle de tal asunto?

OCTUBRE 28

La idea de que voy a casarme no llega a ser todo lo grata que me resultaba viéndola a distancia. El soltero no muere fácilmente dentro de mí.

Y no es que me halle descontento de Virginia. Vista serenamente, ella responde al ideal que me he formado. Defectos, claro que los tiene. Ahí está su falta de discreción y la ligereza de sus juicios. Pero esto no es nada capital. Así pues, me caso con una mujer virtuosa y debo estar satisfecho.

OCTUBRE 30

En este día he sabido dos cosas que tienden a amargar prematuramente mi vida matrimonial. Provienen de fuente femenina y su veracidad no es, por lo mismo, muy de recomendarse. Pero el contenido es inquietante.

La primera es ésta: Virginia sabe perfectamente lo de los niños abandonados, su origen y su miseria.

La segunda noticia es de carácter íntimo y se refiere a la poca fortuna que tuvo Virginia en la maternidad. Yo sabía por ella que sus dos hijos habían muerto pequeños. Pues bien, he sabido que ambos niños no llegaron a nacer. Al menos de un modo normal.

Respecto a las dos informaciones debo decir que me mantengo incrédulo y que no veo en ellas sino la pérfida labor de la maledicencia. Esa maledicencia que corroe y destruye a las pequeñas ciudades, disgregando sus elementos. Ese afán anónimo y general de dañar reputaciones haciendo circular la moneda falsa de la calumnia.

(Mi cocinera Prudencia es en esta casa el termómetro sensible que registra todas las temperaturas morales del vecindario.)

OCTUBRE 31

Toda mi capacidad mental está resolviendo los graves problemas de orden económico y material a que ha dado origen mi próximo matrimonio. ¡Cómo se va el tiempo!

Imposible hacer aquí el inventario de mis preocupaciones. Este diario no tiene ya sentido. Apenas me case, he de destruirlo. (No, quizá lo conserve como un recuerdo de soltero.)

NOVIEMBRE 9

Algo grave ocurre a mi alrededor. Ayer apenas si sospechaba nada. Hoy, mi tranquilidad está destruida.

Juraría que hay algo en torno mío, que algún acontecimiento desconocido me sitúa de pronto en el centro de la expectación general. Siento que a mi paso por las calles levanto una nube de curiosidad, que luego se deshace a mis espaldas en lluvia de comentarios malévolos. Y no es por mi matrimonio, eso lo sabe todo el mundo y a nadie interesa. No, esto es otra cosa y creo que la tormenta se ha desatado hoy mismo, durante la Misa Mayor, a la que tengo la costumbre de asistir. Ayer todavía disfrutaba de paz y hacía cálculos. Ahora...

Me vine de la iglesia casi huyendo, perseguido por las miradas, y aquí estoy desde hace horas preguntándome la causa de tal malevolencia. No he tenido el valor de salir ya a la calle.

Bueno, ¿acaso no tengo la conciencia tranquila? ¿He robado? ¿He asesinado? Puedo dormir en calma. Mi vida está limpia como un espejo.

NOVIEMBRE 10

¡Qué día, Dios mío, qué día!

Me levanto temprano, después de un desvelo casi absoluto, y me marcho a la oficina un poco antes

de la hora acostumbrada. En el trayecto, caen otra vez sobre mí las miradas maliciosas. Creo perder la cabeza. Ya en el despacho me tranquilizo un poco. Estoy a cubierto y elaboro un plan de investigación.

De pronto, la puerta se abre bruscamente y penetra una señorita María que me cuesta trabajo reconocer. Viene sin aliento, como el que huye de un gran peligro y se refugia en la primera puerta que cede a su paso. Su rostro está más pálido que nunca y las ojeras invaden su palidez como dos manchas de muerte.

La sostengo en mis brazos y la hago sentarse. Estoy trastornado. Ella me mira intensamente a los ojos y rompe a llorar.

Llora con violencia, como quien cede a un sentimiento largo tiempo contenido y que ya no se cuida de reprimir. Su llanto me conmueve hasta tal punto que no puedo ni siquiera hablar.

Su cuerpo está convulso de sollozos, su cabeza se estremece entre las manos húmedas y llora como si expiase las maldades del mundo.

Yo me olvido de todo y la contemplo. Recorro con la vista su cuerpo agitado y mis ojos se detienen atónitos sobre la curva de su vientre.

Mis pensamientos se trasladan de la sombra a la luz penosamente.

El vientre, apenas abultado, me va dando poco a poco todas las claves del drama.

En mi garganta aletea una exclamación que luego se resuelve en sollozo. ¡Desdichada!

La señorita María no llora ya. Su rostro está bello de una belleza inhumana y lastimera. Se mantiene silenciosa y sabe que no hay palabras en la tierra que puedan convencer a un hombre de que ella es inocente.

Sabe también que la fatalidad, el amor y la miseria no bastan para disculpar a una mujer que ha perdido su pureza.

Sabe, asimismo, que al idioma del llanto y el silencio no hay palabras humanas que puedan superarlo. Lo sabe y permanece silenciosa. Lo ha puesto todo en mi mano y espera sólo de mí.

Afuera, el mundo se bambolea, se derrumba, desaparece. El verdadero universo está en esta pieza y ha brotado lentamente de mi corazón.

No sé cuánto tiempo duró nuestro coloquio, ni cómo fue interrumpido por el lenguaje corriente. Sólo sé que María contaba conmigo hasta el final.

Poco después recibo dos cartas, póstumos mensajes del mundo que habitaba. Los polos de este mundo, Virginia y la Junta, se unen al clamor general que me imputa una ignominia.

Estas dos cartas no me producen indignación ni pena alguna; pertenecen a un pasado del cual ya nada me importa.

Me doy cuenta de que no hace falta ser culto ni instruido para comprender por qué no existe la justicia en el mundo y por qué todos renunciamos a ejercerla. Porque para ser justo se necesita acabar muchas veces con el bienestar propio.

Como yo no puedo reformar las leyes del mundo ni rehacer el corazón humano, tengo que someterme y transar. Abolir mis verdades duramente alcanzadas y devolverme al mundo por el camino de su mentira.

Voy entonces a ver al señor Cura. Esta vez no iré en busca de consejos, sino a hacer respirable el aire que necesito. A gestionar el derecho de seguir siendo hombre, aunque sea al precio de una falsedad.

NOVIEMBRE 11

Después de mi entrevista con el señor Cura, la Junta ya no tendrá que seguir enviándome sus avisos morales. Ya he confesado el pecado que hacía falta.

Si yo hubiese consentido en abandonar una infeliz a su propia desgracia, gozaría ahora en restaurar mi reputación y en reconstruir mi ventajoso matrimonio. Pero ni siquiera me he puesto a pensar en la parte de culpa que ella puede tener en su desdicha. Me basta saber que alguien se acogió a mi protección en el más duro trance de su vida.

Soy feliz porque descubro que vivía bajo una interpretación falsa y timorata de la existencia. Me he dado cuenta de que el ideal de caballerosidad que me esforzaba en alcanzar no coincide con los sentimientos puros del hombre verdadero.

Si Virginia, en vez de su maligna carta, hubiera dicho «no lo creo», yo no habría descubierto que vivía una vida equivocada.

NOVIEMBRE 26

María iba a coser en todas las casas decentes de la ciudad. Tal vez en una de ellas exista el canalla solapado que por medio de una vileza sacó a la superficie el hombre que yo llevaba dentro de mí sin conocerlo.

Ese canalla no podrá quitarme de las manos al hijo que María lleva en su seno, porque lo he hecho mío ante las leyes humanas y divinas.

Pobres leyes continuamente burladas, que han perdido ya su significado excelso y primitivo.

NOVIEMBRE 29

Hoy, por la mañana, ha muerto el señor Gálvez, presidente interino de la Junta Moral.

Su muerte repentina ha causado profunda impresión, pues distaba de ser un viejo y tenía cierto gusto en hacer obras benéficas. (A él se debe el hermoso cancel de la parroquia.) Su reputación, no obstante, nunca se mantuvo muy limpia a causa de sus negocios de usura.

Yo mismo hice alguna vez juicios severos de su conducta y, aunque tuve experiencias para cimentarlos, creo haber sido un tanto excesivo. Se le preparan solemnes funerales. Que Dios le perdone.

NOVIEMBRE 30

Esta tarde, cuando desde la ventana de nuestra casa veíamos pasar el cortejo fúnebre del señor Gálvez, noté que el rostro de María se alteraba.

Había en él un sentimiento de dolor que preludiaba una sonrisa lejana. Finalmente, en su rostro

ya sombrío, los ojos se arrasaron. Luego apoyó blandamente en mi pecho su cabeza.

¡Dios mío, Dios mío, lo perdonaré todo, lo olvidaré todo, pero déjame sentir esta alegría!

DICIEMBRE 22

Después de la muerte de su quinto presidente, la Junta Moral se hallaba en muy grave riesgo de sucumbir. El señor Cura tuvo que comprender que solamente un suicida podría hacerse cargo de la presidencia.

Gracias a una hábil medida la Junta ha subsistido. Funciona ahora por medio de un consejo directivo, que integran ocho personas responsables.

He sido invitado a formar parte de ese consejo, pero me vi en el caso de declinar la oferta. Tengo a mi lado una mujer joven a quien cuidar y atender. No estoy ya para más juntas y consejos directivos...

DICIEMBRE 24

Pienso en los tres pequeños miserables que vagan por la ciudad mientras me preparo a recibir un niño que también iba destinado al abandono.

Engendrados sin amor, un viento de azar ha de arrastrarlos como hojarasca, mientras que allí en el cementerio, al pie del bello monumento, una inscripción se oscurece bajo el musgo.

EL CUERVERO

Los cuervos sacan de la tierra el maíz recién sembrado. También les gusta la milpita tierna, esas tres o cuatro hojitas que apenas van saliendo del suelo.

Pero a los cuervos es muy fácil espantarlos. Nunca andan más de tres o cuatro en todo el potrero y se echan de ver desde lejos. Hilario los distingue entre los surcos y les avienta una piedra con su honda. Cuando un cuervo vuela, los demás se van también gritando asustados.

Pero a las tuzas, ¿quién las ve? Son del color de la tierra. A veces uno cree que es un terrón. Pero luego el terrón se mueve, se va corriendo, y cuando Hilario levanta la chispeta, la tuza está en lo más hondo de su agujero. Y las tuzas se lo tragan todo. Los granos de la semilla, la milpa chiquita y grande. Los jilotes y hasta las mazorcas. Dan guerra todo el año. Tienen dos bolsas, una a cada lado del pecho, y allí se meten todo lo que roban. A veces puede uno matarlas a piedrazos, porque se han metido un molcate en cada bolsa y apenas pueden caminar.

A las tuzas hay que estarse espiándolas enfrente de su agujero, con la escopeta bien cebadita. Al rato sacan la cabeza y parece que se ríen enseñando sus dos dientes largos y amarillos. Hay que pegarles el

balazo en la mera cabeza para que queden bien muertas, sin moverse. Porque tuza que se mete a su agujero es tuza perdida. Y no porque no se muera, que eso lo mismo da, sino porque Hilario no podrá cortarle la cola.

Los tuceros ganan según las colas que le entregan al patrón cada noche. Antes las pagaban a diez centavos. Si se mataban cinco o seis la cosa parecía bien. Pero de allí hay que tomar lo de la pólvora, lo de la munición y los petardos. Y entre los tiros que se jierran y las tuzas que se van para adentro, pues hay que entregar cada noche diez o doce colas cuando menos. Cuando al tucero le va muy mal y no lleva ni una cola, el patrón le da veinticinco centavos por la cuerveada.

—Le aseguro, don Pancho, que maté como una docena. Pero ayjo, hay unas reteduras; por más que les desbarate la maceta todavía se me pelan.

—¿Cuántas colas te apunto, Layo?

—Fíjese don Pancho, que maté como doce. Ya mero me daban ganas de ponerme a escarbar para sacarlas...

—Pero colas, ¿cuántas trajiste?

—Pues cuatro nomás, don Pancho.

—Bueno, pues son cuarenta fierros, Hilario ¿Te los apunto para el sábado o los quieres de una vez?

—Pues mejor démelos.

—Diez, veinte, treinta, cuarenta, Layo. A ver si mañana te va mejor. Jíncales el tejazo en la mera cabeza. Que pases buena noche.

Cuarenta centavos servían para mucho, cuando valía a diez centavos el decílitro de alcohol. Cuando uno se ha pasado todo el día en el rayo del sol matando una docena de tuzas para que le paguen nomás cuatro, dan ganas de echarse un trago, siquiera para no oír lo que diga la vieja. Porque si uno llega con cuarenta centavos, pues de todos modos hay pleito, y así, pues de una vez que costié.

—A ver Tonino, échate uno de a quinto, pero cárgale la mano que ya me anda.

—Eipa Layo, ¿y luego yo aquí nomás viendo?

—En vez de uno que sean dos, Tonino. ¿Quiúbole Patricio, pues qué pasó contigo?

—Pues ái nomás dándole, Layo. ¿Cuántas te matastes ora?

—Me lleva... Maté como doce y casi todas se me pelaron.

—¿Y luego no les jincastes bien?

—No les jincastes... Y en la mera mazorca, pero tú ya sabes Patricio, las tuzas son más duras que los gatos. Oye, Tonino, tráenos otros dos, pero bien serviditos hombre, a éstos no les pusistes nada de mecha.

—No, Layo, la mera verdad tú eres rete tarugo. Yo también tú sabes que fui tucero con don Pancho y no sacaba ni para el nistamal. Pero luego le hallé el modo de fregar al viejo...

—¿Y cómo le hicistes?

—Pues nada, que me iba al rancho de Espinosa, allá por el Camino del Agua. Allí es un hervidero de tuzas; mataba como veinte y luego se las cobraba a don Pancho como si fueran de su potrero.

—Ya ni la friegas.

—Fíjate que el viejo se ponía re contento. ¡Le daba un gusto! Ponía toda la ringlera de colitas sobre la mesa y me decía: «Ya nos las estamos acabando a estas hijas de la sonaja. Dales duro, Patricio, tráeme el colerío aunque me dejes sin un quinto.»

Sin un quinto, viejo méndigo... Mas que le llevara todas las tuzas, no digo las del rancho de Espinosa, sino todas las que hay en el llano, ni se le echaba de ver al viejo, aunque me las pagara a peso. Como quien le quita un pelo a un gato.

—Oye, Tonino, esto no emborracha nada. Tráete otros dos, pero que no te tiemble la mano, vale. Echale del que raspa o mejor nos vamos con el Guayabo.

—Aquí están, Layo, y son treinta de los seis tepaches.

—Mira qué Tonino este tan desconfiado. ¿Pues quién te dijo que no te voy a pagar?

—Págame, págame y no estés alegando.

—Pos hay van cuarenta de una vez para que te traigas otros dos, nomás que no se te vaya a olvidar...

—Oye Layo, esto parece plática de cueteros. Sácate los cigarros...

—¿Y luego pues, por qué dejastes tú lo de la tuceada?

—No, mano, pues el viejo supo de dónde venían las colas y me dio para la calle.

—¿Y cómo estuvo?

—Pues nada, que el tucero de Espinosa, que la llevaba bien conmigo, un día se enojó y dijo que dizque yo me estaba acabando las tuzas, que ya las tenía ariscas y que él no mataba ya casi ninguna. Y seguro se rajó, porque al otro día, bueno pues mejor ni te cuento. El viejo se puso negro y hasta quería meterme al bote.

—¿Y qué pasó?

—Pues fíjate que el que estaba sembrando lo de Espinosa le pagó a don Pancho las colas que yo le había vendido. Y ni tantito que dudo que don Pancho le cobró de más porque ese viejo jijo la tray desdoblada.

—Y ora, ¿qué te haces?

—Pues le estoy dando a los adobes, mano, ni modo. Y ésta sí que es una friega. Allí con don Tacho, arriba de la Reja... en las faldas del cerro...

—Bueno, pues yo creo que de todos modos vale más darle a los adobes. Allí cuando menos está el caramba lodo y no hay más que pegarle a dar. Mientras que las tuzas, esas hijas de la mañana hay días que no salen ni a mentadas.

—Pos si quieres darte una caladita, larga a don Pancho y vente mañana para la Reja. De allí se divisa la adobera...

—Pero si no sé hacer adobes.

—Pues le metes a la parigüela, que al cabo para cargar cualquiera sabe. O le das a la amasada, como quieras.

—Bueno, mañana nos vimos, tempranito.

—¡Pues qué argüende es ése y qué hace aquí tanta gente, mama, que parece velorio!

—Válgame Dios, Layo, no digas eso. ¿Luego no estás oyendo llorar a la criatura?

—¿A poco ya nació?

—Cállate, que ésta se puso re mala con un calenturón. No sea por doña Cleta que estuvo aquí todo el día, tú ni la habías alcanzado.

—¿Y qué fue?

177

—Pues muchachito, pero nació lastimadito del ombliguito.

—Pues que lo curen.

—Ya le pusieron tantita manteca con calecita y azúcar, que es rebuena para lo hinchado.

La mujer de Hilario está como la tierra seca, antes de que le llueva. No hace caso de nada. La criatura llora y llora. Doña Cleta dijo que más valía hablarle al doctor si para mañana sigue llorando. Por su parte, ya hizo ella lo que pudo. El niño nació también medio eclipsado de los ojos, parece que los tiene pegados. La madre de Hilario dice también que hay que llamar al doctor.

—Bueno, mama, pues mañana llévate la chispeta y empéñala con Tonino, bien te dará cinco pesos.

La mujer de Hilario entreabrió los ojos:

—¿La chispeta? ¿Y luego la tuceada, Layo?

—¡Qué tuceada ni qué ojo de hacha! Eso se acabó. Ojala y que las tuzas y los cuervos le tragaran toda la labor a ese jijo de don Pancho. ¡Yo nomás dale y dale todo el día matando tuzas jolinas, que para que no se las paguen a uno lo mismo da que tengan cola o que no tengan!

—¿Y qué vamos a hacer entonces nosotros, Layo?

—Mañana le pego a los adobes con aquel Patricio, en la adobera de don Tacho, allá por la Reja.

—Pero si tú no sabes hacer adobes, Layo.

—Pues para meterle macizo a la parigüela, no se necesita saber, y tampoco para batir el lodal. Ni que fuera yo tan tarugo. Eso sí, hacer adobes no es lo mismo que estarse sentado en el sol espiando las tuzas. ¡Que se vayan a la tiznada las tuzas!

El agua que viene por el lado de las Peñas es tormenta segura. La que viene por el lado de Santa Catarina, bien puede no pegar. La de las Peñas no falla. El cerro de las Peñas está parado contra el cielo. Y el viento retacha las nubes por detrás, al otro lado del cerro, hasta que las nubes se amontonan y aparecen de pronto sobre las peñas, como una bocanada negra, dando maromas y tronando, a vuelta y vuelta sobre el pueblo.

La gente ya lo sabe, y cuando ve que el agua pega por el lado de las Peñas, pues es la corredera por

todas partes. En un momento se pone a llover duro y tupido, como si las nubes se hicieran trizas y se les cayera el agua a chorros y chorros.

Bueno, la gente corre a guarecerse y ya está. Pero ¿y los adobes? ¿Quién iba a ponerse a levantar los adobes, recién hechos y todavía bien aguados? Y van tres días que a eso de las cuatro de la tarde el agua viene derechito, como para no jerrarle, por el lado de las Peñas.

Y allá está la tormenta sobre la tendalada de adobes, desbaratándolos con sus chorros picudos. Los adobes quedan hechos torta y todo el asoleadero está como un lodazal.

—¡Pero con un tal, a quién jijos de la guayaba se le ocurre ponerse a hacer adobes en tiempo de aguas!

Layo se queda viendo aquello, meneando la cabeza. Le duele la espalda de tanto meterle a la parigüela. Los adobes ya no tienen forma de adobe. Parecen cuachas de vaca.

—¡Me lleva el tren, Patricio! Tú no me dijistes que también esto de los adobes tiene su jerradero...

—Deja que venga don Tacho, a ver qué nos dice. Ya van tres días que el agua nos friega los adobes.

Don Tacho fue ya casi para meterse el sol.

—Bueno muchachos, la de malas. Más vale dejarle pendiente a esto de la adobeada, hasta que haya un veranito. Seguirle dando sería tentar a Dios de paciencia. Tres días que llueve seguido y que ustedes trabajan de en balde. Vayan a la tienda a la noche para darles su alguito, ya ven que apenas los adobes que estaban más oriaditos resistieron la mojada...

Hilario y Patricio se van sin decir nada, caminando calles y calles hasta llegar a la plaza.

—Bueno, Layo, pues esto salió de la patada. Hay que entrarle otra vez al llano.

—Pues el trabajo es hallar dónde, porque en todas partes está la gente cabal. Con don Pancho ni modo, porque la chispeta la tiene Tonino.

—¿Y le dijistes a don Pancho que la ibas a empeñar?

—Qué le iba a decir, ¿mira éste pues? Nomás me salí así nomás.

—¿Y cuánto te emprestó pues Tonino?

—Cinco pesos, fíjate nomás. Y se gastaron en el muchacho que ni se alivió ni deja de chillar desde que nació.

—Pues ya verás, Layo, cinco pesos es poco. Vámonos con Tonino a decirle que si daca unos dos ponches, para que no nos vaya a hacer daño la mojada, ya ves que estábamos bien calientes cuando empezó la llovedera.

Tonino se portó rete gente. No fueron dos ni tres los ponchecitos. Después de todo, este Patricio tiene muy buenas ocurrencias. Lo de las tuzas del rancho de Espinosa y otras cosas todavía más curiosas. Lo cierto es que a cada rato se lo llevan a la cárcel. Y luego tiene que ponerse a hacer adobes, para componerse. Porque con los adobes no hay modo de hacer trampa. Escarbar, batir bien el lodo para que no le queden terrones. Acarrearlo en la parigüela, y eso es todo. Luego, claro, hay que saber moldear. Remojar bien la adobera para que el adobe no se pegue. Luego echarle lodo hasta la mitad. Su puño de ocochal para que amarre bonito, y luego se copetea bien la adobera para que apriete. Y ya nomás viene el rasador, y está listo el adobe.

Cuando Hilario y Patricio fueron a la tienda de don Tacho, hizo bien en no quererles pagar.

—Vengan mañana muchachos, y aquí se la curan. Ora ya estuvo bueno de emborrachada. Más vale, mejor váyanse a dormir.

Ora sí hay velorio, Layo. ¡Uy, qué borracho vienes, hijo! ¿Qué te está pasando pues? Fíjate, apenas si doña Cleta alcanzó a vaciarle el agua al angelito, así nomás, para que no se fuera a ir al limbo.

Allí estaba el niño sobre una mesita, entre cempasúchiles y clavellinas, con un vestidito de papel de china y una crucecita de oropel en la frente. La mujer de Hilario estaba hecha mono en un rincón. No se sabía si lloraba. Unas mujeres iban y venían a traerle más flores al angelito. Hilario, cansado y bien borracho, se tiró en el suelo y al ratito ya estaba roncando.

Las velitas de sebo se apagaron a media noche. Entonces la mujer de Hilario se puso a llorar muy recio en su rincón. No tanto por el niño, que ya se

lo había llevado Dios, sino porque no había más luces para velarlo y le daba pena su angelito, allí en aquella oscuridad.

Don Tacho supo lo del niño y le dio a Hilario dos pesos de más para que compara el cajón. Hilario compró un cajoncito azul, así de chiquito, como una caja de zapatos. Estaba adornado con piedritas de hormiguero y tenía un angelito de hojalata, con las alas abiertas, encima de la tapadera.

Hilario se fue al panteón, en la tarde, con la cajita bajo el brazo. Allá se peleó con el camposantero, porque hizo un pozo muy bajito, como de medio metro. Hilario tomó la barra y se estuvo escarbando hasta que se metió el sol.

Era el tiempo en que todo costaba más barato, cuando los peones ganaban sesenta centavos en las labores y cuando se pagaban a diez las colas de tuza. Al muchacho que andaba de cuervero le daban veinticinco centavos por que los espantara todo el día con su honda.

El niño de Hilario nació y se murió en la temporada de siembra. Cuando los cuervos van volando sobre los potreros y buscan entre los surcos las milpitas tiernas, que acaban de salir de la tierra y que brillan como estrellitas verdes.

LA VIDA PRIVADA

Para publicar este relato no se me ha puesto más condición que la de cambiar los dos nombres que en él aparecen, cosa muy explicable, ya que voy a hablar de un hecho que todavía no acaba de suceder y en cuyo desenlace tengo la esperanza de influir.

Como los lectores se darán cuenta en seguida, me refiero a esa historia de amor que circula entre nosotros a través de versiones cada día más impuras y desalmadas. Yo no me he propuesto dignificarla contándola tal como es, y me consideraré satisfecho si logro apartar de ella toda idea de adulterio. Escribo sin temblar esta horrible palabra porque tengo la certeza de que muchas personas la borrarán conmigo al final, una vez que hayan considerado dos cosas que ahora todos parecen olvidar: la virtud de Teresa y la caballerosidad de Gilberto.

Mi relato es la última tentativa para resolver honestamente el conflicto que ha brotado en un hogar de este pueblo. El autor es por lo pronto la víctima. Resignado en tan difícil situación, pide al cielo que nadie lo sustituya en su papel, que lo dejen solo ante la incomprensión general.

Digo que soy la víctima sólo por seguir la opinión corriente. En el fondo, sé que los tres somos

víctimas de un destino cruel, y no seré yo quien ponga en primer término su propio dolor. He visto sufrir de cerca a Gilberto y a Teresa; también he contemplado lo que podría llamarse su dicha, y la he encontrado dolorosa, porque es culpable y oculta, aunque yo esté dispuesto a poner mi mano en el fuego para probar su inocencia.

Todo se ha efectuado ante mis propios ojos y ante los de la sociedad entera, esa sociedad que ahora parece indignarse y ofenderse como si nada supiera. Naturalmente, no estoy en condiciones de decir dónde empieza y dónde acaba la vida privada de un hombre. Sin embargo, puedo afirmar que cada uno tiene el derecho de tomar las cosas por el lado que más le convenga y de resolver sus problemas de la manera que juzgue más apropiada. El hecho de que yo sea, cuando menos aquí, el primero que abre las ventanas de su casa y publica sus asuntos, no debe extrañar ni alarmar a nadie.

Desde el primer momento, cuando me di cuenta de que la amistad de Gilberto empezaba a causar murmuraciones por sus constantes visitas, me tracé una línea de conducta que he seguido fielmente. Me propuse no ocultar nada, dar aire y luz al asunto, para que no cayera sobre nosotros la sombra de ningún misterio. Como se trataba de un sentimiento puro entre personas honorables, me dediqué a exhibirlo lealmente, para que fuera examinado por los cuatro costados. Pero esa amistad que disfrutábamos por partes iguales mi mujer y yo, comenzó a especializarse y a tomar un cariz que haría muy mal en ocultar. Pude darme cuenta desde el principio, porque contrariamente a lo que piensa la gente, yo tengo ojos en la cara y los utilizo para ver lo que ocurre a mi alrededor.

Al principio la amistad y el afecto de Gilberto iban dirigidos a mí, en forma exclusiva. Después, desbordaron mi persona y hallaron objeto en el alma de Teresa; pude notar con alegría que tales sentimientos hacían eco en mi mujer. Hasta entonces Teresa se había mantenido un poco al margen de todo, y miraba con indiferencia el desarrollo y el final de nuestras habituales partidas de ajedrez.

Me doy cuenta de que más de alguna persona desearía saber cómo empezaron exactamente las

cosas y quién fue el primero que, obedeciendo a una señal del destino, puso la intriga en movimiento.

La presencia de Gilberto en nuestro pueblo, grata por todos conceptos, se debió sencillamente al hecho de que poco después de terminar su carrera de abogado, en forma sumamente brillante, las autoridades superiores le extendieron nombramiento de Juez de Letras para uno de los juzgados locales. Aunque esto ocurrió a principios del año pasado, no fue debidamente apreciado hasta el 16 de setiembre, fecha en que Gilberto tuvo a su cargo el discurso oficial en honor de nuestros héroes.

Ese discurso ha sido la causa de todo. La idea de convidarlo a cenar surgió allí mismo, en la Plaza de Armas, en medio del entusiasmo popular que Gilberto desencadenó de modo tan admirable. Aquí, donde las fiestas patrias no eran ya sino un pretexto anual para divertirse y alborotar a nombre de la Independencia y de sus héroes. Esa noche los cohetes, la algarabía y las campanas parecían tener por primera vez un sentido y eran la apropiada y directa continuación de las palabras de Gilberto. Los colores de nuestra enseña nacional parecían teñirse de nuevo en la sangre, en la fe y en la esperanza de todos. Allí en la Plaza de Armas, fuimos esa noche efectivamente los miembros de la gran familia mexicana y nos sentíamos alegres y conmovidos como hermanos.

De vuelta a nuestra casa le hablé a Teresa por primera vez de Gilberto, que ya había conocido de chico los éxitos del orador, recitando poemas y pequeños discursos en las fiestas escolares. Cuando le dije que se me había ocurrido invitarlo a cenar, Teresa aprobó mi proyecto con una indiferencia tan grande que ahora me llena de emoción.

La noche inolvidable en que Gilberto cenó con nosotros no parece haber terminado todavía. Se propagó en conversaciones, se multiplicó en visitas, tuvo todos los accidentes felices que dan su altura a las grandes amistades, conoció el goce de los recuerdos y el íntimo placer de la confidencia. Insensiblemente nos condujo a este callejón sin salida en donde estamos.

Los que tuvieron en la escuela un amigo predilecto y saben por experiencia que esas amistades

no suelen sobrevivir a la infancia y sólo perduran en un tuteo cada vez más difícil y más frío, comprenderán muy bien la satisfacción que yo sentía cuando Gilberto reconstruyó nuestra antigua camaradería por medio de un trato afectuoso y sincero. Yo, que siempre me había sentido un poco humillado ante él, porque dejé de estudiar y tuve que quedarme aquí en el pueblo, estancado detrás del mostrador de una tienda de ropa, me sentía finalmente justificado y redimido.

El hecho de que Gilberto pasaba con nosotros las mejores de sus horas libres, a pesar de que tenía a su alcance todas las distracciones sociales, no dejaba de halagarme. Por cierto que me inquieté un poco cuando Gilberto, a fin de sentirse más libre y a gusto, puso fin a un noviazgo que parecía bastante formal y al que todo el mundo auguraba el consabido desenlace. Sé que no faltaron personas aviesas que juzgaron equívocamente el proceder de Gilberto al verlo preferir la amistad al amor. A la altura actual de las circunstancias, me siento un poco incapaz de negar el valor profético que tuvieron tales habladurías.

Por fortuna, se produjo entonces un incidente que yo juzgué del todo favorable, ya que me dio la oportunidad de sacar de mi casa el germen del drama, aunque en fin de cuentas, de modo provisional.

Tres señoras respetables se presentaron en mi casa una noche en que Gilberto no estaba por allí. Es claro que él y Teresa se hallaban en el secreto. Se trataba sencillamente de suplicar mi autorización para que Teresa desempeñara un papel en una comedia de aficionados.

Antes de casarnos, Teresa tomaba parte con frecuencia en tales representaciones y llegó a ser uno de los mejores elementos del grupo que ahora reclamaba sus servicios. Ella y yo convinimos en que esa diversión había acabado por completo. Más de una vez, indirectamente, Teresa recibió invitaciones para actuar en un papel serio, que se llevara bien con su nueva situación de ama de casa. Pero siempre nos rehusamos.

Nunca dejé de darme cuenta de que para Teresa el teatro constituía una seria afición, fomentada por sus gracias naturales. Siempre que asistíamos al tea-

tro, ella se atribuía un papel y gozaba como si de veras lo estuviera representando. Alguna vez le dije que no había razón de que se privara de ese placer, pero siempre se mantuvo en su propósito.

Ahora, y desde que tuve los primeros indicios, tomé una resolución distinta, pero me hice del rogar, a fin de justificarme. Dejé a las buenas señoras la tarea de convencerme de cada una de las circunstancias que contribuían a hacer indispensable la actuación de mi mujer. Quedó para lo último el hecho decisivo: Gilberto había aceptado ya desempeñar el papel de galán. Realmente no había razones para rehusar. Si el inconveniente más grave era que Teresa debía representar un papel de dama joven, la cosa perdía toda importancia si su pareja era un amigo de la casa. Concedí por fin el anhelado permiso. Las señoras me expresaron su reconocimiento personal, añadiendo que la sociedad sabría estimar debidamente el valor de mi actitud.

Poco después recibí el agradecimiento un poco avergonzado de la propia Teresa. También ella tenía un motivo personal: la comedia que se iba a representar era nada menos que *La vuelta del Cruzado*, que en tiempos de soltera había ensayado tres veces, sin que se llegara a ponerla en escena. En realidad, tenía el papel de Griselda en el corazón.

Yo me sentí tranquilo y contento ante la idea de que nuestras ya peligrosas veladas iban por lo pronto a suspenderse y a ser sustituidas por los ensayos. Allí estaríamos rodeados de un buen número de personas y la situación perdería las características que empezaban a hacerla sospechosa.

Como los ensayos se realizaban por la noche, me resultaba muy fácil ausentarme de la tienda un poco antes de la hora acostumbrada, para reunirme con Teresa en casa de la honorable familia que daba hospitalidad al grupo de aficionados.

Mis esperanzas de alivio se vieron muy pronto frustradas. Como tengo voz clara y leo con facilidad, el director del grupo me pidió una noche, con un temor de ofenderme que todavía me conmueve, que hiciera de apuntador. La proposición fue hecha un poco en serio y un poco en broma, para que pudiera contestarla sin hacer un desaire. Como es de suponerse, acepté entusiasmado y los ensayos transcu-

rrieron felizmente. Entonces empecé a ver con claridad lo que sólo me había parecido una vaga aprensión.

Yo nunca había visto dialogar a Gilberto y a Teresa. Es cierto que podían sostener apenas alguna conversación, pero no había duda de que entre ellos se desarrollaba un diálogo esencial, que sostenían en voz alta, delante de todos, y sin dar lugar a ninguna objeción. Los versos de la comedia, que sustituyeron al lenguaje habitual, parecían hechos de acuerdo con ese íntimo coloquio. Era verdaderamente imposible saber de dónde salía un continuo doble sentido, ya que el autor del drama no tenía por qué haber previsto semejante situación. Llegué a sentirme bastante molesto. Si no hubiera tenido en mis manos el ejemplar de *La vuelta del Cruzado* impreso en Madrid en 1895, habría creído que todo aquello estaba escrito exclusivamente para perdernos. Y como tengo buena memoria, pronto me aprendí los cinco actos de la comedia. Por la noche, antes de dormir, y ya en la cama, me atormentaba con las escenas más sentimentales.

El éxito de *La vuelta del Cruzado* fue tan grande, que todos los espectadores convinieron en afirmar que no se había visto cosa semejante. ¡Noche de arte inolvidable! Teresa y Gilberto se consagraron como dos verdaderos artistas, conmoviendo hasta las lágrimas a un público que vivió a través de ellos las más altas emociones de un amor noble y lleno de sacrificio.

Por lo que a mí toca, pude sentirme bastante tranquilo al juzgar que esa noche la situación quedó en cierto modo al descubierto y dejaba de pesar solamente sobre mí. Me creí apoyado por el público; como si el amor de Teresa y Gilberto quedara absuelto y redimido, y yo no tuviera más remedio que adherirme a esa opinión. Todos estábamos realmente doblegados ante ese verdadero amor, que saltaba por encima de todos los prejuicios sociales, libre y consagrado por su propia grandeza. Un detalle, que todos recuerdan, contribuyó a mantenerme en esa ilusión.

Al terminar la obra, y ante una ovación realmente grandiosa que mantuvo el telón en alto durante varios minutos, los actores resolvieron sacar a todo

el mundo al escenario. El director, los organizadores, el jefe de la orquesta y el que pintó los decorados recibieron justo homenaje. Por último, me hicieron subir a mí desde la concha. El público pareció entusiasmado con la ocurrencia y los aplausos arreciaron a más y mejor. Se tocó una diana y todo acabó entre el regocijo y la alegría de actores y concurrentes. Yo interpreté el excedente de aplausos como una sanción final: la sociedad se había hecho cargo de todo y estaba dispuesta a compartir conmigo, hasta el fin, las consecuencias del drama. Poco tiempo después debía comprobar el tamaño de mi error y la incomprensión maligna de esa complaciente sociedad.

Como no había razón para que las visitas de Gilberto a nuestra casa se suspendieran, continuaron, de pronto, como antes. Después se hicieron cotidianas. No tardaron en ejercitarse contra nosotros la calumnia, la insidia y la maledicencia. Hemos sido atacados con las armas más bajas. Aquí todos se han sentido sin mancha: quién el primero, quién el último, se dedican a apedrear a Teresa con sus habladurías. A propósito, el otro día cayó sobre nosotros una verdadera piedra. ¿Será posible?

Nos hallábamos en la sala y con la ventana abierta, según es mi costumbre. Gilberto y yo, empeñados en una de nuestras más intrincadas partidas de ajedrez, mientras Teresa trabajaba junto a nosotros en unas labores de gancho. De pronto, en el momento en que yo iniciaba una jugada, y aparentemente desde muy cerca, fue lanzada una piedra del tamaño de un puño, que cayó sobre la mesa con estrépito en medio del tablero, derribando todas las piezas. Nos quedamos como si hubiera caído un aerolito. Teresa casi se desmayó y Gilberto palideció intensamente. Yo fui el más sereno ante el inexplicable atentado. Para tranquilizarlos, dije que aquello debía ser cosa de un chiquillo irresponsable. Sin embargo, ya no pudimos estar tranquilos y Gilberto se despidió poco después. Personalmente, yo no lamenté mucho el incidente por lo que tocaba al juego, ya que mi rey se hallaba en una situación bastante precaria, después de una serie de jaques que presagiaban un mate inexorable.

Por lo que se refiere a mi situación familiar, debo

decir que se operó en ella un cambio extraordinario desde *La vuelta del Cruzado*. Francamente, a partir de la representación Teresa dejó de ser mi mujer, para convertirse en ese ser extraño y maravilloso que habita en mi casa y que se halla tan lejos como las propias estrellas. Apenas entonces me di cuenta de que ella se estaba transformando desde antes, pero tan lentamente que yo no había podido advertirlo.

Mi amor por Teresa, es decir, Teresa como enamorada mía, dejaba muchísimo que desear. Confieso sin envidia el engrandecimiento de Teresa y la eclosión final de su alma como un fenómeno en el cual no me fue dado intervenir. Ante mi amor, Teresa resplandecía. Pero era un resplandor humano y tolerable. Ahora Teresa me deslumbra. Cierro los ojos cuando se me acerca y sólo la admiro desde lejos. Tengo la impresión de que desde la noche en que representó *La vuelta del Cruzado*, Teresa no ha descendido de la escena, y pienso que tal vez ya nunca volverá a la realidad. A nuestra pequeña, sencilla y dulce realidad de antes. Esa que ella ha olvidado por completo.

Si es cierto que cada enamorado labra y decora el alma de su amante, debo confesar que para el amor soy un artista mediocremente dotado. Como un escultor inepto, presentí la hermosura de Teresa, pero sólo Gilberto ha podido sacarla entera de su bloque. Reconozco ahora que para el amor se nace, como para otro arte cualquiera. Todos aspiramos a él, pero a muy pocos les está concedido. Por eso el amor, cuando llega a su perfección, se convierte en un espectáculo.

Mi amor, como el de casi todos, nunca llegó a trascender las paredes de nuestra casa. Mi noviazgo a nadie llamó la atención. Por el contrario, Teresa y Gilberto son espiados, seguidos paso a paso y minuto a minuto, como cuando representaban en el teatro y el público, palpitante, esperaba con angustia el desenlace.

Recuerdo lo que cuentan de don Isidoro, el que pintó los cuatro evangelistas de la parroquia, que están en las pechinas de la cúpula. Don Isidoro nunse se tomaba el trabajo de pintar sus cuadros desde el principio. Todo lo ponía en manos de un oficial,

y cuando la obra estaba ya casi terminada, cogía los pinceles y con unos cuantos trazos la transformaba en una obra de arte. Luego ponía su firma. Los evangelistas fueron la última obra de su vida, y dicen que don Isidoro no alcanzó a darle sus toques magistrales a San Lucas. Allí está efectivamente el santo con su belleza malograda y con la expresión un tanto incierta y pueril. No puedo menos de pensar que a no haber sobrevenido Gilberto, lo mismo hubiera ocurrido con Teresa. Ella habría quedado para siempre mía, pero sin ese resplandor final que le ha dado Gilberto con su espíritu.

Está de más decir que nuestra vida conyugal se ha interrumpido por completo. No me atrevo a pensar en el cuerpo de Teresa. Sería una profanación, un sacrilegio. Antes, nuestra intimidad era total y no estaba sujeta a ningún sistema. Yo disfrutaba de ella sencillamente, como se disfruta del agua y del sol. Ahora ese pasado me parece incomprensible y fabuloso. Creo mentir si digo que yo tuve en otro tiempo en mis brazos a Teresa, esa Teresa incandescente que ahora transita por la casa con unos pasos divinos, realizando unos quehaceres domésticos que no logran humanizarla. Sirviendo la mesa, remendando la ropa o con la escoba en la mano, Teresa es un ser superior al que no se puede acceder por parte alguna. Sería totalmente erróneo esperar que un diálogo cualquiera nos llevara de pronto hacia una de aquellas dulces escenas del pasado. Y si pienso que yo podría convertirme en troglodita y asaltar ahora mismo a Teresa en la cocina, me quedo paralizado de horror.

Por el contrario, a Gilberto lo veo casi como a un igual, aunque él sea quien ha producido el milagro. Mi antiguo sentimiento de inferioridad ha desaparecido por completo. Me he dado cuenta de que en mi vida hay siquiera un acto en que he estado a su propia altura. Ese acto ha sido la elección y el amor de Teresa. La elegí simplemente, como la habría elegido el mismo Gilberto; de hecho, tengo la impresión de que me le he adelantado, robándole la mujer. Porque él habría tenido que amar a Teresa de todas maneras, en el primer momento en que la hallara. En ella se ha corroborado nuestra afinidad más profunda, y es en esa afinidad donde

yo he marcado una precedencia. Aunque no dejo de considerar también lo contrario, y acepto que Teresa sólo me amó a causa del Gilberto que soñaba, siguiéndole las huellas y buscándolo en vano dentro de mí.

Desde que dejamos de vernos, al terminar la escuela primaria, yo sufrí siempre ante la idea de que todos los actos de mi vida se realizaban muy por debajo de los actos de Gilberto. Cada vez que venía al pueblo de vacaciones, yo lo evitaba con sumo cuidado, rehusándome a confrontar mi vida con la suya.

Pero más en el fondo, si busco la última sinceridad, no puedo quejarme de mi destino. No cambiaría el lote de humanidad que he conocido por la clientela de un médico o de un abogado. La hilera de clientes a lo largo del mostrador ha sido para mí un campo inagotable de experiencias y a él he consagrado gustosamente mi vida. Siempre me interesó la conducta de las gentes en trance de comprar, de elegir, de aspirar y de renunciar a algo. Hacer llevadera la renuncia a los artículos costosos y grata la adquisición de lo barato, ha sido una de mis tareas predilectas. Además, con una buena parte de mi clientela cultivo relaciones especiales que están muy lejos de aquellas que rigen de ordinario entre un comerciante y sus compradores. El intercambio espiritual entre estas personas y yo es casi de rigor. Me siento verdaderamente complacido cuando alguien va a mi tienda a buscar un artículo cualquiera y vuelve a su casa llevando también un corazón refrescado por algunos minutos de confidencia, o fortalecido con un sano consejo.

Confieso esto sin la menor sombra de orgullo, ya que al fin y al cabo soy yo el que está proporcionando ahora el tema para todas las conversaciones. Lealmente, he tomado mi vida privada y la he puesto sobre el mostrador, como cuando cojo una pieza de tela y la extiendo para el detenido examen de los clientes.

No han faltado algunas buenas personas que se exceden en su voluntad de ayudarme y que se dedican a espiar lo que ocurre en mi casa. Como no he podido renunciar voluntariamente a sus servicios, he sabido que Gilberto hace algunas visitas en mi

ausencia. Esto me ha parecido incomprensible. Es cierto que el otro día, Teresa me dijo que Gilberto había ido a casa por la mañana, a recoger su cigarrera, olvidada la noche anterior. Pero ahora, según mis informantes, Gilberto se presenta por allí todos los días, a eso de las doce de la mañana. Ayer, nada menos, vino alguien a decirme que fuera a mi casa en ese instante, si quería enterarme de todo. Me negué resueltamente. ¿Yo en mi casa a las doce? Ya me imagino el susto que se llevaría Teresa al verme entrar a una hora desacostumbrada.

Declaro que toda mi conducta reposa en la confianza absoluta. Debo decir también que los celos comunes y corrientes no han logrado visitar mi espíritu ni aun en los momentos más difíciles, cuando Gilberto y Teresa han cometido de pronto una mirada, un ademán, un silencio que los ha traicionado. Yo los he visto quedarse silenciosos y confundidos, como si las almas se les hubiesen caído de pronto al suelo, unidas, ruborizadas y desnudas.

No sé lo que ellos piensan ni lo que dicen o hacen cuando yo no estoy. Pero me los imagino muy bien, callados, sufrientes, lejos el uno del otro, temblando, mientras yo también me pongo a temblar desde la tienda, con ellos y por ellos.

Y así estamos, en espera de no se sabe qué acontecimiento que venga a poner fin a esta desdichada situación. Por lo pronto, yo me he dedicado a dificultar, a descartar, a suprimir todos los desenlaces habituales y consagrados por la costumbre. Tal vez sea en vano esperarlo, pero yo solicito un desenlace especial para nosotros, a la medida de nuestras almas.

En último caso, declaro que siempre he sentido una gran repugnancia ante la idea de la magnanimidad. No es que me desagrade como virtud, ya que la admiro mucho en los demás. Pero no puedo consentir la posibilidad de ejercerla yo mismo, y sobre todo contra una persona de mi propia familia. El temor de pasar por hombre magnánimo me aleja de cualquier idea de sacrificio, decidiéndome a conservar hasta el fin mi bochornosa posición de estorbo y de testigo. Sé que la situación es ya bastante intolerable; sin embargo, trataré de permanecer en

ella hasta que las circunstancias me expulsen con su propia violencia.

Sé que hay esposas que lloran y se arrodillan, que imploran el perdón con la frente puesta en el suelo. Si esto llegara a ocurrirme con Teresa, todo lo abandono y me doy por vencido. Seré por fin, y después de mi lucha titánica, un marido engañado. ¡Dios mío, fortalece mi espíritu en la certidumbre de que Teresa no se rebajará a tal escena!

En *La vuelta del Cruzado* todo acaba bien, porque en el último acto Griselda alcanza una muerte poética, y los dos rivales, fraternizados por el dolor, deponen las violentas espadas y prometen acabar sus vidas en heroicas batallas. Pero aquí en la vida, todo es diferente.

Todo se ha acabado tal vez entre nosotros, sí, Teresa, pero el telón no acaba de caer y es preciso llevar las cosas adelante a cualquier precio. Sé que la vida te ha puesto en una penosa circunstancia. Te sientes tal vez como una actriz abandonada al público en un escenario sin puertas. Ya no hay versos que decir y no puedes escuchar a ningún apuntador. Sin embargo, la sociedad espera, se impacienta y se dedica a inventar historias que van en contra de tu virtud. He aquí, Teresa, una buena ocasión para que te pongas a improvisar.

EL FRAUDE

A partir de la muerte del señor Braun, las estufas Prometeo comenzaron a fallar inexplicablemente. Un olor de petróleo llenaba las cocinas, y las estufas apagadas, humeantes, se negaban a funcionar. Se registraron algunos accidentes: depósitos que ardían, tuberías explosivas. Los técnicos de la casa Braun, alarmados, se pusieron a buscar las causas del fenómeno, idearon nuevos perfeccionamientos, pero llegaron con ellos demasiado tarde. En medio del desconcierto general, una firma enemiga controló el mercado de las estufas, precipitó la quiebra y sepultó el prestigio Prometeo en una barahúnda de publicidad sanguinaria.

La opinión de las personas interesadas en este asunto me señala como al principal de los culpables. Acreedores furiosos denunciaron mis actividades al frente de la casa, hablaron de fraude y pusieron mi honradez en entredicho. Y todo esto gracias a que fui el último en saltar del barco que se hundía y porque di las órdenes finales a una tripulación en desbandada.

Ayer me encontré por última vez ante el cortejo de contadores y notarios que liquidaron los negocios de la quiebra. Tuve que soportar una investigación minuciosa acerca de todos mis asuntos personales, y

naturalmente salieron a cuento mis «pequeñas» economías. Escribo esta palabra entre comillas para
dar a entender el acento con que fue pronunciada
por uno de los escribas. Poco ha faltado para que
yo le pusiera las manos encima; me contuve y le
tapé la boca con cifras. Hablé de sobresueldos, de
gratificaciones y del uno por ciento adicional que yo
disfrutaba sobre el volumen de ventas de la casa
Braun. El hombre quedó más convencido por la
violencia que por la fuerza de mis razones. No me
importa.

Hablando con toda justicia, el fracaso de la casa
Braun es un lamentable conjunto de fracasos entre
los cuales se encuentra el mío y en primera línea.
La última fase de esta lucha comercial fue un duelo
entre publicistas, y yo lo he perdido. Sé muy bien
que el adversario empleaba armas ilícitas, y es fácil
demostrar que el cincuenta por ciento del desastre
se debió a una profunda labor de sabotaje, dirigida
por nuestros competidores y ejecutada por un grupo de empleados infidentes a quienes yo puedo nom-
brar. Pero no tengo ninguna urgencia por recobrar
ritu hace innecesarias todas las aclaraciones. ¿Por
a situación perdida. El profundo viraje de mi espí-
qué no decirlo? Me siento un poco de espaldas al
mundo.

Era indispensable defender mi honradez y lo he
conseguido. Con eso basta. Pero lo grave es que las
famosas economías se me han hecho insoportables.
Cualquier persona razonable puede afirmar que me
pertenecen legalmente; sin embargo, yo no veo esto
muy claro con mis nuevos ojos. El señor Braun ganaba su dinero construyendo y vendiendo las estufas;
yo gané el mío convenciendo al público de que debía
comprarlas. Proclamé su calidad a los cuatro vientos
y conseguí elevar la marca Prometeo a unas alturas
que asombraban al mismo señor Braun. Pues bien,
ese prestigio se halla ahora por el suelo; numerosas
personas han sufrido pérdidas considerables, todo
el mundo se queja mientras yo conservo intacto mi
botín. El dinero, guardado en la caja de un banco,
está pesando sobre mi conciencia.

Los pensamientos de culpa, en asalto cada vez
más intenso, han derrumbado las últimas defensas
del egoísmo. Desde luego, era muy fácil despren-

derme del dinero arrojándolo a aquel puñado de imbéciles que dudaban de mis manejos, pero creo sinceramente que no debo malgastarlo dando lecciones a los tontos. He encontrado algo mejor. Me parece conveniente hacer algunas aclaraciones.

En otros tiempos yo hubiera sido un juglar, un mendigo, un narrador de cuentos y milagros. Descubro mi vocación demasiado tarde, alcanzada la madurez y a la mitad de un siglo en donde no caben ya esta clase de figuras. De todas maneras, he querido contar mi fábula a dos o tres pobres de espíritu, ofrecer mi colección de miserias a unos cuantos ingenuos rezagados.

Sé que ha habido muchos hombres que se transforman de pronto, para bien o para mal. Habían vivido disfrazados durante una gran parte de su vida, y un día cualquiera, ante el asombro de las gentes, se mostraron santos o demonios, en su forma verdadera. Naturalmente, yo no puedo aspirar a una metamorfosis de este género; sin embargo, reconozco que en mi actitud está obrando una pequeña dosis de sobrenatural. Después de todo, el impulso absurdo que me mueve a desprenderme de un puñado de dinero podría convertirse en la energía superior que tal vez originara otras acciones más altas. Bastaría con que yo acelerara el ritmo de ciertos pensamientos y los dejara llegar a sus consecuencias finales. Pero...

También yo estoy como una estufa que funciona mal; desde la muerte del señor Braun, tengo escrúpulos y remordimientos. A partir de esta fecha se ha iniciado dentro de mí un trabajo oscuro y complicado. Una savia recóndita se ha puesto en movimiento, allí en las más profundas raíces, atormentándose con el sentimiento de una renovación imposible. Débiles brotes tratan de abrirse paso a través de una corteza endurecida.

Vivo a merced de los recuerdos. Más bien, los recuerdos se me imponen como sueños, dejándome confuso y apesarado. Tengo la impresión de que una droga, absorbida quién sabe cuándo, ha dejado de obrar. La conciencia, liberada de la anestesia, se entrega a imaginaciones infantiles. Me cuesta trabajo cerrar la puerta a estas cosas: a una noche de navidad poblada de sonidos y resplandores; a un

juguete preferido; a un claro día de sol en que iba corriendo por el campo...

Todo esto se originó aquel día memorable en que al abrir la puerta de su despacho, encontré al señor Braun de bruces sobre su escritorio, sin dar señales de vida.

Después vinieron días desordenados y veloces. La ruina de la casa, el escándalo de la quiebra, cayeron sobre mí como una lluvia de escombros. Los errores y las quejas, el descontento y las reclamaciones, fueron haciendo blanco en mi espíritu. Inconscientemente me coloqué en primera fila, puse una cara de responsable y contribuí al fracaso invirtiendo fuertes sumas de dinero en una campaña de publicidad tan inútil como dispendiosa.

El señor Braun no se murió así de golpe. Reclamamos para él todos los auxilios de la ciencia y obtuvo dos horas de agonía. Nunca olvidaré esas dos horas interminables, que pertenecían a la eternidad, ni la imagen del señor Braun ahogándose en la muerte, rodeado de taquígrafas, de médicos, de empleados consternados y asistido por aquel sacerdote, que apareció misteriosamente, y que en medio de la confusión pudo arreglárselas para poner en orden los asuntos del moribundo aterrorizado, que murmuraba frases incoherentes, relacionadas más bien con el futuro desastre de las estufas Prometeo que con los negocios de su alma.

Una segunda inyección ya no produjo sino un período de convulsiones cada vez más débiles. Los médicos abandonaron la tarea comprendiendo que la muerte señoreaba la oficina del señor Braun. Yo me encontré trastornado en tal forma, que recibí algún auxilio médico en prevención de una posible crisis. Cosa curiosa, en el momento más agudo de mi conmoción, ante el cadáver de mi jefe, no encontré en mi repertorio de publicista sino una reacción infantil: recordé el final de una oración semiolvidada y me llevé las manos al rostro en un gesto de vaga persignación.

Como todos los magos, el señor Braun se llevó a la tumba el secreto de sus fórmulas. Presencié el desarrollo de sus negocios y le asistí como el empleado más cercano y principal, pero aguardé siempre en vano a que me iniciara en el secreto de sus

combinaciones. Esto me habría capacitado tal vez para conducir con acierto los asuntos de la casa, pero nunca pasé del rango de acólito. Esta palabra me parece buena porque el señor Braun ejercía una especie de sacerdocio dentro de la religión materialista que proclama la felicidad del hombre sobre la tierra. Su aportación personal a las comodidades humanas consistía en la estufa Prometeo, cuyos modelos se renovaban cada año, siguiendo el ritmo del progreso. Predicaba un paraíso hogareño, modesto y económico, en el que la estufa tenía un rango de altar, en una cocina limpia y grata como un templo.

Yo fui el magnavoz de sus sermones, el amanuense aplicado que registraba sus aciertos cotidianos, el autor de las cartas circulares que llevaban la buena nueva a las amas de casa, a las cocineras sudorosas y ennegrecidas al pie de las hornillas milenarias.

A pesar de su posición elevada, el señor Braun se complacía en volver a los primeros tiempos. Abandonaba de vez en cuando la oficina suntuosa para ir a vender personalmente una estufa, tal un dignatario que desciende de su cátedra para socorrer a un humilde.

Sus ademanes eran entonces graves y solemnes. Cargaba lentamente el sifón de petróleo, abría los reguladores mientras hablaba emocionado acerca del moderno sistema de gasificación, a prueba de malos olores y accidentes. Y al acercar un fósforo encendido a la rodela del quemador, su rostro tenía una expresión ansiosa, ligeramente coloreada de espanto, como si la idea de un fracaso turbara un momento su espíritu. Cuando crecían las llamitas azules, el señor Braun desplegaba una sonrisa de beatitud que envolvía y disipaba todas las dudas de su cliente.

Recordando estas escenas, y a pesar de la ruina y el descrédito, yo sigo creyendo que las estufas Prometeo son buenas, y en gracia de esta convicción estoy dispuesto a sacrificar cuanto poseo. Si las estufas no sirven, yo no tengo nada que hacer; abandono tranquilamente la causa y dejo las utilidades en otras manos más limpias. Mi procedimiento es sencillo y su eficacia está fuera de duda: «Se compran estufas descompuestas, marca Prometeo» y en

seguida mi nombre y mis señas. Publicaré mañana este anuncio en un diario popular.

Juego a cara o cruz. Apuesto contra la opinión de las gentes. Que vengan ahora los notarios y las víctimas a decir que soy un farsante.

Pienso con alegría que mi gesto constituye el mejor homenaje que puede hacerse a la memoria del señor Braun.

He dejado pasar un buen espacio de tiempo sin resolverme a agregar estas líneas. No sé cómo hacerlo; me siento un tanto cohibido frente a los acontecimientos que han transformado mi vida. Al relatar un hecho claro y natural tengo la impresión de que voy a hacer, por primera vez, una trampa.

El anuncio, publicado en un diario popular, produjo un resultado pasmoso. A los dos días tuve que suspender provisionalmente la compra de estufas porque ya no tenía dónde ponerlas. En mi casa, las había hasta debajo de la cama. Mis economías se hallaban seriamente afectadas.

Cuando estaba decidido a no comprar una estufa más, llegó la señora vestida de negro, con el pequeño Arturo de la mano. Un carrito la seguía, conduciendo una estufa grande como un piano. Era una de aquellas Prometeo Familiar, orgullo de la casa Braun, dotada con ocho quemadores, horno para repostería, calentador automático para el agua y no sé cuántos aditamentos más. Desalentado, me llevé las manos a la cintura, y en esa actitud desapacible me sorprendió un trance decisivo.

La señora y yo no teníamos que cruzar sino las palabras indispensables acerca de la estufa. En todo caso, disponíamos de mil lugares comunes para sostener una conversación cualquiera. Pero nos extraviamos misteriosamente. Por el ancho camino de las palabras triviales y ordinarias, siguiendo un método sencillo de preguntas y respuestas, fuimos a dar a un desfiladero. Desembocamos de pronto en una de esas comedias que la vida improvisa en cualquier parte y que son obras maestras del azar, con un mínimo de texto.

Nuestra situación se hizo insoportable a fuerza de natural: éramos tres personajes convergentes y

un destino imperioso se apoderó de nosotros, dispuesto a manejarnos hasta un final ineludible. Yo me sentía conducido, aconsejado, mientras labraba y remachaba eslabones; frases inocentes que nos ligaban como cadenas.

En realidad, lo que yo estaba diciendo me lo sabía de memoria. Representaba mi propio personaje y no lo había hecho antes porque nadie me daba las réplicas exactas, aquellas que iban a disparar el mecanismo de mi alma.

Por fortuna, comprendimos muy pronto que nuestras dos partes formaban un diálogo perfecto y no era necesario repasarlo hasta el final. Ya tendríamos tiempo para eso. Lo que un poco antes habría parecido raro, difícil, imposible, quedó convertido en el más sencillo y natural de los posibles.

Llevo la vida de otros sobre las espaldas. El fantasma del señor Braun ha dejado de perseguirme. Rostros claros ocupan ahora el lugar de antiguos nubarrones.

Bajo la carga, me siento caminar con pies ligeros, no obstante mis cuarenta años cumplidos.

BESTIARIO

(1959)

A Arturo González Cosío

BESTIARIO

EL RINOCERONTE

El gran rinoceronte se detiene. Alza la cabeza.
Recula un poco. Gira en redondo y dispara su pieza
de artillería. Embiste como ariete, con un solo cuerno de toro blindado, embravecido y cegato, en arranque total de filósofo positivista. Nunca da en el blanco, pero queda siempre satisfecho de su fuerza. Abre
luego sus válvulas de escape y bufa a todo vapor.

(Cargados con armadura excesiva, los rinocerontes en celo se entregan en el claro del bosque a un
torneo desprovisto de gracia y destreza, en el que
sólo cuenta la calidad medieval del encontronazo.)

Ya en cautiverio, el rinoceronte es una bestia
melancólica y oxidada. Su cuerpo de muchas piezas
ha sido armado en los derrumbaderos de la prehis-
toria, con láminas de cuero troqueladas bajo la presión de los niveles geológicos. Pero en un momento
especial de la mañana, el rinoceronte nos sorprende:
de sus ijares enjutos y resecos, como agua que sale
de la hendidura rocosa, brota el gran órgano de vida
torrencial y potente, repitiendo en la punta los mo-
tivos cornudos de la cabeza animal, con variaciones
de orquídea, de azagaya y alabarda.

Hagamos entonces homenaje a la bestia endurecida y abstrusa, porque ha dado lugar a una leyenda
hermosa. Aunque parezca imposible, este atleta ru-

dimentario es el padre espiritual de la criatura poética que desarrolla en los tapices de la Dama, el tema del Unicornio caballeroso y galante.

Vencido por una virgen prudente, el rinoceronte carnal se transfigura, abandona su empuje y se agacela, se acierva y se arrodilla. Y el cuerno obtuso de agresión masculina se vuelve ante la doncella una esbelta endecha de marfil.

EL BISONTE

Tiempo acumulado. Un montículo de polvo impalpable y milenario; un reloj de arena, una morrena viviente: esto es el bisonte en nuestros días.

Antes de ponerse en fuga y dejarnos el campo, los animales embistieron por última vez, desplegando la manada de bisontes como un ariete horizontal. Pues evolucionaron en masas compactas, parecían modificaciones de la corteza terrestre con ese aire individual de pequeñas montañas; o una tempestad al ras del suelo por su aspecto de nubarrones.

Sin dejarse arrebatar por esa ola de cuernos, de pezuñas y de belfos, el hombre emboscado arrojó flecha tras flecha y cayeron uno por uno los bisontes. Un día se vieron pocos y se refugiaron en el último redil cuaternario.

Con ellos se firmó el pacto de paz que fundó nuestro imperio. Los recios toros vencidos nos entregaron el orden de los bovinos con todas sus reservas de carne y leche. Y nosotros les pusimos el yugo además.

De esta victoria a todos nos ha quedado un galardón: el último residuo de nuestra fuerza corporal, es lo que tenemos de bisonte asimilado.

Por eso, en señal de respetuoso homenaje, el primitivo que somos todos hizo con la imagen del bisonte su mejor dibujo de Altamira.

EL AVESTRUZ

A grito pelado, como un tubo de órgano profano, el cuello del avestruz proclama a los cuatro vientos la desnudez radical de la carne ataviada. (Carente de espíritu a más no poder, emprende luego con todo su cuerpo una serie de variaciones procaces sobre el tema del pudor y la desvergüenza.)

Más que pollo, polluelo gigantesco entre pañales. El mejor ejemplo sin duda para la falda más corta y el escote más bajo. Aunque siempre está a medio vestir, el avestruz prodiga sus harapos a toda gala superflua, y ha pasado de moda sólo en apariencia. Si sus plumas «ya no se llevan», las damas elegantes visten de buena gana su inopia con virtudes y perifollos de avestruz: el ave que se engalana pero que siempre deja la íntima fealdad al descubierto. Llegado el caso, si no esconden la cabeza, cierran por lo menos los ojos «a lo que venga». Con sin igual desparpajo lucen su liviandad de criterio y engullen cuanto se les ofrece a la vista, entregando el consumo al azar de una buena conciencia digestiva.

Destartalado, sensual y arrogante, el avestruz representa el mejor fracaso del garbo, moviéndose

siempre con descaro, en una apetitosa danza macabra. No puede extrañarnos entonces que los expertos jueces del Santo Oficio idearan el pasatiempo o vejamen de emplumar mujeres indecentes para sacarlas desnudas a la plaza.

INSECTIADA

Pertenecemos a una triste especie de insectos, dominada por el apogeo de las hembras vigorosas, sanguinarias y terriblemente escasas. Por cada una de ellas hay veinte machos débiles y dolientes.

Vivimos en fuga constante. Las hembras van tras de nosotros, y nosotros, por razones de seguridad, abandonamos todo alimento a sus mandíbulas insaciables.

Pero la estación amorosa cambia el orden de las cosas. Ellas despiden irresistible aroma. Y las seguimos enervados hacia una muerte segura. Detrás de cada hembra perfumada hay una hilera de machos suplicantes.

El espectáculo se inicia cuando la hembra percibe un número suficiente de candidatos. Uno a uno saltamos sobre ella. Con rápido movimiento esquiva el ataque y despedaza al galán. Cuando está ocupada en devorarlo, se arroja un nuevo aspirante.

Y así hasta el final. La unión se consuma con el último superviviente, cuando la hembra, fatigada y relativamente harta, apenas tiene fuerzas para decapitar al macho que la cabalga, obsesionado en su goce.

Queda adormecida largo tiempo triunfadora en su campo de eróticos despojos. Después cuelga del árbol inmediato un grueso cartucho de huevos. De allí nacerá otra vez la muchedumbre de las víctimas, con su infalible dotación de verdugos.

EL CARABAO

Frente a nosotros el carabao repasa interminablemente, como Confucio y Laotsé, la hierba frugal de unas cuantas verdades eternas. El carabao, que nos obliga a aceptar de una vez por todas la raíz oriental de los rumiantes.

Se trata simplemente de toros y de vacas, es cierto, y poco hay en ellos que justifique su reclusión en las jaulas de un parque zoológico. El visitante suele pasar de largo ante su estampa casi doméstica, pero el observador atento se detiene al ver que los carabaos parecen dibujados por Utamaro.

Y medita: mucho antes de las hordas capitaneadas por el Can de los Tártaros, las llanuras de occidente fueron invadidas por inmensos tropeles de bovinos. Los extremos de ese contingente se incluyeron en el nuevo paisaje, perdiendo poco a poco las características que ahora nos devuelve la contemplación del carabao: anguloso desarrollo de los cuartos traseros y profunda implantación de la cola, final de un espinazo saliente que recuerda la línea escotada de las pagodas; pelaje largo y lacio; estilización general de la figura que se acerca un tanto al reno

y al okapi. Y sobre todo los cuernos, ya francamente de búfalo: anchos y aplanados en las bases casi unidas sobre el testuz, descienden luego a los lados en una doble y amplia curvatura que parece escribir en el aire la redonda palabra *carabao*.

EL BUHO

Antes de devorarlas, el búho digiere mentalmente a sus presas. Nunca se hace cargo de una rata entera si no se ha formado un previo concepto de cada una de sus partes. La actualidad del manjar que palpita en sus garras va haciéndose pasado en la conciencia y preludia la operación analítica de un lento devenir intestinal. Estamos ante un caso de profunda asimilación reflexiva.

Con la aguda penetración de sus garfios el búho aprehende directamente el objeto y desarrolla su peculiar teoría del conocimiento. La *cosa en sí* (roedor, reptil o volátil) se le entrega no sabemos cómo. Tal vez mediante el zarpazo invisible de una intuición momentánea; tal vez gracias a una lógica espera, ya que siempre nos imaginamos el búho como un sujeto inmóvil, introvertido y poco dado a las efusiones cinegéticas de persecución y captura. ¿Quién puede asegurar que para las criaturas idóneas no hay laberintos de sombra, silogismos oscuros que van a dar en la nada tras la breve cláusula del pico? Comprender al búho equivale a aceptar esta premisa.

Armonioso capitel de plumas labradas que apoya una metáfora griega; siniestro reloj de sombra que marca en el espíritu una hora de brujería medieval: ésta es la imagen bifronte del ave que emprende el vuelo al atardecer y que es la mejor viñeta para los libros de filosofía occidental.

EL ELEFANTE

Viene desde el fondo de las edades y es el último modelo terrestre de maquinaria pesada, envuelto en su funda de lona. Parece colosal porque está construido con puras células vivientes y dotado de inteligencia y memoria. Dentro de la acumulación material de su cuerpo, los cinco sentidos funcionan como aparatos de precisión y nada se les escapa. Aunque de pura vejez hereditaria son ahora calvos de nacimiento, la congelación siberiana nos ha devuelto algunos ejemplares lanudos. ¿Cuántos años hace que los elefantes perdieron el pelo? En vez de calcular, vámonos todos al circo y juguemos a ser los nietos del elefante, ese abuelo pueril que ahora se bambolea al compás de una polka...

No. Mejor hablemos del marfil. Esa noble sustancia, dura y uniforme, que los paquidermos empujan secretamente con todo el peso de su cuerpo, como una material expresión de pensamiento El marfil, que sale de la cabeza y que desarrolla en el vacío dos curvas y despejadas estalactitas. En ellas, la paciente fantasía de los chinos ha labrado todos los sueños formales del elefante.

LA BOA

La proposición de la boa es tan irracional que seduce inmediatamente al conejo, antes de que pueda dar su consentimiento. Apenas si hace falta un masaje previo y una lubricación de saliva superficial.

La absorción se inicia fácilmente y el conejo se entrega en una asfixia sin pataleo. Desaparecen la cabeza y las patas delanteras. Pero a medio bocado sobrevienen las angustias de un taponamiento definitivo. En ayuda de la boa transcurren los últimos instantes de vida del conejo, que avanza y desaparece propulsado en el túnel costillar por cada vez más tenues estertores.

La boa se da cuenta entonces de que asumió un paquete de graves responsabilidades, y empieza la pelea digestiva, la verdadera lucha contra el conejo. Lo ataca desde la periferia al centro, con abundantes secreciones de jugo gástrico, embalsamándolo en capas sucesivas. Pelo, piel, tejidos y vísceras son cuidadosamente tratados y disueltos en el acarreo del estómago. El esqueleto se somete por último a un proceso de quebrantamiento y trituración, a base de contracciones y golpeteos laterales.

Después de varias semanas, la boa victoriosa, que ha sobrevivido a una larga serie de intoxicaciones, abandona los últimos recuerdos del conejo bajo la forma de pequeñas astillas de hueso laboriosamente pulimentadas.

LA HIENA

Animal de pocas palabras. La descripción de la hiena debe hacerse rápidamente y casi como al pasar: triple juego de aullidos, olores repelentes y manchas sombrías. La punta de plata se resiste, y fija a duras penas la cabeza de mastín rollizo, las reminiscencias de cerdo y de tigre envilecido, la línea en declive del cuerpo escurridizo, musculoso y rebajado.

Un momento. Hay que tomar también algunas huellas esenciales del criminal: la hiena ataca en montonera a las bestias solitarias, siempre en despoblado y con el hocico repleto de colmillos. Su ladrido espasmódico es modelo ejemplar de la carcajada nocturna que trastorna al manicomio. Depravada y golosa, ama el fuerte sabor de las carnes pasadas, y para asegurarse el triunfo en las lides amorosas, lleva un bolsillo de almizcle corrompido entre las piernas.

Antes de abandonar a este cerbero abominable del reino feroz, al necrófilo entusiasmado y cobarde, debemos hacer una aclaración necesaria: la hiena tiene admiradores y su apostolado no ha sido vano. Es tal vez el animal que más prosélitos ha logrado entre los hombres.

EL HIPOPÓTAMO

Jubilado por la naturaleza y a falta de pantano a su medida, el hipopótamo se sumerge en el hastío.

Potentado biológico, ya no tiene qué hacer junto al pájaro, la flor y la gacela. Se aburre enormemente y se queda dormido a la orilla de su charco, como un borracho junto a la copa vacía, envuelto en su capote colosal.

Buey neumático, sueña que pace otra vez las praderas sumergidas en el remanso, o que sus toneladas flotan plácidas entre nenúfares. De vez en cuando se remueve y resopla, pero vuelve a caer en la catatonia de su estupor. Y si bosteza, las mandíbulas disformes añoran y devoran largas etapas de tiempo abolido.

¿Qué hacer con el hipopótamo, si ya sólo sirve como draga y aplanadora de los terrenos palustres, o como pisapapeles de la historia? Con esa masa de arcilla original dan ganas de modelar una nube de pájaros, un ejército de ratones que las distribuyan por el bosque, o dos o tres bestias medianas, domésticas y aceptables. Pero no. El hipopótamo es como es y así se reproduce: junto a la ternura hipnótica de la hembra reposa el bebé sonrosado y monstruoso.

Finalmente, ya sólo nos queda hablar de la cola

del hipopótamo, el detalle amable y casi risueño que se ofrece como único asidero posible. Del rabo corto, grueso y aplanado que cuelga como una aldaba, como el badajo de la gran campana material. Y que está historiado con finas crines laterales, borla suntuaria entre el doble cortinaje de las ancas redondas y majestuosas.

EL AJOLOTE

Acerca de ajolotes sólo dispongo de dos informaciones dignas de confianza. Una: el autor de las *Cosas de la Nueva España;* otra: la autora de mis días.

¡Simillima mulieribus! Exclamó el atento fraile al examinar detenidamente las partes idóneas en el cuerpecillo de esta sirenita de los charcos mexicanos.

Pequeño lagarto de jalea. Gran gusarapo de cola aplanada y orejas de pólipo coral. Lindos ojos de rubí, el ajolote es un *lingam* de trasparente alusión genital. Tanto, que las mujeres no deben bañarse sin precaución en las aguas donde se deslizan estas imperceptibles y lucias criaturas. (En un pueblo cercano al nuestro, mi madre trató a una señora que estaba mortalmente preñada de ajolotes.)

Y otra vez Bernardino de Sahagún: «...y es carne delgada muy más que el capón y puede ser de vigilia. Pero altera los humores y es mala para la continencia. Dijéronme los viejos que comían axolotl asados que estos pejes venían de una dama principal que estaba con su costumbre, y que un señor de otro lugar la había tomado por fuerza y ella no quiso su descendencia, y que se había lavado luego

en la laguna que dicen Axoltitla, y que de allí vienen los acholotes».

Sólo me queda agregar que Nemilov y Jean Rostand se han puesto de acuerdo y señalan a la ajolota como el cuarto animal que en todo el reino padece el ciclo de las catástrofes biológicas más o menos menstruales.

Los tres restantes son la hembra del murciélago, la mujer, y cierta mona antropoide.

LOS MONOS

Wolfgang Köhler perdió cinco años en Tetuán tratando de hacer pensar a un chimpancé. Le propuso, como buen alemán, toda una serie de trampas mentales. Lo obligó a encontrar la salida de complicados laberintos; lo hizo alcanzar difíciles golosinas, valiéndose de escaleras, puertas, perchas y bastones. Después de semejante entrenamiento, Momo llegó a ser el simio más inteligente del mundo; pero fiel a su especie distrajo todos los ocios del psicólogo y obtuvo sus raciones sin trasponer el umbral de la conciencia. Le ofrecían la libertad, pero prefirió quedarse en la jaula.

Ya muchos milenios antes (¿cuántos?), los monos decidieron acerca de su destino oponiéndose a la tentación de ser hombres. No cayeron en la empresa racional y siguen todavía en el paraíso: caricaturales, obscenos y libres a su manera. Los vemos ahora en el zoológico, como un espejo depresivo: nos miran con sarcasmo y con pena, porque seguimos observando su conducta animal.

Atados a una dependencia invisible, danzamos al son que nos tocan, como el mono de organillo. Buscamos sin hallar las salidas del laberinto en que caímos, y la razón fracasa en la captura de inalcanzables frutas metafísicas.

La dilatada entrevista de Momo y Wolfgang Köhler ha cancelado para siempre toda esperanza, y acabó en otra despedida melancólica que suena a fracaso.

(El *homo sapiens* se fue a la universidad alemana para redactar el célebre tratado sobre la inteligencia de los antropoides, que le dio fama y fortuna, mientras Momo se quedaba para siempre en Tetuán, gozando una pensión vitalicia de frutas al alcance de su mano.)

CANTOS DE MAL DOLOR

A veces pienso que ella es lo único que existe. Pero ya es bastante, me atarea, me desborda; yo veo su fuerza atroz, unida a la inescrutable malicia que la vigoriza.

Esta cosa inescrutable es, principalmente, lo que yo odio, y ya sea la ballena blanca agente, ya actúe por su propia cuenta, lo cierto es que yo descargo ese odio sobre ella.

Moby Dick, XXXVI

LOCO DOLENTE

Se participa a quien corresponde que ha cesado la búsqueda. Por acuerdo unánime y definitivo el Comité suspende las actividades encaminadas al hallazgo, después de que las últimas brigadas sentimentales se perdieron para siempre en la Selva de los Malentendidos, entre las páginas de la novela rosa y el Mar de los Sargazos. Una sonrisa, unos ojos, un olor que flotaban aquí y allá, han sido finalmente arrojados a la fosa común.

En vez de acogerlas con la benevolencia de antaño, música de laúd y otras zalamerías, el Comité se propone llevar a los tribunales por el delito de suplantación de persona a todas las mentirosas, y pone en entredicho desde ahora a los psiquiatras, cirujanos plásticos y demás profesionistas que intervengan en la superchería.

Por otra parte, se agradece cumplidamente a las criaturas del pasado que de buena o mala fe trataron de facilitar o de complicar esta búsqueda, proporcionando pistas falsas y patrocinando imposturas. Muy especialmente se menciona aquí a los señores Otto Weininger, Paul Claudel y Rainer Maria Rilke, porque con solicitud verdaderamente amistosa quisieron evitar al Comité penas y extravíos, poniendo a su disposición todo un acervo de conocimientos

en la materia, así como su valioso consejo. A ellos y a otros amantes menores, la más cordial obligación.

El Comité suspende la búsqueda, pero no desaparece. Olvidando su tradicional romanticismo, entra al terreno francamente comercial y se dedicará en adelante a la publicación opuscular de epistolarios, relaciones, diarios íntimos, Infierno de Enamorados, cuadernos de bitácora, lenguaje de las flores, mapas y cartas de marear, así como a la fabricación de amuletos, agujas marciales, péndulos radiestésicos, brújulas, rompecabezas, computadoras, bebedizos, contadores Geiger, sismógrafos, imanes, copios, teles y micros, para uso de aquellos que todavía en nuestros días siguen buscando con ahínco y fuera de sí un ilusorio complemento.

Para dar cima a sus actividades de arrepentimiento y contrición, el Comité se propone agotar todos los ingresos obtenidos y erigir un grandioso cenotafio o cenobio en honor de la persona desconocida, que probablemente se convierta en santuario para los peregrinos y turistas que acepten honradamente, en reclusión devota, la soledad radical de sus espasmos.

En la medida que lo permitan las reminiscencias literarias y arqueológicas, así como la cuantía de los fondos disponibles, el cenotafio, entre un dédalo de acequias y jardines, tratará de parecerse lo más posible a la tumba de Mausolo.

CASUS CONSCIENTIAE

Tu sangre derramada está clamando venganza. Pero en mi desierto ya no caben espejismos. Soy un alienado. Todo lo que me acontece ahora en la vigilia y en el sueño se resuelve y cambia de aspecto bajo la luz ambigua que esparce la lámpara en el gabinete del psicoanalista.

Yo soy el verdadero asesino. El otro ya está en la cárcel y disfruta todos los honores de la justicia mientras yo naufrago en libertad.

Para consolarme, el analista me cuenta viejas historias de errores judiciales. Por ejemplo, la de que Caín no es culpable. Abel murió abrumado por su complejo edípico y el supuesto homicida asumió la quijada de burro con estas enigmáticas palabras: «¿Acaso soy yo el superego de mi hermano?» Así justificó un drama primitivo de celos familiares, lleno de reminiscencias infantiles, que la Biblia encubre con el simple propósito de ejercitar la perspicacia de los exploradores del inconsciente. Para ellos, todos somos abeles y caínes que en alguna forma intercambian y enmascaran su culpa.

Pero yo no me doy por vencido. No puedo expiar mi pecado de omisión y llevo este remordimiento agudo y limpio como una hoja de puñal: me fue transmitido literalmente, de generación en generación, el instrumento del crimen. Y no he sido yo quien derramó tu sangre.

KALENDA MAYA

A Midsummer Night's Dream

En larguísimos túneles sombríos duermen las niñas alineadas como botellas de champaña. Los maléficos ángeles del sueño las repasan en silencio. Golosos catadores, prueban una por una las almas en agraz, les ponen sus gotas de alcohol o de acíbar, sus granos de azúcar. Así se van yendo por su lado las brutas, las demisecas y las dulces un día todas burbujeantes y núbiles. A las más exaltadas les aseguran el tapón de corcho con alambres, para sorprender a los ingenuos la noche del balazo

Viene luego la promiscuidad de los brindis, conforme van saliendo las cosechas al mercado. Hay que compartir el amor, porque es una fermentación morbosa, se sube pronto a la cabeza, y nadie puede consumir una mujer entera. ¡*Kalenda maya!* La fiesta continúa, mientras ruedan por el suelo las botellas vacías.

Sí, la fiesta continúa en la superficie. Pero allá, en las profundidades del sótano, sueñan las niñas con funestas alegorías, preparadas por espíritus malignos. Silenciosos entrenadores las ejercitan con sabios masajes, las inician en equivocados juegos. Pero sobre todo, les oprimen el pecho hasta asfixiarlas, para que puedan soportar el peso de los hombres y siga la comedia, la pesadilla del cisne tenebroso.

HOMENAJE A JOHANN JACOBI BACHOFEN

Divina Psiquis, dulce mariposa invisible.

R. D.

Abrumado por las diosas madres que lo ahogaban telúricas en senos pantanosos, el hombre dio un paso en seco y puso en su lugar para siempre a las mujeres. ¿Para siempre?

El antropopiteco empezó a erguirse cada vez más, vacilante en dos pies, como un niño, como un borracho de nuestros días. Pero poco a poco se le fue asentando la cabeza y caminó paso a paso al pensamiento conceptual. Ella, en cambio, tardó mucho tiempo en adoptar la posición erecta, sobre todo por razones de embarazo y de pecho. Entre tanto, perdió estatura, fuerza y desarrollo craneano.

El troglodita amplió su concepción del mundo alejándose cada vez más de la húmeda caverna, desdeñando una dieta monótona y vegetariana. Sin embargo, después de sus vagabundeos, volvía ya entrada la noche dando como disculpa pequeños trofeos de caza y pesca, así como juguetes para los niños. Cuando llegaba con las manos vacías, ebrio de aventuras y contemplaciones, ante los gruñidos de reclamo y descontento, su espíritu desarrolló el recurso del pulgar oponible, origen de todas las técnicas, haciendo el ademán característico que ha llegado hasta nosotros como signo injurioso: las higas caras a Santa Teresa y a Góngora.

Entre este párrafo y el anterior, hay un período,

una laguna histórica que es muy difícil llenar, porque arqueólogos y antropólogos no se han puesto de acuerdo y vacilan mucho en sus milenios. Digamos estéticamente que se trata del lapso que separa las esteatitas, las rocas serpentinas y los cantos rodados del auriñaciense, de las esculturas policromadas por el artista de Tel El Amarna.

Dueño ya de su lenguaje y en plena literatura fantástica, el hombre sepultó para siempre en su memoria a la Venus de Willendorf. Hizo nacer de su costado a la Eva sumisa y fue padre de su madre en el sueño neurótico de Adán...

¿Para siempre? ¡Cuidado! Estamos en pleno cuaternario. La mujer esteatopigia no puede ocultar ya su resentimiento. Anda ahora libre y suelta por las calles, idealizada por las cortes de amor, nimbada por la mariología, ebria de orgullo, virgen, madre y prostituta, dispuesta a capturar la dulce mariposa invisible para sumergirla otra vez en la remota cueva marsupial.

HOMENAJE A REMEDIOS VARO

Aunque la iglesia ha desautorizado la leyenda de San Jorge y ahora corre exclusivamente por cuenta y riesgo de Jacobo de Vorágine, no faltan héroes dispuestos a salvar a la princesa.

Hay un caso ejemplar. La doncella inexperta estaba a punto de caer en las fauces de un tipo con facha de dragón, lengua relampagueante y chaleco de fantasía. En vez de echar mano a la espada, el hijodalgo guardó las distancias y desfizo el entuerto de una manera ingeniosa. Se colocó frente al dragón, es cierto, pero de modo que la dama quedara de por medio, equidistante. Y cuando ella iba a dar el paso decisivo hacia la bestia mitológica, ayudado por un grupo de sacripantes, el doncel arrastró a la indecisa hasta el nido de murciélagos donde cobró inmediatamente el precio de su fama, como suelen hacer tales héroes (exceptuando a San Jorge, aunque ya vimos que su aventura es apócrifa).

Cuentan las malas lenguas que el joven protagonista de nuestra historia escapó de un cuadro de Remedios, que tiene hábitos de vampiro y se ha dedicado a chuparle la sangre a la princesa: mariposa a quien salvó de la muerte de fuego.

LA NOTICIA

Yo acariciaba las estatuas rotas...
C. P.

El golpe fue tan terrible que para no caer tuve que apoyarme en la historia. Sin venir al caso me vi en la tina de baño, sarnoso Marat frente a Carlota Corday.

El suelo se me ha ido de los pies y la memoria en desorden me coloca en puras situaciones infames. Soy por Margarita de Borgoña arrojado en un saco al Sena, Teodora me manda degollar en el hipódromo, Coatlicue me asfixia bajo su falda de serpientes... Alguien me ofrece al pie de un árbol la fruta envenenada. Ciego de cólera derribé las columnas de Sansón sobre una muchedumbre de cachondas filisteas. (Afortunadamente siempre he llevado largos los cabellos, por las dudas.)

Una procesión de cornudos ilustres me pasó por la cabeza y yo elegí entre todos a Urías el hitita. Valientemente me puse a su lado en la primera línea del combate, mientras David se acostaba con Betsabé. Y nos dimos la mano, moribundos.

Finalmente me refugié en el rapto de las sabinas. Y allí, entre una bárbara confusión de cabelleras, brazos, piernas y alaridos, me hice el perdedizo. Dejé que se las llevaran a todas, tranquilamente, y la que estaba dándome la noticia se convirtió en un fantasma incoloro.

Como los romanos adoptaron hasta las niñas recién nacidas, la historia de nuestro pueblo concluye felizmente en la anécdota del rapto. No más asuntos de mujeres.

El fantasma incoloro que estaba dándome la noticia desapareció por completo y yo me considero, con justa razón, el último representante de la estirpe sabina.

De vez en cuando abandono mi soledad hombruna, paseo vagamente por las ruinas del Imperio y acaricio en sueños las estatuas rotas...

NAVIDEÑA

La niña fue a la Posada con los ojos vendados para romper la piñata, pero la quebraron a ella. Iba con traje de fiesta, en cuerpo de tentación y alma de consentimiento.

(Como buen psiquiatra, un amigo mío ha explicado este afán mexicano de romper vasijas de barro llenas de fruta y previamente engalanadas con perifollos de papel de china y oropeles, de la siguiente manera: un rito de fertilidad que contradice la melancolía de diciembre. La piñata es un vientre repleto; los nueve días festivos corresponden a otros tantos meses de embarazo; el palo agresor es un odioso símbolo sexual; la venda en los ojos, la ceguera del amor y etcétera, etcétera, pero volvamos a nuestro cuento.)

Ibamos en que descalabraron a la niña, en plena Posada...

(Nos hizo falta agregar que las piñatas, según el criterio apuntado, adoptan toda clase de formas para satisfacer el impulso agresivo de los niños en contra de sus seres queridos: palomitas, toritos, borriquitas, naves espaciales y pierrots y colombinas.)

Con el palo, en plena Posada. Y hubo cubas libres

de por medio. ¿Cómo acaba la historia? Tendremos que esperar unos meses para saberlo. Puede ser feliz, si la niña da con puntualidad su fruta de piñata. Así tendrá su apoyo casi metafísico la tesis de mi amigo el psiquiatra, destacado autor de cuentos de Navidad.

DE CETRERIA

Qu'il en découvre quelqu'une statim adest.

P. C.

Te ha cazado el gerifalte. El halcón palumbario que llenó mi espíritu de duelo, planeaba desde hace tiempo sobre el paisaje. Pero no creí que la retórica de sus giros egocéntricos pudiera mover tu corazón.

He pasado mi vida entre las nubes y amo todavía las criaturas que se defienden y huyen. (Guardo en la memoria el fantasma de una paloma inalcanzable que palpita para mí.) Hacia ella sigo volando, cada vez con menos brío. De noche, cavilo entre la rapiña y la ternura en un paisaje de rocas vacías.

El pájaro de presa cayó sobre ti como de rayo, en tu penúltimo descuido, mientras yo meditaba en la áspera montaña.

Pero algo debe ser dicho en son de disculpa y a favor del gerifalte: tu alma exhalaba un tenue vaho de incertidumbre...

EL REY NEGRO

J'ai aux échecs joué devant Amours.

Charles d'Orléans

Yo soy el tenebroso, el viudo, el inconsolable que sacrificó su última torre para llevar un peón femenino hasta la séptima línea, frente al alfil y el caballo de las blancas.

Hablo desde mi base negra. Me tentó el demonio en la hora tórrida, cuando tuve por lo menos asegurado el empate. Soñé la coronación de una dama y caí en un error de principiante, en un doble jaque elemental...

Desde el principio jugué mal esta partida: debilidades en la apertura, cambio apresurado de piezas con clara desventaja... Después entregué la calidad para obtener un peón pasado: el de la dama. Después...

Ahora estoy solo y vago inútil por el tablero de blancas noches y de negros días, tratando de ocupar casillas centrales, esquivando el mate de alfil y caballo. Si mi adversario no lo efectúa en un cierto número de movimientos, la partida es tablas. Por eso sigo jugando, atenido en última instancia al Reglamento de la Federación Internacional de Ajedrez, que a la letra dice:

Artículo 12.º La partida es Tablas:

Inciso 4) Cuando un jugador demuestra que cincuenta jugadas por lo menos han sido realizadas por ambas partes sin que haya tenido lugar captura alguna de pieza ni movimiento de peón.

El caballo blanco salta de un lado a otro, sin ton ni son, de aquí para allá y de allá para acá. ¿Estoy salvado? Pero de pronto me acomete la angustia y comienzo a retroceder inexplicablemente hacia uno de los rincones fatales.

Me acuerdo de una broma del maestro Simagin: El mate de alfil y caballo es más fácil cuando uno no sabe darlo y lo consigue por instinto, por una implacable voluntad de matar.

La situación ha cambiado. Aparece en el tablero el triángulo de Delétang y yo pierdo la cuenta de las movidas. Los triángulos se suceden uno tras otro, hasta que me veo acorralado en el último. Ya no tengo sino tres casillas para moverme: uno caballo rey, y uno y dos torre.

Me doy cuenta entonces de que mi vida no ha sido más que una triangulación. Siempre elijo mal mis objetos amorosos y los pierdo uno tras otro, como el peón de siete dama. Ahora tres figuras me acometen: rey, alfil y caballo. Ya no soy vértice alguno. Soy un punto muerto en el triángulo final. ¿Para qué seguir jugando? ¿Por qué no me dejé dar el mate del pastor? ¿O de una vez el del loco? ¿Por qué no caí en una variante de Légal? ¿Por qué no me mató Dios mejor en el vientre de mi madre, dejándome encerrado allí como en la tumba de Filidor?

Antes de que me hagan la última jugada decido inclinar mi rey. Pero me tiemblan las manos y lo derribo del tablero. Gentilmente, mi joven adversario lo recoge del suelo, lo pone en su lugar y me mata en uno torre, con el alfil.

Ya nunca más volveré a jugar al ajedrez. Palabra de amor. Dedicaré los días que me quedan de ingenio al análisis de las partidas ajenas, a estudiar finales de reyes y peones, a resolver problemas de mate en tres, siempre y cuando en ellos sea obligatorio el sacrificio de la dama.

A Enrique Palos Báez

HOMENAJE A OTTO WEININGER

*Con una referencia biológica del barón
Jacob von Uexküll*

Al rayo del sol, la sarna es insoportable. Me quedaré aquí en la sombra, al pie de este muro que amenaza derrumbarse.

Como a buen romántico, la vida se me fue detrás de una perra. La seguí con celo entrañable. A ella, la que tejió laberintos que no llevaron a ninguna parte. Ni siquiera al callejón sin salida donde soñaba atraparla. Todavía hoy, con la nariz carcomida, reconstruí uno de esos itinerarios absurdos en los que ella iba dejando, aquí y allá, sus perfumadas tarjetas de visita.

No he vuelto a verla. Estoy casi ciego por la pitaña. Pero de vez en cuando vienen los malintencionados a decirme que en este o en aquel arrabal anda volcando embelesada los tachos de basura, pegándose con perros grandes, desproporcionados

Siento entonces la ilusión de una rabia y quiero morder al primero que pase y entregarme a las brigadas sanitarias. O arrojarme en mitad de la calle a cualquier fuerza aplastante. (Algunas noches, por cumplir, ladro a la luna.)

Y me quedo siempre aquí, roñoso. Con mi lomo de lija. Al pie de este muro cuya frescura socavo lentamente. Rascándome, rascándome...

METAMORFOSIS

Como un meteoro capaz de resplandecer con luz propia a mediodía, como un joyel que contradice de golpe a todas las moscas de la tierra que cayeron en un plato de sopa, la mariposa entró por la ventana y fue a naufragar directamente en el caldillo de lentejas.

Deslumbrado por su fulgor instantáneo (luego disperso en la superficie grasienta de la comida casera), el hombre abandonó su rutina alimenticia y se puso inmediatamente a restaurar el prodigio. Con paciencia maniática recogió una por una las escamas de aquel tejado infinitesimal, reconstruyó de memoria el dibujo de las alas superiores e inferiores, devolviendo su gracia primitiva a las antenas y a las patitas, vaciando y rellenando el abdomen hasta conseguir la cintura de avispa que lo separa del tórax, eliminando cuidadosamente en cada partícula preciosa los más ínfimos residuos de manteca, desdoro y humedad.

La sopa lenta y conyugal se enfrió definitivamente. Al final de la tarea, que consumió los mejores años de su edad, el hombre supo con angustia que

había disecado un ejemplar de mariposa común y corriente, una *Aphrodita vulgaris maculata* de esas que se encuentran por millares, clavada con alfileres toda la gama de sus mutaciones y variantes, en los más empolvados museos de historia natural y en el corazón de todos los hombres.

COCKTAIL PARTY

«¡Me divertí como loca!», dijo Monna Lisa con su voz de falsete, y ante ella se extasiaron reverentes los imbéciles en coro de ranas boquiabiertas. Su risa dominaba los salones del palacio como el chorro solista de una fuente insensata. (Esa noche en que las aguas de amargura penetraron hasta mis huesos.)

«¡Me divertí como loca!» Yo asistía a la reunión en calidad de representante del espíritu, y recibía a cada paso los parabienes, los apretones de mano, los canapés de caviar y los cigarrillos, previa exhibición de mis credenciales. (En realidad había ido solamente por ver a Monna Lisa.) «¿Qué pinta usted por ahora?» Los monstruos de brocado y pedrería iban y venían en el acuario de humo, de arrayán venenoso y gorgoritos. Ciego de cólera y haciendo brillar mis linternas de fósforo en la sombra, quise atraer la atención de Monna Lisa hacia las grandes profundidades. Pero ella sólo picaba en anzuelos superficiales, y los elegantes de verbo ampuloso la devoraban con los ojos.

«¡Me divertí como loca!» Finalmente tuve que esconderme en un rincón de la fiesta, rodeado por falsos discípulos, con mi vaso de cicuta en la mano. Una señora de edad se acercó para decirme que quería tener en su casa algo mío: un pastel de sorpresa

para su próximo banquete, una tina de baño con llave mezcladora para el agua caliente, o unas estatuas de nieve, como esas tan lindas que Miguel Angel modela los inviernos en el palacio Médicis. En mi calidad de representante del espíritu ignoré cortésmente todas las insinuaciones de la señora, pero la asistí en su parto de difíciles ideas. Me quedé un rato más, hasta apurar las heces de mi último jaibol y tuve ocasión de despedirme de Monna Lisa. En el umbral de la puerta, con el rostro perdido en su abrigo de pieles me confesó sinceramente, así entre nos, que se había divertido como loca.

LA TRAMPA

Hay un pájaro que vuela en busca de su jaula.

F. Kafka

Cada vez que una mujer se acerca turbada y definitiva, mi cuerpo se estremece de gozo y mi alma se magnifica de horror.

Las veo abrirse y cerrarse. Rosas inermes o flores carniceras, en sus pétalos funcionan goznes de captura: párpados tiernos, suavemente aceitados de narcótico. (En torno a ellas, zumba el enjambre de jóvenes moscardones pedantes.)

Y caigo en almas de papel insecticida, como en charcos de jarabe. (Experto en tales accidentes, despego una por una mis patas de libélula. Pero la última vez, quedé con el espinazo roto.) Y aquí voy volando solo.

Sibilas mentirosas, ellas quedan como arañas enredadas en su tela. Y yo sigo otra vez volando solo, fatalmente, en busca de nuevos oráculos.

¡Oh Maldita, acoge para siempre el grito del espíritu fugaz, en el pozo de tu carne silenciosa!

CABALLERO DESARMADO

Yo no podía quitarme semejantes ideas de la cabeza. Pero un día mi amigo el arcángel, al doblar una esquina y sin darme tiempo siquiera de saludarlo, me cogió por los cuernos y levantándome del suelo con sinceridad de atleta, me hizo dar en el aire una vuelta de carnero. Las astas se rompieron al ras de la frente (*tour de force magnifique*), y yo caí de bruces, cegado por la doble hemorragia. Antes de perder el conocimiento esbocé un gesto de gratitud hacia el amigo que se escapaba corriendo y gritándome excusas.

El proceso de cicatrización fue lento y doloroso, aunque yo traté de acelerarlo lavándome a diario las heridas con un poco de sosa cáustica disuelta en aguas de Leteo.

Volví a ver hoy al arcángel, en ocasión de mi cuadragésimo cumpleaños. Con gesto exquisito me trajo mis cuernos de regalo, montados ahora en un hermoso testuz de terciopelo. Instintivamente los coloqué en la cabecera de mi lecho como un símbolo práctico y funcional: de ellos he colgado esta noche, antes de acostarme, todos mis arreos de juventud.

POST SCRIPTUM

Ya con el cañón de la pistola en la boca, apoyado contra el paladar, entre un aceitoso y frío sabor de acero pavonado, sentí la náusea incoercible que me producen todas las frases hechas. «A nadie...»

No temas. No voy a poner aquí tu nombre, tú a quien debo la muerte. La muerte melancólica que me diste hace un año y que yo aplacé lúcidamente para no morir como un loco. ¿Te acuerdas? Me dejaste solo. Boxeador noqueado en su esquina, con la cabeza metida en un cubo de hielo.

Es cierto. Bajo el golpe me sentí desfigurado, confuso, indefinible. Y todavía me veo caminar falsamente, cruzando la calle con el cigarro apagado en la boca, hasta el poste de enfrente.

Llegué a mi casa borracho, volviendo el estómago. De bruces en el lavabo, levanté la cabeza y me vi en el espejo. Tenía una cara de Greco. De bobo de Toledo. Y no quise morirme con ella. Destruyendo esa máscara se me fue todo un año. He recuperado mis facciones, una por una, posando para el cincel de la muerte.

Hay condenados que se salvan en capilla. Yo parezco uno de ésos. Pero no voy a escapar. Disfruto el aplazamiento con los rigores de estilo. Y aquí estoy, todavía vivo, bloqueado por una frase: «no se culpe a nadie...»

LA LENGUA DE CERVANTES

Tal vez la pinté demasiado Fra Angélico. Tal vez me excedí en el color local de paraíso. Tal vez sin querer le di la pista entre el catálogo de sus virtudes, mientras vaciábamos los tarros de cerveza con pausas de jamón y chorizo. El caso es que mi amigo halló bruscamente la clave, la expresión castiza, dura y roma como un puñal manoseado por generaciones de tahúres y rufianes, y me clavó sin más ¡puta! en el corazón sentimental; escamoteando la palabrota en un rojo revuelo de muleta: la gran carcajada española que hizo estallar su cinturón de cuero ante el empuje monumental de una barriga de Sancho que yo no había advertido jamás.

BALADA

El gavilán que suelta su tórtola en el aire y gana las alturas con el estómago vacío; el barquero que tira por la borda el cargamento y recobra su línea de flotación; el bandido que arroja la bolsa en su carrera y se salva por piernas de la fortuna o de la horca; el primitivo aeronauta que corta para siempre las amarras de su globo y saluda y se despide desde la canastilla agitando su sombrero de copa sobre la muchedumbre pedestre. Todos me dicen: mira tu paloma.

Ya puede ser del chivo, del puerco, del caimán y del caballo.

El que abriéndose las venas en la tina de baño dio por fin rienda suelta a sus rencores; el que cambió de opinión en la mañana llena de estupor y en vez de afeitarse hundió la navaja al pie de la jabonadura (afuera, en el comedor, lo esperaba el desayuno envenenado por la rutina de todos los días); los que de un modo o de otro se mataron de amor o de rabia, y los que se fueron por el ábrete sésamo de la locura, me están mirando y me dicen con la sonrisa extraviada: mira tu paloma.

Ya puede ser del chivo, del puerco, del caimán y del caballo.

Mírala desde el vértice del amor propio, girando en barrena, dándolo todo al diablo, descendiendo con pocas alas y con mucho bodrio.

Mírala cumpliendo con la íntima ley de su gravedad, cayendo en la piara, enganchándose en los cuernos, entrando por el hocico empedrado de colmillos, yaciendo en los lomos calientes y desnudos. Desplumada ya por los pinches, espetada en el asador del cocinero indecente; trufada de anécdotas para el regocijo de los bergantes y el usufructo de los follones.

Ya puede ser del chivo, del puerco, del caimán y del caballo.

ENVÍO

Amor mío: todas las pescaderías y las carnicerías del mundo me han enviado hoy en tu carta sus reservas de materiales podridos. Naufrago en una masa de gusanos aplastados, y con los ojos llenos de lágrimas inmundas empaño el azul purísimo del cielo.

Ya puedes tú ser del chivo, del puerco, del caimán y del caballo.

TU Y YO

Adán vivía feliz dentro de Eva en un entrañable paraíso. Preso como una semilla en la dulce sustancia de la fruta, eficaz como una glándula de secreción interna, adormilado como una crisálida en el capullo de seda, profundamente replegadas las alas del espíritu.

Como todos los dichosos, Adán abominó de su gloria y se puso a buscar por todas partes la salida. Nadó a contracorriente en las densas aguas de la maternidad, se abrió paso a cabezas en su túnel de topo y cortó el blando cordón de su alianza primitiva.

Pero el habitante y la deshabitada no pudieron vivir separados. Poco a poco, idearon un ceremonial lleno de nostalgias prenatales, un rito íntimo y obsceno que debía comenzar con la humillación consciente por parte de Adán. De rodillas como ante una diosa, suplicaba y depositaba toda clase de ofrendas. Luego, con voz cada vez más urgente y amenazante, emprendía un alegato favorable al mito del eterno retorno. Después de hacerse mucho rogar, Eva lo levantaba del suelo, esparcía la ceniza de sus cabellos, le quitaba las ropas de penitente y lo incluía parcialmente en su seno. Aquello fue el éxtasis. Pero el acto de magia imitativa dio muy malos re-

sultados en lo que se refiere a la propagación de la especie. Y ante la multiplicación irresponsable de adanes y evas que traería como consecuencia el drama universal, una y otro fueron llamados a cuentas. (Con su mudo clamor, todavía estaba fresca en el suelo la sangre de Abel.)

Ante el tribunal supremo, Eva se limitó, entre cínica y modesta, a hacer una exhibición más o menos velada de sus gracias naturales, mientras recitaba el catecismo de la perfecta casada. Las lagunas del sentimiento y las fallas de la memoria fueron suplidas admirablemente por un extenso repertorio de risitas, arrumacos y dengues. Finalmente, hizo una espléndida pantomima del parto doloroso.

Adán, muy formal por su parte, declamó un extenso resumen de historia universal, convenientemente expurgado de miserias, matanzas y dolos. Habló del alfabeto y de la invención de la rueda, de la odisea del conocimiento, del progreso de la agricultura y del sufragio femenino, de los tratados de paz y de la lírica provenzal...

Inexplicablemente, nos puso a ti y a mí como ejemplo. Nos definió como pareja ideal y me hizo el esclavo de tus ojos. Pero de pronto hizo brillar, ayer mismo, esa mirada que viniendo de ti, por siempre nos separa.

EL ENCUENTRO

Dos puntos que se atraen, no tienen por qué elegir forzosamente la recta. Claro que es el procedimiento más corto. Pero hay quienes prefieren el infinito.

Las gentes caen unas en brazos de otras sin detallar la aventura. Cuando mucho, avanzan en zigzag. Pero una vez en la meta corrigen la desviación y se acoplan. Tan brusco amor es un choque, y los que así se afrontaron son devueltos al punto de partida por un efecto de culata. Demasiado proyectiles, su camino al revés los incrusta de nuevo, repasando el cañón, en un cartucho sin pólvora.

De vez en cuando, una pareja se aparta de esta regla invariable. Su propósito es francamente lineal, y no carece de rectitud. Misteriosamente, optan por el laberinto. No pueden vivir separados. Esta es su única certeza, y van a perderla buscándose. Cuando uno de ellos comete un error y provoca el encuentro, el otro finge no darse cuenta y pasa sin saludar.

DAMA DE PENSAMIENTOS

Esa te conviene, la dama de pensamientos. No hace falta consentimiento ni cortejo alguno. Sólo, de vez en cuando, una atenta y encendida contemplación.

Toma una masa homogénea y deslumbrante, una mujer cualquiera (de preferencia joven y bella), y alójala en tu cabeza. No la oigas hablar. En todo caso, traduce los rumores de su boca en un lenguaje cabalístico donde la sandez y el despropósito se ajusten a la melodía de las esferas.

Si en las horas más agudas de tu recreación solitaria te parece imprescindible la colaboración de su persona, no te des por vencido. Su recuerdo imperioso te conducirá amablemente de la mano a uno de esos rincones infantiles en que te aguarda, sonriendo malicioso, su fantasma condescendiente y trémulo.

TEORIA DE DULCINEA

En un lugar solitario cuyo nombre no viene al caso hubo un hombre que se pasó la vida eludiendo a la mujer concreta.

Prefirió el goce manual de la lectura, y se congratulaba eficazmente cada vez que un caballero andante embestía a fondo uno de esos vagos fantasmas femeninos, hechos de virtudes y faldas superpuestas, que aguardan al héroe después de cuatrocientas páginas de patrañas, embustes y despropósitos.

En el umbral de la vejez, una mujer de carne y hueso puso sitio al anacoreta en su cueva. Con cualquier pretexto entraba al aposento y lo invadía con un fuerte aroma de sudor y de lana, de joven mujer campesina recalentada por el sol.

El caballero perdió la cabeza, pero lejos de atrapar a la que tenía enfrente, se echó en pos a través de páginas y páginas, de un pomposo engendro de fantasía. Caminó muchas leguas, alanceó corderos y molinos, desbarbó unas cuantas encinas y dio tres o cuatro zapatetas en el aire. Al volver de la búsqueda infructuosa, la muerte le aguardaba en la

puerta de su casa. Sólo tuvo tiempo para dictar un testamento cavernoso, desde el fondo de su alma reseca.

Pero un rostro polvoriento de pastora se lavó con lágrimas verdaderas, y tuvo un destello inútil ante la tumba del caballero demente.

EPITALAMIO

La amada y el amado dejaron la habitación hecha
un asco, toda llena de residuos amorosos. Adornos
y pétalos marchitos, restos de vino y esencias derra-
madas. Sobre el lecho revuelto, encima de la profunda alteración de las almohadas, como una nube
de moscas flotan palabras más densas y cargadas
que el áloe y el incienso. El aire está lleno de te
adoro y de paloma mía.

Mientras aseo y pongo en orden la alcoba, la
brisa matinal orea con su lengua ligera pesadas masas de caramelo. Sin darme cuenta he puesto el pie
sobre la rosa en botón que ella llevaba entre sus
pechos. Doncella melindrosa, me parece que la oigo
cómo pide mimos y caricias, desfalleciente de amor.
Pero ya vendrán otros días en que se quedará sola
en el nido, mientras su amado va a buscar la nove-
dad de otros aleros.

Lo conozco. Me asaltó no hace mucho en el bosque, y sin hacer frases ni rodeos me arrojó al suelo
y me hizo suya. Como un leñador divertido que pasa
cantando una canción obscena y siega de un tajo
el tallo de la joven palmera.

ALLONS VOIR SI LA ROSE...

Al grito de guerra: «¡Cortemos desde ahora las rosas de la vida!», Pedro de Ronsard asoló los jardines de Francia en la segunda mitad del dieciséis, desflorando de *mignonnes y mignonnettes* las riberas del Loira y del Cher.

Su fama de poeta ha opacado el prestigio que ostentó en su tiempo como el más hábil desatador de corpiños, bragas y zagalejos. Fue en realidad el mejor coleccionista de rosas vivas, el morboso herbolario ambulante de los senderos campestres, el cambalachero retórico que daba sonetos y madrigales por virgos en flor.

Cuando le falló el contraste de la rosa marchita junto a la mejilla aldeana, sacaba su calavera de pastiche y se iba a la sombra de los mirtos, lamentándose en plan de fantasma previo, para asustar con los estragos de la vejez a las ingenuas hilanderas del crepúsculo.

Felicitemos pues a Ronsard por la más modesta de sus virtudes: la de haber acertado con la metáfora garrafal que aseguró limpiamente su victoria sobre el tiempo. Todas sus rosas de ayer están hechas polvo en cementerios rurales, bajo esta lápida común: «Al tiempo que fui bella, Ronsard me celebraba.» ¡*Requiescat in pace!*

LUNA DE MIEL

Ella se hundió primero. No debo culparla, porque los bordes de la luna aparecían lejanos e imprecisos, desfigurados por el crepúsculo amarillo. Lo malo es que me fui tras ella, y pronto nos hallamos engolfados en la profunda dulzura.

Inmersos en el mar espeso de apareados nadadores, navegamos mucho tiempo sin rumbo y sin salida. Flotamos al azar de entorpecidas caricias, lentos en la alcoba melosa, esférica y continua.

De vez en cuando alcanzábamos una brizna de realidad, un islote ilusorio, un témpano de azúcar más o menos cristalizado. Pero aquello duraba muy poco. Ella siempre encontró la manera de perder el equilibrio, arrastrándome otra vez en su caída al piélago atrayente.

Comprendiendo que la salida no estaba en la superficie, me dejé ir hasta el fondo en uno de tales accidentes. Imposible decir cuánto duró el empalagoso descenso vertical.

Finalmente alcancé el suelo virgen. La miel se había depositado allí en duras y desiguales formaciones de cuarzo. Empecé a caminar, abriéndome

paso entre las peligrosas estalactitas. Cuando salí al aire libre, eché a correr como un prófugo. Me detuve a la orilla de un río, respiré a plenos pulmones y lavé de mi cuerpo los últimos restos de miel.

Entonces me di cuenta de que había perdido la compañera.

ARMISTICIO

Con fecha de hoy retiro de tu vida mis tropas de ocupación. Me desentiendo de todos los invasores en cuerpo y alma. Nos veremos las caras en la tierra de nadie. Allí donde un ángel señala desde lejos invitándonos a entrar: Se alquila paraíso en ruinas.

CLAUSULAS

I

Las mujeres toman siempre la forma del sueño que las contiene.

II

Cada vez que el hombre y la mujer tratan de reconstruir el Arquetipo, componen un ser monstruoso: la pareja.

III

Soy un Adán que sueña en el paraíso, pero siempre despierto con las costillas intactas.

IV

Boletín de última hora: En la lucha con el ángel, he perdido por indecisión.

V

Toda belleza es formal.

GRAVITACION

Los abismos atraen. Yo vivo a la orilla de tu alma. Inclinado hacia ti, sondeo tus pensamientos, indago el germen de tus actos. Vagos deseos se remueven en el fondo, confusos y ondulantes en su lecho de reptiles.

¿De qué se nutre mi contemplación voraz? Veo el abismo y tú yaces en lo profundo de ti misma. Ninguna revelación. Nada que se parezca al brusco despertar de la conciencia. Nada sino el ojo que me devuelve implacable mi descubierta mirada.

Narciso repulsivo, me contemplo el alma en el fondo de un pozo. A veces el vértigo desvía los ojos de ti. Pero siempre vuelvo a escrutar en la sima. Otros, felices, miran un momento tu alma y se van.

Yo sigo a la orilla, ensimismado. Muchos seres se despeñan a lo lejos. Sus restos yacen borrosos disueltos en la satisfacción. Atraído por el abismo, vivo la melancólica certeza de que no voy a caer nunca.

PROSODIA

A Seymour Menton

INFORME DE LIBERIA

Como ocurre siempre entre mujeres, el rumor se ha propalado de boca en boca, y una legión de embarazadas nerviosas consultan en vano a los médicos circunspectos. El número de bodas decrece sensiblemente en tanto que prospera de modo alarmante el comercio de los anticonceptivos.

Ante el mutismo de las organizaciones científicas, los periodistas recurrieron en mala hora a la Asociación de Parteras Autodidactas. Gracias a la presidenta, una matrona gruesa, estéril y charlatana, el chismorreo ha tomado un giro definitivamente siniestro: en todas partes los niños se niegan a nacer por las buenas y los cirujanos no se dan abasto practicando operaciones cesáreas y maniobras de Guillaumin. Por si fuera poco, la APA acaba de incluir en su catálogo de publicaciones clandestinas el relato pormenorizado de dos comadronas que lucharon a brazo partido con un infante rebelde, un verdadero demonio que por más de veinticuatro horas se debatió entre la vida y la muerte sin tomar para nada en cuenta los sufrimientos de su madre. Anclándose como un pocero sobre los huesos iliacos y agarrándose de las costillas, dio tales muestras de resistencia que las señoras se cruzaron finalmente de brazos dejándolo hacer su voluntad...

Como era de esperarse, los psicoanalistas son los únicos hombres de ciencia que han abierto la boca: atribuyen el fenómeno a una especie de histeria colectiva y piensan que son las mujeres y no los niños quienes se conducen en el parto de una manera anormal. Con ello expresan una clara censura al hombre de nuestros días. Tomando en cuenta el carácter explosivo del alumbramiento, un psiquiatra afirma encantado de la vida que la rebelión de los nonatos, aparentemente sin causa, es una verdadera Cruzada de los Niños contra las pruebas atómicas. Ante la sonrisa burlona de los ginecólogos, concluye su alegato con ingenuidad flagrante, insinuando la idea de que tal vez no sea este en que vivimos, el mejor de los mundos posibles.

TELEMAQUIA

Dondequiera que haya un duelo, estaré de parte del que cae. Ya se trate de héroes o rufianes.

Estoy atado por el cuello a la teoría de esclavos esculpidos en la más antigua de las estelas. Soy el guerrero moribundo bajo el carro de Asurbanipal, y el hueso calcinado en los hornos de Dachau.

Héctor y Menelao, Francia y Alemania y los dos borrachos que se rompen el hocico en la taberna, me abruman con su discordia. Adondequiera que vuelvo los ojos, me tapa el paisaje del mundo un inmenso paño de Verónica con el rostro del Bien Escarnecido.

Espectador a la fuerza, veo a los contendientes que inician la lucha y quiero estar de parte de ninguno. Porque yo también soy dos: el que pega y el que recibe las bofetadas.

El hombre contra el hombre. ¿Alguien quiere apostar?

Señoras y señores: No hay salvación. En nosotros se está perdiendo la partida. El Diablo juega ahora las piezas blancas.

INFERNO V

En las altas horas de la noche, desperté de pronto a la orilla de un abismo anormal. Al borde de mi cama, una falla geológica cortada en piedra sombría se desplomó en semicírculos, desdibujada por un tenue vapor nauseabundo y un revuelo de aves oscuras. De pie sobre su cornisa de escorias, casi suspendido en el vértigo, un personaje irrisorio y coronado de laurel me tendió la mano invitándome a bajar.

Yo rehusé amablemente, invadido por el terror nocturno, diciendo que todas las expediciones hombre adentro acaban siempre en superficial y vana palabrería.

Preferí encender la luz y me dejé caer otra vez en la profunda monotonía de los tercetos, allí donde una voz que habla y llora al mismo tiempo, me repite que no hay mayor dolor que acordarse del tiempo feliz en la miseria.

DE L'OSSERVATORE

A principios de nuestra Era, las llaves de San Pedro se perdieron en los suburbios del Imperio Romano. Se suplica a la persona que las encuentre, tenga la bondad de devolverlas inmediatamente al Papa reinante, ya que desde hace más de quince siglos las puertas del Reino de los Cielos no han podido ser forzadas con ganzúas.

UNA DE DOS

Yo también he luchado con el ángel. Desdichadamente para mí, el ángel era un personaje fuerte, maduro y repulsivo, con bata de boxeador.

Poco antes habíamos estado vomitando, cada uno por su lado, en el cuarto de baño. Porque el banquete, más bien la juerga, fue de lo peor. En casa me esperaba la familia: un pasado remoto.

Inmediatamente después de su proposición, el hombre comenzó a estrangularme de modo decisivo. La lucha, más bien la defensa, se desarrolló para mí como un rápido y múltiple análisis reflexivo. Calculé en un instante todas las posibilidades de pérdida y salvación, apostando a vida o sueño, dividiéndome entre ceder y morir, aplazando el resultado de aquella operación metafísica y muscular.

Me desaté por fin de la pesadilla como el ilusionista que deshace sus ligaduras de momia y sale del cofre blindado. Pero llevo todavía en el cuello las huellas mortales que me dejaron las manos de mi rival. Y en la conciencia, la certidumbre de que sólo disfruto una tregua, el remordimiento de haber ganado un episodio banal en la batalla irremisiblemente perdida.

LIBERTAD

Hoy proclamé la independencia de mis actos. A la ceremonia sólo concurrieron unos cuantos deseos insatisfechos, dos o tres actitudes desmedradas. Un propósito grandioso que había ofrecido venir envió a última hora su excusa humilde. Todo transcurrió en un silencio pavoroso.

Creo que el error consistió en la ruidosa proclama: trompetas y campanas, cohetes y tambores. Y para terminar, unos ingeniosos juegos de moral pirotécnica que se quedaron a medio arder.

Al final me hallé a solas conmigo mismo. Despojado de todos los atributos de caudillo, la media noche me encontró cumpliendo un oficio de mera escribanía. Con los últimos restos del heroísmo emprendí la penosa tarea de redactar los artículos de una dilatada constitución que presentaré mañana a la asamblea general. El trabajo me ha divertido un poco, alejando de mi espíritu la triste impresión del fracaso.

Leves e insidiosos pensamientos de rebeldía vuelan como mariposas nocturnas en torno de la lámpara, mientras sobre los escombros de mi prosa jurídica, pasa de vez en cuando un tenue soplo de marsellesa.

EL ULTIMO DESEO

A Giovanni Papini, experto en balances, liquidaciones y cortes de caja, debemos un reciente escrutinio de la conciencia humana, con saldos más o menos iguales: *Giudizio Universale*, Florencia, 1957.

En los círculos allegados a su intimidad se ha propagado la especie de que el escritor fue favorecido, en los postreros años de su vida, con trances sobrenaturales que incluyeron visiones beatíficas y recorridos turísticos a través del cielo y el infierno.

En el último desván del universo, dicen las malas lenguas, Papini entrevistó a nuestros primeros padres. Adán y Eva, que están todavía en carne y hueso, han envejecido prodigiosamente y no se acuerdan de nada. Dicen que su única ilusión es que muy pronto ocurran el Juicio Final y la Resurrección de la carne, para que ellos puedan morir a más tardar el día siguiente y ser sepultados en su tierra natal. Por supuesto, quieren tomarse antes una foto de familia, con todos sus descendientes unidos en el Valle de Josafat.

No debe extrañarnos el hecho de que los editores y biógrafos del ilustre contador italiano se hayan puesto de acuerdo para omitir de sus libros esta anécdota conmovedora y pueril.

ELEGIA

Esas que allí se ven, vagas cicatrices entre los campos de labor, son las ruinas del campamento de Nobílior. Más allá se alzan los emplazamientos militares de Castillejo, de Renieblas y de Peña Redonda...

De la remota ciudad sólo ha quedado una colina cargada de silencio. Y junto a ella, bordeándola, esa ruina de río. El arroyo Merdancho musita su cantilena de juglar, y solo en las crecidas de junio resuena con épica grandeza.

Esta llanura apacible vio el desfile de los generales ineptos. Nobílior, Lépido, Furio Filo, Cayo Hostilio Mancino... Y entre ellos el poeta Lucilio, que paseó aquí con aires de conquistador, y que volvió a Roma maltrecho y abatido, caídas la espada y la lira, boto ya el fino dardo de su epigrama.

Legiones y legiones se estrellaron contra los muros invencibles. Millares de soldados cayeron ante las flechas, el desaliento y el invierno. Hasta que un día el exasperado Escipión se alzó en el horizonte como una ola vengativa, y apretó con sus manos tenaces, sin soltar durante meses, el duro pescuezo de Numancia.

FLOR DE RETORICA ANTIGUA

Góngora enviando un menudo lleno de flores a las monjas: *de las terneras que mata / don Alonso de Guzmán...*

Indudablemente, a don Luis se le ocurrió primero el final de la décima, que maneja la idea de los vientres con o sin fruto. Y como a los conventos no pueden llegar sino entrañas virginales, el poeta renunció a manzanas y peras, agregando copia de flores a su pedestre regalo.

¿El menudo de res en bandeja y las flores en búcaro? De ninguna manera. Góngora presentó juntas las rosas y las tripas, jugando ingeniosamente con sus distintos olores y matices, arrastrado por su lirimo a un sincero trance definitorio de canónigo metaforista.

FLASH

Londres, 26 de noviembre (AP). — Un sabio demente, cuyo nombre no ha sido revelado, colocó anoche un Absorsor del tamaño de una ratonera a la salida de un túnel. El tren fue vanamente esperado en la estación de llegada. Los hombres de ciencia se afligen ante el objeto dramático, que no pesa más que antes, y que contiene todos los vagones del expreso de Dover y el apretado número de las víctimas.

Ante la consternación general, el Parlamento ha hecho declaraciones en el sentido de que el Absorsor se halla en etapa experimental. Consiste en una cápsula de hidrógeno, en la cual se efectúa un vacío atómico. Fue planeado originalmente por Sir Acheson Beal como arma pacífica, destinada a anular los efectos de las explosiones nucleares.

EL DIAMANTE

Había una vez un diamante en la molleja de una gallina de plumaje miserable. Cumplía su misión de rueda de molino con resignada humildad. Le acompañaban piedras de hormiguero y dos o tres cuentas de vidrio.

Pronto se ganó una mala reputación a causa de su dureza. La piedra y el vidrio esquivaban cuidadosamente su roce. La gallina disfrutaba de admirables digestiones porque las facetas del diamante molían a la perfección sus alimentos. Cada vez más limpio y pulido, el solitario rodaba dentro de aquella cápsula espasmódica.

Un día le torcieron el cuello a la gallina de mísero plumaje. Lleno de esperanza, el diamante salió a la luz y se puso a brillar con todo el fuego de sus entrañas. Pero la fregona que destazaba la gallina lo dejó correr con todos sus reflejos al agua del sumidero, revuelto en frágiles inmundicias.

EL MAPA DE LOS OBJETOS PERDIDOS

El hombre que me vendió el mapa no tenía nada de extraño. Un tipo común y corriente, un poco enfermo tal vez. Me abordó sencillamente, como esos vendedores que nos salen al paso en la calle. Pidió muy poco dinero por su mapa: quería deshacerse de él a toda costa. Cuando me ofreció una demostración acepté curioso porque era domingo y no tenía qué hacer. Fuimos a un sitio cercano para buscar el triste objeto que tal vez él mismo habría tirado allí, seguro de que nadie iba a recogerlo: una peineta de celuloide, color de rosa, llena de menudas piedrecillas. La guardo todavía entre docenas de baratijas semejantes y le tengo especial cariño porque fue el primer eslabón de la cadena. Lamento que no le acompañen las cosas vendidas y las monedas gastadas. Desde entonces vivo de los hallazgos deparados por el mapa. Vida bastante miserable, es cierto, pero que me ha librado para siempre de toda preocupación. Y a veces, de tiempo en tiempo, aparece en el mapa alguna mujer perdida que se aviene misteriosamente a mis modestos recursos.

LOCO DE AMOR

Homenaje a Garci-Sánchez de Badajoz

El desierto jardín de madrugada. Allá va Garci-Sánchez de Badajoz, transido de amoroso desvelo, afinando las cuerdas de su laúd inaudito.

Va por el jardín del sueño, loco de amor, escapado de su cárcel divagada. Buscando bajo los lirios la trampa de la acequia. Mundo abajo, razón abajo. Rodando en la pendiente de dos ojos oscuros, feroces de mirada indiferente. Cayendo en el hueco de una oreja sin fondo.

A paletadas de versos tristes cubre su cadáver de hombre desdeñado. Y un ruiseñor le canta exequias de hielo y de olvido. Lágrimas de su consuelo que no hacen maravillas; sus ojos están secos, cuajados de sal ardida en la última noche de su invierno amoroso. *Qu'a mí no me mató amor, / sino la tristeza dél.*

No morirás del todo, muerto de amor. Algo sigue sonando en la sombra de tu jardín romántico. Mira, aquí hay una nota de tu endecha desoída. Los pájaros cantan todavía en las ramas de tu fúnebre laurel, oh enamorado sacrílego y demente.

Porque antes de alcanzar el paraíso de su locura, Garci-Sánchez bajó al infierno de los enamorados. Y oyó y dijo cosas que escandalizaron orejas pusilánimes. Y sus versos llegaron en carta echadiza a los buzones del sombrío tribunal.

LA CAVERNA

Nada más que horror, espacio puro y vacío. Eso es la caverna de Tribenciano. Un hueco de piedra en las entrañas de la tierra. Una cavidad larga y redondeada como un huevo. Doscientos metros de largo, ochenta de anchura. Cúpula por todas partes, de piedra jaspeada y lisa.

Se baja a la caverna por setenta escalones, practicados en tramos desiguales, a través de una grieta natural que se abre como un simple boquete a ras del suelo. ¿Se baja a qué? Se bajaba a morir. En todo el piso de la caverna hay huesos, y mucho polvo de huesos. No se sabe si las víctimas ignotas bajaban por iniciativa propia, o eran enviadas allí por mandato especial. ¿De quién?

Algunos investigadores piensan que la caverna no entraña un misterio cruento. Dicen que se trata de un antiguo cementerio, tal vez etrusco, tal vez ligur. Pero nadie puede permanecer en la espelunca por más de cinco minutos, a riesgo de perder totalmente la cabeza.

Los hombres de ciencia quieren explicar el desmayo que sufren los que en ella se aventuran, diciendo que a la caverna afloran subterráneas emanaciones de gas. Pero nadie sabe de qué gas se trata ni por dónde sale. Tal vez lo que allí ataca al hom-

bre es el horror al espacio puro, la nada en su cóncava mudez.

No se sabe más acerca de la caverna de Tribenciano. Miles de metros cúbicos de nada, en su redondo autoclave. La nada en cáscara de piedra. Piedra jaspeada y lisa. Con polvo de muerte.

LOS BIENES AJENOS

Nada hay más deplorable y lastimoso —dicen los ladrones— que el gesto de un hombre sorprendido *in fraganti* en delito de propiedad. Tiembla, balbucea, levanta pesadamente las manos y las mueve en el aire como si estuvieran vacías. Dice por fin que no tiene nada, que todo es mentira, que se trata sin duda de una lamentable equivocación.

En realidad, cuesta mucho reconocer los propios errores, y nadie entrega de buena gana lo que le pertenece. Los ladrones, siempre a punto de ser débiles, se aprietan el corazón y acaban por llevarse algo contra la voluntad de su dueño. Los que intentan robar sin pistola corren muy graves riesgos, pues los propietarios abusan de ellos y suelen tomar la ofensiva. Frecuentemente, el periódico nos da noticia de algún imprudente que fue balaceado a mansalva mientras escapaba corriendo.

Sin embargo —dicen los ladrones—, de vez en cuando logran hallar algunas almas arrepentidas que devuelven todo lo que llevan encima, y que acogen la visita nocturna solemnemente, como un hecho providencial.

¡Cuidado! Cada hombre es una bomba a punto de estallar. Tal vez la amada hace explosión en brazos de su amante. Tal vez...

Ya nadie puede ser vejado ni aprehendido. Todos se niegan a combatir. En los más apartados rincones de la tierra, resuena el estrépito de los últimos descontentos.

El tuétano de nuestros huesos está debidamente saturado. Cada fémur y cada falange es una cápsula explosiva que se opera a voluntad. Basta con apoyar fuertemente la lengua contra la bóveda palatina y hacer una breve reflexión colérica... 5, 4, 3, 2, 1... el índice de adrenalina aumenta, se modifica el quimismo de la sangre y ¡cataplum! Todo desaparece en derredor.

Cae después una ligera llovizna de ceniza. Pequeños grupos viscosos flotan en el aire. Fragmentos de telaraña con leve olor nauseabundo como el bromo: son los restos del hombre que fue.

No hay más remedio que amarnos apasionadamente los unos a los otros.

INTERVIEW

—Finalmente, a los lectores les gustaría saber en qué trabaja usted por ahora. ¿Podría decirlo?

—Anoche se me ocurrió algo, pero no sé, no sé...

—Dígalo usted de todas maneras.

—Se trata de algo así como una ballena. Es la esposa de un joven poeta, digamos, de un hombre común y corriente.

—¡Ah, ya! La ballena que se comió a Jonás.

—Sí, sí, pero no sólo a Jonás. Es una especie de ballena total que lleva dentro de sí a todos los peces que se han ido comiendo uno a otro, claro, siempre el más grande al más chico, y comenzando por el microscópico infusorio.

—¡Muy bien, muy bien! Yo también pensaba de niño en un animal así, pero creo que era más bien un canguro en cuya bolsa...

—Bueno, en realidad no tendría yo inconveniente en cambiar la imagen de la ballena por la del canguro. Me simpatizan los canguros, con esa gran bolsa en que bien puede caber el mundo. Sólo que, sabe usted, tratándose de la esposa de un joven poeta, es mucho más sugerente la imagen de la ballena. Una ballena azul, si usted prefiere, para no dejar a un lado la galantería.

—¿Y cómo nació en usted tal idea?

—Es dádiva del mismo poeta, esposo de la ballena.

—¿Cómo es eso?

—En uno de sus poemas más bellos se concibe a sí mismo como una rémora pequeñita adherida al cuerpo de la gran ballena nocturna, la esposa dormida que lo conduce en su sueño. Esa enorme ballena femenina es más o menos el mundo, del cual el poeta sólo puede cantar un fragmento, un trozo de la dulce piel que lo sustenta.

—Me temo que sus palabras desconcierten a nuestros lectores. Y el señor director, usted sabe...

—En tal caso, dé usted un giro tranquilizador a mis ideas. Diga sencillamente que a todos, a usted y a mí, a los lectores del periódico y al señor director, nos ha tragado la ballena. Que vivimos en sus entrañas, que nos digiere lentamente y que poco a poco nos va arrojando hacia la nada...

—¡Bravo! No diga usted más; es perfecto, y muy dentro del estilo de nuestro periódico. Por último, ¿podría cedernos una fotografía suya?

—No. Prefiero dar a usted una vista panorámica de la ballena. Allí estamos todos. Con un poco de cuidado se me puede distinguir muy bien —no recuerdo exactamente dónde— envuelto en un pequeño resplandor.

EL SOÑADO

Carezco de realidad, temo no interesar a nadie. Soy un guiñapo, un dependiente, un fantasma. Vivo entre temores y deseos; temores y deseos que me dan vida y que me matan. Ya he dicho que soy un guiñapo.

Yazgo en la sombra, en largos e incomprensibles olvidos. De pronto me obligan a salir a la luz, una luz ciega que casi me asegura la realidad. Pero luego se ocupan otra vez de ellos y me olvidan. De nuevo me pierdo en la sombra, gesticulando con ademanes cada vez más imprecisos, reducido a la nada, a la esterilidad.

La noche es mi mejor imperio. En vano trata de alejarme el esposo, crucificado en su pesadilla. A veces satisfago vagamente, con agitación y torpeza, el deseo de la mujer que se defiende soñando, encogida, y que al fin se entrega, larga y blanda como una almohada.

Vivo una vida precaria, dividida entre estos dos seres que se odian y se aman, que me hacen nacer como un hijo deforme. Sin embargo, soy hermoso y terrible. Destruyo la tranquilidad de la pareja o la enciendo con más cálido amor. A veces me coloco entre los dos y el íntimo abrazo me recobra, maravilloso. El advierte mi presencia y se esfuerza en

aniquilarme, en suplirme. Pero al fin, derrotado, exhausto, vuelve la espalda a la mujer, devorado por el rencor. Yo permanezco junto a ella, palpitante, y la ciño con mis brazos ausentes que poco a poco se disuelven en el sueño que siempre recuerda al despertar.

Debí comenzar diciendo que todavía no he acabado de nacer, que soy gestado lentamente, con angustia, en un largo y sumergido proceso. Ellos maltratan con su amor, inconscientes, mi existencia de nonato.

Trabajan largamente mi vida entre sus pensamientos, manos torpes que se empeñan en modelarme, haciéndome y deshaciéndome, siempre insatisfechos.

Pero un día, cuando den por azar con mi forma definitiva, escaparé y podré soñarme yo mismo, vibrante de realidad. Se apartarán el uno del otro. Y yo abandonaré a la mujer y perseguiré al hombre. Y guardaré la puerta de su alcoba, blandiendo una espada flamígera.

EL ASESINO

Ya no hago más que pensar en mi asesino, ese joven imprudente y tímido que el otro día se me acercó al salir del hipódromo, en un momento en que los guardias lo habrían hecho pedazos antes de que alcanzara a rozar el borde de mi túnica.

Lo sentí palpitar cerca de mí. Su propósito se agitaba en él como una cuadriga furiosa. Lo vi llevarse la mano hacia el puñal escondido, pero lo ayudé a contenerse desviando un poco mi camino. Quedó desfalleciente, apoyado en una columna.

Me parece haberlo visto ya otras veces, rostro puro, inolvidable entre esta muchedumbre de bestias. Recuerdo que un día salió corriendo un cocinero de mi palacio, en pos del muchacho que huía robando un cuchillo. Juraría que ese joven es el asesino inexperto y que moriré bajo el arma con que se corta la carne en la cocina.

El día en que una banda de soldados borrachos entró en mi casa para proclamarme emperador después de arrastrar por la calle el cadáver de Rinometos, comprendí que mi suerte estaba echada. Me sometí al destino, abandoné una vida de riqueza, de molicie y de vicio para convertirme en complaciente verdugo.

Ahora ha llegado mi turno. Ese joven, que trae

mi muerte en su pecho, me obsede con su leve persecución. Debo ayudarlo, decidir su cautela. Hay que apresurar nuestra cita, antes de que surja el usurpador que lo traicione, dándome una muerte ignominiosa de tirano.

Esta noche pasearé solo por los jardines imperiales. Iré lavado y perfumado. Vestiré una túnica nueva y saldré al paso del asesino que tiembla detrás de un árbol.

En el rápido viaje de su puñal, como en un relámpago, veré iluminarse mi alma sombría.

LA CANCION DE PERONELLE

Desde un claro huerto de manzanos, Peronelle de Armentières dirigió al maestro Guillermo su primer rondel amoroso. Puso los versos en una cesta de frutas olorosas, y el mensaje cayó como un sol de primavera en la vida oscurecida del poeta.

Guillermo de Machaut había cumplido ya los sesenta años. Su cuerpo resentido de dolencias empezaba a inclinarse hacia la tierra. Uno de sus ojos se había apagado para siempre. Sólo de vez en cuando, al oír sus antiguos versos en boca de jóvenes enamorados, se reanimaba su corazón. Pero al leer la canción de Peronelle volvió a ser joven, tomó su rabel, y aquella noche no hubo en la ciudad más gallardo cantor de serenatas.

Mordió la carne dura y fragante de las manzanas y pensó en la juventud de aquella que se las enviaba. Y su vejez retrocedió como sombra perseguida por un rayo de luz. Contestó en una carta extensa y ardiente, interpolada con poemas juveniles.

Peronelle recibió la respuesta y su corazón latió apresurado. Sólo pensó en aparecer una mañana, con traje de fiesta, ante los ojos del poeta que celebraba su belleza desconocida.

Pero tuvo que esperar hasta el otoño la feria de San Dionisio. Acompañada de una sirviente fiel, sus

padres consintieron en dejarla ir en peregrinación hasta el santuario. Las cartas iban y venían, cada vez más inflamadas, colmando la espera.

En la primera garita del camino, el maestro aguardó a Peronelle, avergonzado de sus años y de su ojo sin luz. Con el corazón apretado de angustia, escribía versos y notas musicales para saludar su llegada.

Peronelle se acercó envuelta en el esplendor de sus dieciocho años, incapaz de ver la fealdad del hombre que la esperaba ansioso. Y la vieja sirviente no salía de su sorpresa, viendo cómo el maestro Guillermo y Peronelle pasaban las horas diciendo rondeles y baladas, oprimiéndose las manos, temblando como dos prometidos en la víspera de sus bodas.

A pesar del ardor de sus poemas, el maestro Guillermo supo amar a Peronelle con amor puro de anciano. Y ella vio pasar indiferente a los jóvenes que la alcanzaban en la ruta. Juntos visitaron las santas iglesias, y juntos se albergaron en las posadas del camino. La fiel servidora tendía sus mantas entre los dos lechos, y San Dionisio bendijo la pureza del idilio cuando los dos enamorados se arrodillaron, con las manos juntas, al pie de su altar.

Pero ya de vuelta, en una tarde resplandeciente y a punto de separarse, Peronelle otorgó al poeta su más grande favor. Con la boca fragante, besó amorosa los labios marchitos del maestro. Y Guillermo de Machaut llevó sobre su corazón, hasta la muerte, la dorada hoja de avellano que Peronelle puso de por medio entre su beso.

AUTRUI

Lunes. Sigue la persecución sistemática de ese desconocido. Creo que se llama Autrui. No sé cuándo empezó a encarcelarme. Desde el principio de mi vida tal vez, sin que yo me diera cuenta. Tanto peor.

Martes. Caminaba hoy tranquilamente por calles y plazas. Noté de pronto que mis pasos se dirigían a lugares desacostumbrados. Las calles parecían organizarse en laberinto, bajo los designios de Autrui. Al final, me hallé en un callejón sin salida.

Miércoles. Mi vida está limitada en estrecha zona, dentro de un barrio mezquino. Inútil aventurarse más lejos. Autrui me aguarda en todas las esquinas, dispuesto a bloquearme las grandes avenidas.

Jueves. De un momento a otro temo hallarme frente a frente y a solas con el enemigo. Encerrado en mi cuarto, ya para echarme en la cama, siento que me desnudo bajo la mirada de Autrui.

Viernes. Pasé todo el día en casa, incapaz de la menor actividad. Por la noche surgió a mi alrededor una tenue circunvalación. Cierta especie de anillo, apenas más peligroso que un aro de barril.

Sábado. Ahora desperté dentro de un cartucho hexagonal, no mayor que mi cuerpo. Sin atreverme

a atacar los muros, presentí que detrás de ellos nuevos hexágonos me aguardan.

Indudablemente, mi confinación es obra de Autrui.

Domingo. Empotrado en mi celda, entro lentamente en descomposición. Segrego un líquido espeso, amarillento, de engañosos reflejos. A nadie aconsejo que me tome por miel...

A nadie, naturalmente, salvo al propio Autrui.

EPITAFIO

Homenaje a Marcel Schwob

Abrevió de una buena pedrada la vida abyecta de Felipe Sermoyse, mal clérigo y peor amigo. Tuvo su parte en el botín de doscientos escudos robados al Colegio de Navarra y dos veces se halló con la soga al cuello. Pero dos veces descendió para salvarlo en el oscuro calabozo la gracia del buen rey Carlos.

Rogad a Dios por él. Nació en un tiempo malo. Cuando el hambre y la peste desolaban la ciudad de París. Cuando el resplandor de la hoguera de Juana de Arco alumbraba rostros descompuestos por el dolor y la burla y cuando el argot de los bajos fondos se trufaba con palabras inglesas.

A la luz mortecina de la luna invernal, vio llegar manadas de lobos hasta el panteón de los Inocentes. Y él mismo fue como un lobo tundido y trasijado, que alguien soltó en medio de la ciudad. Y robó el pan cuando tuvo hambre, y pescó los peces ya fritos en las sartenes de las vendedoras.

Nació en un tiempo malo. Tropeles de niños cantando vagaban pidiendo el pan por las calles. Mendigos y enfermos colmaban las naves de Nuestra Señora, subían hasta el presbiterio y estorbaban los oficios divinos.

Se refugió en la iglesia y en el burdel. El viejo

canónigo y tío le dio la buena fama de su nombre, y la Gorda Margot su pan dorado y su cuerpo repugnante. Cantó las desdichas de la vieja Elmiera y los desdenes de Catalina; dijo con humildad las preces de la Virgen María, por boca de su madre. En un tapiz desvanecido, las hermosas de otro tiempo pasaron en cortejo por sus versos, seguidas del estribillo sumiso y melancólico. Testó a favor de todos, burlesco y trágico. Como un mercader de feria, exhibió en la plaza joyas y baratijas de su alma.

Pelado y enteco como un nabo invernizo, amó a París, ciudad empobrecida y mancillada. Aprendió las letras humanas y divinas en el hogar ilustre de Roberto de Sorbon, y le dieron allí un título de maestro.

Pero rodó siempre de miseria en miseria. Conoció el invierno sin fuego, la cárcel sin amigos, y el hambre pavorosa en los caminos de Francia. Sus compañeros fueron ladrones, rufianes, desertores y monederos falsos, todos perseguidos o muertos por justicia.

Vivió en un tiempo malo. Desapareció en el misterio a los treinta años de su edad. Acosado por el hambre y la fatiga, huyó como un lobo que se siente morir, y que busca el rincón más oscuro del bosque. Rogad a Dios por él.

EL LAY DE ARISTOTELES

Sobre la hierba del prado danza la musa de Aristóteles. El viejo filósofo vuelve de vez en cuando la cabeza y contempla un momento el cuerpo juvenil y nacarado. Sus manos dejan caer hasta el suelo el crujiente rollo del papiro, mientras la sangre corre veloz y encendida a través de su cuerpo ruinoso. La musa sigue danzando en la pradera y desarrolla ante sus ojos un complicado argumento de líneas y de ritmos.

Aristóteles piensa en el cuerpo de una muchacha, esclava en el mercado de Estagira, que él no pudo comprar. Recuerda también que desde entonces ninguna otra mujer ha turbado su mente. Pero ahora, cuando ya su espalda se dobla al peso de la edad y sus ojos comienzan a llenarse de sombra, la musa Armonía viene a quitarle el sosiego. En vano opone a su belleza frías meditaciones; ella vuelve siempre y recomienza la danza ingrávida y ardiente.

De nada sirve que Aristóteles cierre la ventana y alumbre su escritura con una tenue lámpara de aceite: Armonía sigue danzando en su cerebro y desordena el curso sereno del pensamiento, que se jaspea de sombra y luz como una agua revuelta.

Las palabras que escribe pierden la gravedad tranquila de la prosa dialéctica y se rompen en yam-

bos sonoros. Vuelven a su memoria, en alas de un viento recóndito, los giros de su dialecto juvenil, vigorosos y cargados de aromas campesinos.

Aristóteles abandona el trabajo y sale al jardín, abierto como una gran flor que el día primaveral abastece de esplendores. Respira profundamente el perfume de las rosas y baña su viejo rostro en la frescura del agua matinal.

La musa Armonía danza frente a él, haciendo y deshaciendo su friso inacabable, su laberinto de formas fugitivas donde la razón humana se extravía. De pronto, con agilidad imprevista. Aristóteles se echa en pos de la mujer, que huye, casi alada, y se pierde en el boscaje.

Vuelve el filósofo a la celda, extenuado y vergonzoso. Apoya la cabeza en sus manos y llora en silencio la pérdida del don de juventud. Cuando mira de nuevo a la ventana, la musa reanuda su danza interrumpida. Bruscamente, Aristóteles decide escribir un tratado que destruya la danza de Armonía, descomponiéndola en todas sus actitudes y en todos sus ritmos. Humillado, acepta el verso como una condición ineludible, y comienza a redactar su obra maestra, el tratado *De Armonía*, que ardió en la hoguera de Omar.

Durante el tiempo que tardó en componerlo, la musa danzaba para él. Al escribir el último verso, la visión se deshizo y el alma del filósofo reposó para siempre, libre del agudo aguijón de la belleza.

Pero una noche, Aristóteles soñó que caminaba en la hierba a cuatro pies, bajo la primavera griega, y que la musa cabalgaba sobre él. Y al día siguiente escribió al comienzo de su manuscrito estas palabras: «Mis versos son torpes y desgarbados como el paso del asno. Pero sobre ellos cabalga la Armonía.»

EL CONDENADO

> *Durante varias semanas estuvieron*
> *llegando a mi casa revistas de provin-*
> *cia y diarios de México en que apare-*
> *cieron sendos y largos artículos sobre*
> *mi fallecimiento.*
>
> Enrique González Martínez
> *El hombre del búho*, XVI, 147-148.

Al leer la noticia de su muerte fui presa de la inspiración. Concebí de golpe *El elegido de los dioses* y pude bosquejar las tres primeras octavas. La poesía se me ofreció como un amplio y despejado camino, abierto desde mi corazón al infinito.

Al día siguiente el poema en ciernes se me vino abajo, hueco de verdad. El falso difunto estaba tan vivo como yo, poniendo dique a mi fortuna.

Desde entonces luché con armas desiguales, siempre en desventaja. Pero una vez cuando menos pude enfrentarme al enemigo en duelo singular. La palestra, el álbum de María Serafina, y el inflexible acróstico, arma de combate. Mi contrincante falló en el quinto verso. Unas páginas amarillentas conservan el poema inconcluso, seguido de mi triple acróstico victorioso.

Diez años después de ese triunfo los periódicos de provincia publicaron la noticia de mi muerte, piadosamente exacta. Fueron diez años de lucha en retirada, desde trincheras cada vez más distantes, mientras el venturoso rival ganaba sus laureles. En ese lapso sólo puedo mencionar con orgullo el *Soneto de bodas* a María Serafina —leve claudicación de la caballerosidad en aras del despecho— y la letra

del himno escolar *Al progreso*, diariamente estropeada por desaprensivos ejecutantes.

El rival ignoró mi verdadera estatura, y el destino lo puso a salvo de toda contingencia, porque su muerte era la condición indispensable de *El elegido de los dioses*, segura obra maestra.

Cada mañana vienen los ángeles a leerme poemas del tenaz adversario, a fin de que yo acepte su gloria. Cuando termina la lectura, y antes que pueda formular un juicio, el recuerdo del acróstico inconcluso en el álbum de María Serafina me pone en la boca una opinión adversa. Los ángeles vuelan cabizbajos en busca de nuevos poemas.

Esto sucede desde hace unos cuarenta años. Mi modesto ataúd está ya bastante deteriorado. La humedad, la carcoma y la envidia lo destruyen, mientras yo repaso y niego la grandeza de un poeta que me amenaza inmortal.

APUNTES DE UN RENCOROSO

Huyendo del espectáculo de su felicidad bochornosa, he caído de nuevo en la soledad. Acorralado entre cuatro paredes, lucho en vano contra la imagen repulsiva.

Apuesto contra su dicha y espío detalladamente su convivencia. Aquella noche salí disparado como tercero innecesario y estorboso. Ellos compusieron su pareja ante mis ojos. Se acoplaron en un gesto intenso y solapado. Lúbricos, en abrazo secreto y esponsal.

Cuando me despedí, les costaba trabajo disimular su prisa: temblaban en espera de la soledad henchida. Los dos me sacaron a empujones de su erróneo paraíso, como a un huésped incorrecto. Pero yo vuelvo siempre allí, arrastrándome. Y cuando adivine el primer gesto de hastío, el primer cansancio y la primer tristeza, me pondré en pie y echaré a reír. Sacudiré de mis hombros la carga insoportable de la felicidad ajena.

Llevo muchas noches esperando que esto se corrompa. La carne viva y fragante del amor se llena de gusanos sistemáticos. Pero todavía falta mucho por roer, para que ella se resuelva en polvo y un soplo cualquiera pueda aventarla de mi corazón.

Miré su espíritu en la resaca odiosa que mostró

a la luz un fondo de detritus miserables. Y, sin embargo, todavía hoy puedo decirle: te conozco. Te conozco y te amo. Amo el fondo verdinoso de tu alma. En él sé hallar mil cosas pequeñas y turbias que de pronto resplandecen en mi espíritu.

Desde su falso lecho de Cleopatra implora y ordena. Una atmósfera espesa y tibia la rodea. Después de infinitas singladuras, la dormida encalla en la arena final del mediodía.

Deferente y sumiso, el esclavo fiel la desembarca de su purpúrea venera. La despega cuidadoso de su sueño de ostra. Acólito embriagado en ondas de tenue incienso respiratorio, el joven la asiste en los ritos monótonos de su pereza malsana. A veces, ella despierta en altamar y ve la silueta del joven en la playa, desdibujada por la sombra. Piensa que lo está soñando, y se sumerge otra vez en las sábanas. El apenas respira, sentado al borde de la cama. Cuando la amada duerme profundamente, el fantasma puntual se levanta y desaparece de veras, marchito y melancólico, por las desiertas calles del amanecer. Pero dos o tres horas más tarde, nuevamente está en servicio.

El joven desaparece melancólico por las desiertas calles, pero yo estoy aquí, caído en el insomnio, como sapo en lo profundo de un pozo. Me golpeo la frente contra el muro de la soledad, y distingo a lo lejos la disforme pareja inoperante. Ella navega horizontal por un sueño espesado de narcóticos Y él va remando a la orilla, desvelado, silencioso, con tierna cautela, como quien lleva un tesoro en una barca que hace agua.

Yo estoy aquí, caído en la noche, como una ancla entre las rocas marinas, sin nave ya que me sostenga. Y sobre mí acumula el mar amargo su limo corrosivo, sus esponjas de sal verde, sus duros ramos de vegetación rencorosa.

Morosos, los dos detienen y aplazan el previsto final. El demonio de la pasividad se ha apoderado de ellos, y yo naufrago en la angustia. Han pasado muchas noches y en la atmósfera del cuarto cerrada,

íntima y espesa, no se percibe el agudo olor de la lujuria. No hay más que la lenta emanación azucarada del anís, y un rancio aroma de aceitunas negras.

El joven languidece en su rincón, hasta nueva orden. Ella navega en su góndola, con un halo de anestesia. Se queja, interminablemente se queja. El joven médico de cabecera se inclina solícito y espía su corazón. Ella sonríe dulcísima, como una heroína en el tercer acto, agonizante. Su mano cae desmayada entre las manos del erótico galeno. Luego se recobra, enciende el braserillo de las fumigaciones aromáticas; manda abrir el guardarropa atestado de trajes y zapatos, y va eligiendo una por una, cavilosa, las prendas diurnas.

Yo, entretanto, hago señales desesperadas desde mi roca de náufrago. Giro en la espiral del insomnio. Clamo a la oscuridad. Lento como un buzo, recorro la noche interminable. Y ellos aplazan el acto decisivo, el previsto final.

Desde lejos, mi voz los acompaña. Repitiendo las letanías del amor inútil, el lívido amanecer me encuentra siempre exhausto y apagado, con la boca llena de palabras ciegas y envenenadas.

(A Antonio Alatorre)

LA FERIA

(1963)

Fragmentos

Juan Tepano, Primera Vara, anda con todos los suyos trabajando en el campo. Con todos los suyos que son dueños de la tierra, y que de sol a sol la trabajan para otros. Ahora tienen esperanza, como si el año que entra ya fueran a sembrarla por su cuenta.

Juan Tepano, Primera Vara, anda contento y dice versos y dichos viejos. Pedazos de pastorela. Luego da unos pasos de danza de sonajero. Y viendo que Layo apunta a un cuervo con su escopeta, le llama la atención.

Los cuervos van volando por los sembrados al ras de los surcos. Graznan. Se paran y picotean la tierra como buscando algo.

—A los cuervos no les tires, Layo. Nomás espántalos. Son cristianos como nosotros y no les hacen daño a las milpas. Nomás andan buscando y buscando entre los surcos. Buscan los granos de maíz. Como que se acuerdan de dónde los enterraron, pero luego se les olvida.

Es la hora de comer y la cuadrilla está alrededor de las brasas, calentando el almuerzo. Quién echa a la lumbre un tasajo de cecina y quién un pedazo de pepena, para alegrar las tortillas. Comen despacio

a la sombra de un tacamo, mientras los bueyes van al aguaje y sestean.

—Nomás espántalos, pero no les tires. Los cuervos son como tú y como yo. Andan arrepentidos buscando y buscando lo que se comieron por el camino, cuando venían volando en la noche con su grano de maíz en el pico. Pobres, no tienen la culpa de haber caído en la tentación. Ustedes ya no se acuerdan, pero los cuervos trajeron otra vez el maíz a Zapotlán, cuando nos lo quitaron las gentes de Sayula, de Autlán, de Amula y de Tamazula. Todos vinieron y nos quitaron el maíz. De pura envidia de que aquí se daba mejor que allá. Aquí se da mejor que en todas partes y por eso nuestra tierra se llamaba Tlayolán, que quiere decir que el maíz nos da vida. Pero los vecinos nos hicieron guerra entre todos. Nos quitaron primero la sal y luego se llevaron las mazorcas, todas, sin dejarnos ya ni un grano para la siembra. Y nos cercaron el llano, guardando todos los puertos para que nadie pudiera pasar. Y entonces Tlayolán se llamó Tzapotlán, porque ya no comíamos maíz, sino zapotes y chirimoyas, calabazas y mezquites. Andábamos descriados, ya sin fuerzas para la guerra. Pero tuvimos un rey y su nahual era cuervo. Se hacía cuervo cuando quería, con los poderes antiguos de Topiltzin y Ometecutli. Se hacía cuervo nuestro rey, y se iba a volar sobre los sembrados ajenos, entre los cuervos de Sayula, de Autlán, de Amula y de Tamazula. Y veía que todos tenían el maíz que nos quitaron. Y como su nahual era cuervo, supo que los cuervos buscan y esconden las cosas. Y con los poderes antiguos de Topiltzin y Ometecutli, nos enseñó a todos para que nos volviéramos cuervos. Y un año limpiamos las tierras, que todas estaban llenas de chayotillo, de garañona y capitaneja. Limpiamos y labramos la tierra, como si tuviéramos maíz para sembrarla. Y cuando comenzaron las lluvias, ya para meterse el sol, nos hacíamos cuervos y nos íbamos volando para buscar el maíz que sembraban las gentes de Sayula, de Autlán, de Amula y de Tamazula. Volvíamos cada quien con su grano en el pico, a esconderlo en la tierra de Zapotlán. Pero como nos costaba mucho trabajo encontrar las semillas y todos teníamos ganas de comer maíz, nuestro Rey Cuervo dijo que

los que se tragaran el grano por el camino, se quedarían ya de cuervos, volando y graznando entre los surcos, buscando para siempre el maíz enterrado. Y muchos de nosotros no se aguantaron las ganas y se tragaron el grano en vez de sembrarlo en nuestra tierra. Y ya no volvieron a ser hombres como nosotros...

—No les tires a los cuervos, Layo, con tu escopeta. Ellos trajeron otra vez el maíz a Zapotlán. Y los que cayeron en la tentación, no tienen la culpa. Querían comer otra cosa, y ya estaban hartos de zapotes, de chirimoyas, calabazas y mezquites. Por eso andan volando todavía por los campos.

—Cuando vieron que nosotros cosechamos maíz sin sembrarlo, porque no teníamos semilla, y ellos sembraban y no se les daba, las gentes de Sayula, de Autlán, de Amula y de Tamazula hicieron la paz con nosotros y nos dejaron ir por la sal a las lagunas de Zacoalco...

Este año, Juan Tepano, Primera Vara, anda contento como si a él y a los suyos ya les hubieran devuelto la tierra. Canta pedazos del Alabado y dice versos y dichos viejos. Da unos pasos de danza. A la hora de comer cuenta un cuento. Y al ver que un cuervo pasa graznando por encima de la lumbre apagada, dice riéndose con el filo de la mano sobre los ojos:

—Mira Layo, allí va volando un cristiano...

Nueva visita en el Ateneo, pero esta vez espontánea. Por lo tanto, sobre nadie recae la responsabilidad.

La poetisa Alejadrina llegó procedente de Tamazula, bien munida de informes y referencias acerca de casi todos nosotros. Llegó en el momento oportuno, cuando ya estábamos reunidos y dispuestos al banquete del espíritu.

Hizo su entrada con gran desenvoltura y nos sa-

ludó como a viejos conocidos; para todos tuvo una frase graciosa y oportuna. (Nuestras dos socias presentes no pudieron ocultar su sorpresa, un tanto admiradas e inquietas.) Una fragancia intensa y turbadora, profundamente almizclada, invadió el aposento. Al respirarla, todos nos sentimos envueltos en una ola de simpatía, como si aquel aroma fuera la propia emanación espiritual de Alejandrina. (La inquietud de nuestras socias aumentaba visiblemente; en ellas, el perfume parecía operar de una manera inversa, y su fuga se hacía previsible de un momento a otro.)

Lo más fácil para describir a Alejandrina sería compararla a una actriz, por la fácil naturalidad de todos sus movimientos, ademanes y palabras. Pero el papel que representó ante nosotros era el de ella misma, indudablemente memorizado, pero lleno de constantes y felices improvisaciones. Al dirigirse a mí, por ejemplo, que ya no soy joven y que disto de ser un Adonis, me dijo en un momento adecuado: «Usted está solo, y su soledad no tiene remedio. ¿Puedo acompañarlo un instante?» Y dejó su mano en la mía, mientras me miraba fijamente a los ojos. Yo hubiera deseado estar a solas con ella para detener de algún modo el vuelo de un pájaro fugaz que en vano anidaba en mi corazón. Afortunadamente, estaba en casa ajena, y mi mujer nunca me acompaña a las reuniones del Ateneo.

Ella traía su libro de versos en la mano, pero dijo que de ningún modo quería trastornar el orden previsto de nuestras lecturas y comentarios. (Cuando ella llegó, yo me disponía por cierto a dar a conocer mi poema bucólico «Fábula de maíz», que naturalmente quedó para otra ocasión.) Todos le suplicamos a coro que tomara asiento y que nos leyera su libro. (Dicho sea sin ofender a las que estaban presentes, por primera vez el Ateneo recibió la visita de una auténtica musa. Al iniciarse la lectura, todos nos dimos cuenta con embeleso de que esa musa era nada menos que Erato.)

A pesar de su profunda espiritualidad, la poesía de Alejandrina está saturada de erotismo. Al oírla, sentíamos que un ángel hablaba por su boca, pero ¿cómo decirlo? Se trataba de un ángel de carne y hueso, con grave voz de contralto, llena de matices

sensuales. Indudablemente, Alejandrina se sabe todos sus versos, pero tiene siempre el libro abierto frente a ella, y al volver las páginas hace una pausa que lo deja a uno en suspenso, mientras las yemas de sus dedos se deslizan suavemente por los bordes del papel...

A veces, de pronto, levanta la vista del libro y sigue como si estuviera leyendo, sin declamar, con los ojos puestos en alguno de los circunstantes, haciéndole una especie de comunicación exclusiva y confidencial. Esta particularidad de Alejandrina confiere a sus lecturas un carácter muy íntimo, pues aunque lee para todos, cada quien se siente ligado a ella por un vínculo profundo y secreto. Esto se notaba muy fácilmente en los miembros del Ateneo, que acercaron desde un principio sus sillas en círculo estrecho alrededor de Alejandrina, y que no contentos con tal proximidad se inclinaban cada vez más hacia ella, con todo el cuerpo en el aire, apoyados apenas en el borde de sus asientos.

Yo estaba precisamente sentado frente a ella, y creo que por esa circunstancia fui favorecido con un mayor número de apartes en la lectura de Alejandrina. En todo caso, siempre estuve en diálogo con ella, de principio a fin, y recordé varias veces sus palabras, que se refirieron a mi soledad de hombre soñador. Al hacerlo, no podía menos de pensar en mi mujer, que a esas horas estaría dormida, respirando profundamente, mientras yo escuchaba la música celestial...

A media lectura, y cuando el tono de los poemas ganaba en intimidad —Alejandrina describe con precisión los encantos de su cuerpo desnudo—, nuestras dos socias, que ya no ocultaban las muestras de su embarazo, desertaron discretamente aduciendo lo avanzado de la hora. Puesto que Virginia y Rosalía no se despidieron de mano, la interrupción pasó casi inadvertida y a nadie se le ocurrió acompañarlas hasta su casa como es nuestra costumbre. Yo me reprocho esta falta de caballerosidad y la excuso en nombre de todos... ¿Quién iba a perderse «Contigo bajo la luna», la hermosa serie de sonetos?

Cuando Alejandrina cerró su libro, nos costó trabajo volver a la realidad. Todos a una, preguntamos cómo podíamos adquirir ejemplares de «Flores de

mi jardín». Alejandrina nos contestó con toda sencillez que en su cuarto de hotel estaban a nuestra disposición cuantos quisiéramos. Y así se nos reveló el secreto de la musa.

Desde hace varios años, Alejandrina esparce las flores de su jardín a lo largo del territorio nacional, patrocinada por una marca de automóviles. Vende además una crema para la cara, a cuyos misteriosos ingredientes se debe, según ella, la belleza de su cutis. Ni el paso de los años, ni las veladas literarias, ni el polvo de los caminos, han podido quitarle un ápice de su imponderable tersura...

A pesar de su natural desenvuelto y de su evidente capacidad para granjearse afectos y simpatías, Alejandrina no se fía de sí misma para asegurarse el éxito de su empresa. En todas partes adonde va, se busca siempre un par de padrinos, un señor y una señorita, por regla general.

Esta mañana temprano se presentó en mi casa, y con gran sorpresa de Matilde, me pidió que fuéramos a buscar a Virginia. Ella y yo fuimos la pareja elegida para presentarla en las casas comerciales y particulares en las que debe colocar sus productos, el libro y la crema.

Afortunadamente, después de una breve reticencia, Virginia aceptó. El éxito de nuestro recorrido ha sido verdaderamente admirable. Estoy bastante fatigado pero contento. He logrado también superar por completo el desencanto que en un principio me produjo la actividad mercantil de Alejandrina. No hubo nadie que se rehusara a comprar. Hombres como don Salva, que jamás han tenido en sus manos un libro de versos, y señoras como Vicentita, que han rebasado con mucho la edad de toda coquetería, no vacilaron en pagar por las «Flores de mi jardín» y por el ungüento de juventud. Y así anduvimos de puerta en puerta, vendiendo alimento para el espíritu y para el cutis... Más de una persona nos dirigió miradas aviesas...

Está por demás decir que todos los miembros del Ateneo tenemos ya nuestro ejemplar de poesía, más

o menos afectuosamente dedicado. Por mi parte, adquirí también dos frascos de crema que he regalado a mi mujer, en previsión de cualquier reproche que pudiera hacerme por la solicitud que he demostrado a la poetisa.

Algo más sobre Alejandrina. Para definirla, tendría que recurrir a preciosos y diversos objetos: a una porcelana de Sèvres, a un durazno, a un ave del paraíso, a un estuche de terciopelo, a una concha nácar llena de perlas sonrientes...

No me atrevo a calcular su edad. Mi mujer dice que pasa de los cuarenta, pero que se defiende con la crema. (Matilde la ha usado tres o cuatro veces y está asombrada con el resultado.) Para mí, es una mujer sin edad, imponderable... Diario se cambia de vestido, pero siempre usa el mismo perfume. Su guardarropa es notable. Más que hechuras de costurera, sus trajes parecen obras de tapicería, y yendo a la moda, recuerda sin embargo ciertas damas antiguas, toda almohadillada y capitonada, resplandeciente de chaquiras y lentejuelas...

Ni la dura realidad comercial de cada día (hemos pasado toda la semana de vendedores) ha logrado disminuir en mí su atractivo. Ahora andamos solos ella y yo, porque Virginia renunció al tercer día de caminatas y Rosalía no pudo acompañarnos porque trabaja en el bufete.

Es curioso, hablando del espíritu con Alejandrina me he olvidado de todos mis quehaceres habituales, y yendo con ella me siento realmente acompañado. Es infatigable para hablar y caminar, tan delicada de alma y tan robusta de cuerpo.

Puesto que más de una vez se nos ha hecho tarde, ayer comí con ella en el hotel. Aprecia los buenos manjares y los consume con singular apetito. Una vez satisfecha, vuelve con mayor animación al tema de la poesía. Viéndola y oyéndola paso las horas. Nunca se me había hecho tan evidente la presencia del espíritu en su condición carnal...

Tal vez ha sido mejor así. Cuando llegué al hotel

de Alejandrina, el empleado de la administración me entregó una carta y un paquetito.

Mis manos temblaron al rasgar el sobre. Sólo había una tarjeta con estas palabras: «Adiós, amigo mío...»

El paquetito contenía un estuche de felpa celeste. Dentro, estaba la piedra de su nombre. Una hermosa alejandrina redonda, tallada en mil facetas iridiscentes...

Incapaz de volver a mi casa en semejante estado de ánimo, me dediqué a vagar, abatido y melancólico, por las calles del pueblo. Tal vez seguí inconscientemente alguno de nuestros inolvidables itinerarios de confidencia y comercio.

Ya al caer la noche, sentado en una de las bancas del jardín, mis ojos se detuvieron en un punto. El lucero de la tarde brillaba entre las nubes. Me acordé de unos versos que leí no sé dónde:

Y pues llegas, lucero de la tarde,
tu trono alado ocupa entre nosotros...

Cabizbajo me vine a la casa, donde me aguardaban otra carta y otro paquete. La gruesa letra de Matilde decía: «Me fui a Tamazula con mis gentes. Cuando te desocupes de acompañar literatas, anda por mí.» El paquete contenía los dos frascos de crema de juventud. Uno entero y el otro empezado...

He dormido solo, después de tantos años. En la casa inmensamente vacía, sentí de veras mi soledad.

Guardaré la alejandrina como un precioso recuerdo, pero mañana mismo voy a Tamazula por Matilde.

INDICE

Contabilidad General

Confabulario Personal

D0838721